Als der walisische Dichter Dylan Thomas 1953 kaum vierzigjährig starb, galt er bereits als großer genialischer Schriftsteller des 20. Jahrhunderts. Seine bilderstürmische Sprache hat alle einengenden Festlegungsversuche durchbrochen. Mit den ›Frühen Erzählungen‹, die den Ruhm von Dylan Thomas begründeten, beginnt eine auf vier Bände angelegte Ausgabe seiner Gesammelten Werke. Sie soll die ganze Klang- und Bilderfülle dieses ungebärdigen Autors vorstellen, der die Märchen und Mythen der keltischen Tradition in seiner Sprache hat wiederaufleben lassen. Die Erzählungen in dem Band ›Die Befragung des Echos‹ sind dichtgewebte Studien zu Dylan Thomas' großen Themen: Liebe und Liebesangst, das Ineinander von Leben und Tod, das Fortleben von Nachtmahr, Mythos und Legende. Und alle Wurzeln sind im keltischen Boden verankert, der einigen der berühmtesten englischsprachigen Dichter unserer Zeit als Quelle und Inspiration diente. Ein guter Teil der in diesem Band versammelten Texte liegt erstmals auf deutsch vor. Viele sind von Erich Fried übersetzt.

Dylan Thomas wurde 1914 in Swansea/Wales geboren; er ging 1934 nach London, wo er für Zeitschriften und für die BBC arbeitete; 1949 zog er sich in einen kleinen walisischen Fischerort zurück; weltberühmt wurde er mit seinem ›Spiel für Stimmen‹ ›Unter dem Milchwald‹ (1953). Dylan Thomas starb 1953 während einer Vortragsreise in New York.

Dylan Thomas

Die Befragung des Echos

Frühe Erzählungen und Aufsätze

Aus dem Englischen von
Erich Fried, Detlev Gohrbandt
und Klaus Martens

Fischer Taschenbuch Verlag

Dylan Thomas
Ausgewählte Werke in Einzelausgaben
Herausgegeben von Klaus Martens

Veröffentlicht im Fischer Taschenbuch Verlag GmbH,
Frankfurt am Main, Januar 1995

Lizenzausgabe mit freundlicher Genehmigung
des Carl Hanser Verlags, München – Wien

Titel der Originalausgabe: ›Collected Stories‹
J.M. Dent Sons Ltd., London 1983
Druck und Bindung: Clausen & Bosse, Leck
Printed in Germany
ISBN 3-596-11361-X

Gedruckt auf chlor- und säurefreiem Papier

I

Frühe Erzählungen

Brember

Sanft glitten die Schatten über die Treppe hinab in die Diele. Er konnte den dunklen Umriß des Geländers als Abbild im Spiegel ausmachen und sah den Lichtbogen des Kronleuchters. Aber mehr nicht. Zur Tür hin wurden die Schatten breiter. Dann verloren sie sich im Dunkel von Boden und Decke. Er tastete in seiner Tasche nach einem Streichholz und entzündete das Licht in seiner Hand. Er hielt die winzige Flamme hoch, drehte den Türknopf und trat in das Zimmer. Es roch nach Staub und altem Holz. Seltsam, wie empfindlich er darauf ansprach, wie es seine Phantasie anregte. Alte Damen im Mondlicht beim Spitzenklöppeln, die dünnen fahlen Finger zaghaft auf dem Brokat, die ewig-jungen Wangen gerötet wie bei kleinen Kindern. Daran hatte ihn das Zimmer immer erinnert, seit damals, als er das erste Mal auf Zehenspitzen hineingeschlichen war und voller Entsetzen auf die Fenster mit dem Blick auf den grauen Rasen und die Bäume dahinter gestarrt hatte. Oder als er, ein kleiner Junge noch, am Cembalo gesessen und die staubigen Tasten so zart berührt hatte, daß die Töne von niemandem zu hören waren, ängstlich und doch entzückt, als die Musik leise aufstieg. Es war immer traurig. Er erkannte die verzweifelte Trauer hinter der muntersten Fuge; als seine Hand die Töne anschlug, hatte er Tränen in den Augen, eine große Sehnsucht nach etwas, das er gekannt und vergessen, geliebt aber verloren hatte.

Das war schon einige Jahre her, und jetzt überkam ihn das gleiche unwirkliche und sehnsüchtige Gefühl, als er die hohen Kerzen am Cembalo mit seinem Licht anzündete und in ihrem wachsenden Glanz sah, daß die Wände immer dichter heranrückten und die schweren Stühle ihn einschlossen. Die Tasten waren so staubig wie eh und je. Er wischte leicht mit dem Ärmel darüber, dann ließ er einen Augenblick lang die Finger auf ihnen wandern. Wie gebrechlich sie klangen. Wie eigenartig ihre kleinen Melodien waren, so traurig und doch so vollkommen. Einen Augenblick lang glaubte er, vor der Tür Kinderschritte zu hören, die den Flur entlang in die Dunkelheit liefen. Aber dann waren sie verschwunden, und er mußte annehmen, es habe sie nie gegeben. Jetzt meinte er, leises Gelächter zu hören, da war es schon wieder vorbei. Wie er so spielte, kam es ihm vor, als hörte er das leise Rascheln eines Seidenrocks, der über den Boden schleppte. Dann wurde seine Musik lauter, und als sie wieder verklang, war nichts mehr.

So sehr er sich auch bemühte, konnte er die Gründe, weshalb er das Haus aufsuchte, nicht begreifen. Es graute ihm davor, und doch konnte er nicht widerstehen. Draußen auf der Straße verspürte er plötzlich den Wunsch, den Schleier der Jahre aufzureißen und sich an alles zu erinnern, was das alte Haus ihm bedeutet hatte: an die Abenddämmerung, die leisen Stimmen auf den Fluren, das Cembalo, die endlos sich ins Dunkle hinaufwindenden Treppen, die tausend Einzelheiten der Zimmer, die leise, schleichende Angst, die aus den Ecken starrte und niemals verschwand. Er war die Einfahrt hinauf bis zur Haustür gegangen. Der Löwenkopf auf dem Türklopfer grinste auf ihn herab. Er hob ihn an und klopfte auf das Holz. Niemand antwortete. Immer wieder klopfte er, aber im Haus blieb es still. Er setzte die Schulter an die Tür. Sie ging auf. Er war auf Zehenspitzen die Flure entlanggeschlichen, hatte in die Zimmer geschaut, die vertrauten Gegenstände berührt. Nichts hatte sich verändert. Und dann, als die Nacht aus den bleiverglasten Fenstern herausgekrochen kam, hatte er die Tür des Musikzimmers leise hinter sich geschlossen. Große Erleichterung erfüllte ihn. Die Sehnsucht, die ihn immer bewegt hatte, kannte ihre Erfüllung, was er verloren, war gefunden, was er vergessen, das kehrte wieder in die Erinnerung. Das war das Ziel seiner Reise.

Einen Augenblick lang wurden die Kerzen heller. Er konnte tiefer in den Raum hineinsehen. Er erhob sich, ging hinüber und nahm ein verstaubtes Buch vom Tisch. »Das Haus Brember«. Er nahm es ans Licht. Jede Seite war ihm vertraut, die Familie, Generation um Generation, Männer mehr des Gedankens als der Tat, alles Seher, die von der Wolke, die sie sich selbst erträumt hatten, auf die Welt herabschauten. Er wendete die Seiten, bis er an die letzte kam: George Henry Brember, letzter seines Stammes, gestorben…

Er blickte auf seinen Namen, dann schloß er das Buch.

Bei Jarley

An dem Tag, als das reisende Wachsfigurentheater in die Stadt kam, verschwand der Aufseher. Am nächsten Morgen ging der Eigentümer zur Arbeitsvermittlung und fragte nach einem gewitzten Burschen, der Englisch sprechen konnte. Aber die gewitzten Burschen sprachen Walisisch, und der Junge aus Bristol hatte eine Hasenscharte. Der Eigentümer ging also zu seiner Unterkunft zurück, und als er am Kanal vorbeiging, sah er, wie Eleazar am Ufer las.

»Glück gehabt?« erkundigte er sich.

»Ich fische nicht«, entgegnete Eleazar.

Er wurde sofort engagiert.

*

Es war spät am Abend, und der letzte neugierige Besucher hatte das Zelt verlassen. Der Eigentümer zählte die Tageseinnahmen, ging fort und ließ Eleazar allein in der dunklen, wächsernen Welt. Eleazar entfernte die letzte Kippe vom Boden und zog ein Staubtuch aus der Tasche. Zitternd wischte er über den mageren braunen Körper von Hiawatha; zitternd tätschelte er die bleichen Wangen von Charlie Peace; zitternd wischte er den wächsernen Nacken von Circe.

»Du hast meine linke Wade vergessen«, sagte Hiawatha.

»Du hast meine Oberlippe vergessen«, sagte Charlie Peace.

»Du hast meine rechte Schulter vergessen«, sagte die Verführerin.

Eleazar betrachtete verwundert die Wachsfiguren.

»Du hast mich verstanden«, sagte Hiawatha.
»Du hast mich verstanden«, sagte Charlie Peace.
»Du hast mich verstanden«, sagte die Verführerin.

Eleazar sah suchend um sich. Der Eingang des Zeltes war weit entfernt. Es gab kein Entrinnen.

»Wade«, sagte Hiawatha.

»Lippe«, sagte Charlie Peace.

»Schulter«, sagte Circe.

Zitternd wischte Eleazar die muskulöse Wade; zitternd tupfte er die gefletschte Lippe; zitternd entstaubte er die Wachsschulter.

»Das ist schon besser«, sagte Hiawatha. »Siehst du«, fuhr er entschuldigend fort, »ich bin immer viel gelaufen; und da will ich keinen Staub an meinen Waden haben, wie du sicher verstehen wirst.«

»Ich fletsche sehr oft meine Lippen«, sagte Charlie Peace.

»Ich verführe sehr oft«, sagte die Verführerin; »obwohl, eigentlich, meine Anziehungskraft jetzt langsam nachlassen sollte; und meine Schulter ist auch nicht mehr das, was sie mal war. In Aberdare ließ ich einmal jemanden hineinbeißen.«

»An die Nacht erinnere ich mich gut«, sagte Hiawatha. »Jemand setzte mir einen alten Hut auf.«

»Ich erinnere mich an die Nacht«, bemerkte der Mörder, »da ich als Kind meine Amme mit einer Nadel stach. Es war eine Stopfnadel.«

»Ich erinnere mich daran, wie ich Minnehaha kreuz und quer durch die Stromschnellen jagte«, sagte Hiawatha. »Sie wurde immer sehr sauer, wenn ich sie Lachendes Wasser nannte.«

»Ich erinnere mich an Jasons seegrüne Augen«, sagte Circe.

Eleazar konnte sich an nichts erinnern. An die Stelle seiner anfänglichen Befürchtungen war ein Gefühl freundlicher Neugier getreten. Er erkundigte sich höflich, ob alles in Ordnung sei im Staate Wachs.

»In der Tat«, sagte Hiawatha, »kann ich mich kaum beklagen, es läßt sich vieles für ein Dasein in Wachs sagen. Man hat wenig Sorgen. Man kann sich nur schwer verletzen. Der spitzeste Pfeil könnte mir wenig tun: ein Augenblickseindruck, der bald mit einem Groschen Wachs vom örtlichen Laden wieder ausgefüllt werden würde. Ich bin immer wieder erstaunt, daß nicht mehr Menschen die Vorzüge eines Wachslebens erkennen.«

»Wie steht es mit Ihnen, gnädige Frau?« fragte Eleazar.

»Den Wunsch, jemanden zu verführen«, sagte die Verführerin, »kann ich immer noch nicht überwinden. Und immer noch erinnere ich mich an jene vermaledeiten seegrünen Augen.«

»Mord als Beruf«, begann Charlie Peace...

»Henry Wadsworth«, begann Hiawatha...

»Die Geschichte der Verführung«, begann die Verführerin...

Und plötzlich waren die drei Wachsfiguren still.

Eleazar schlurfte weiter durch das Zelt.

»Eleazar«, sagte ein Affe.

»Mein Herr?« sagte Eleazar.

»Das Leben«, sagte der Affe, »ist ein nie endendes Geheimnis. Wir werden geboren. Warum werden wir geboren? Wir sterben. Der Grund ist offensichtlich. Das Leben des Körpers ist kurz, und die Adern können nicht auf ewig genug Blut führen.«

Eleazar hätte seinen Weg fortgesetzt, doch der Affe hielt eine Hand hoch. »Halt«, sagte der Affe. »Denke an den Mann aus Fleisch und den Mann aus Wachs. Für den Mann aus Wachs wird alles getan; er wird schmerzlos und mit Geschick gemacht; man findet für ihn ein Haus in einem wasserfesten Zelt oder im Innern eines großen und hygienischen Gebäudes; er wird gekleidet, gebürstet und entstaubt; er ist jedes Auges Apfel. Denke an die Gelegenheiten, die er hat, sich mit der Mentalität dessen, der ihm am nächsten ist, seines Nachbarn, zu befassen. Tag für Tag drängen sich Menschengesichter nahe an meins; ich sehe in die Augen der Menschen; ich höre ihrer Unterhaltung zu. Der Mann aus Wachs ist ein unveränderlicher, unvoreingenommener und emotionsloser Beobachter der menschlichen Komödie.«

»Mein Herr«, sagte Eleazar, »für einen Affen sprechen Sie flüssig.«

»Eleazar«, sagte der Affe, »mit dieser Wachsgestalt bin ich erst seit zwei Tagen vertraut. Ich war der frühere Aufseher.«

»Erzähl mir«, sagte Eleazar, »spürst du die Kälte?«

»Weder Kälte noch Wärme.«

»Verspürst du Hunger?«

»Weder Hunger noch Durst. Ich spüre nichts. Mir fehlt nichts. Ich bin ununterbrochen glücklich.«

Eleazar zog Hose und Jacke aus.

»Macht Platz – rückt auf«, sagte Eleazar.

*

Am nächsten Morgen sprach der Eigentümer wieder bei der Arbeitsvermittlung vor und fragte nach einem gewitzten Burschen. »Behutsam muß er auch sein«, erklärte er, »denn meinem Wachsfigurenkabinett ist gerade eine teure neue Figur geschenkt worden.«

»Eine historische Figur?«

»Nein, nein«, sagte der Eigentümer, »die Figur eines walisischen Druiden in einem langen weißen Hemd.«

Im Garten

Der Junge fürchtete sich vor dem dunklen Garten mehr als vor sonst etwas auf der Welt. In der Dämmerung machte ihm der Garten schon Angst genug, aber wenn oben und unten die Finsternis wuchs, und die Bäume miteinander redeten, dann war ihm der Gedanke an den Garten allzu schrecklich.

Er versuchte, sich einzureden, daß hinter den roten Vorhängen gar nichts war und daß überhaupt nirgends etwas war, außer dem hellen Zimmer, seiner Mutter und ihm selbst. Morgens war der Garten voller Freuden; das Gras war hoch und ungepflegt, es gab dort Sonnenblumen, die niemand gesetzt hatte. An der hinteren Mauer stand ein Sommerhäuschen, wo Käfer hausten, und wo er seine Sammlung seltsamer Kiesel und seine Ansichtskarten aufbewahrte. Häufig saß er da, so lange es hell genug war, lehnte mit dem Rücken an die Holzkiste auf dem Stuhl und streckte die Füße auf einen alten, geheimnisvollen Überseekoffer. Der Koffer war umso rätselhafter, als gar nichts drin war. Der Junge hatte einmal das rostige Vorhängeschloß mit seinem Taschenmesser aufgehebelt und nichts als Leere und Modergeruch darin gefunden. Er war sicher, daß irgendwo ein Geheimfach sein mußte, in dem sonnenhelle Edelsteine lagen, und er nahm sich vor, sobald er sie nur fände, den Schatz an einen reichen Händler zu verkaufen und dafür nach den Papageieninseln zu reisen.

Als aber die letzten Fransen des Sonnenuntergangs hinter dem höchsten der Schornsteine verkümmerten, hörte er jedesmal die warnenden Stimmen, die ihm sagten, daß es Zeit war, wieder zu gehen, und er wußte, daß irgendwo in den nahenden Schatten die häßlichen Einwohner des Nachtgartens warteten. Dann machte er die Tür des Sommerhäuschens immer ganz langsam und sorgfältig hinter sich zu und ging den Gartenweg hinauf bis zu den drei Steinstufen, die in die Waschküche führten. Er sprang dann in einem Satz hinunter und rannte eilig ins Haus, alle Teufel der Finsternis auf seinen Fersen.

Es war eine sehr warme Nacht. Die Fenster standen auf, und die Schneidermännchen schwirrten ins Haus und schüttelten ihre langen Beine im grellen Licht der Gaslampe. Der Junge schaute ihnen gerne zu, solange sie an der Decke blieben, aber er haßte es, wenn sie auf den Tisch herabtorkelten oder blind ihm ins Gesicht flogen. Am meisten haßte er die großen grauen Motten, die im Zimmer umhertaumelten, denn er wußte, daß sie im Bunde waren mit den Wesen draußen im Garten.

»Es ist heiß hier drinnen«, sagte seine Mutter plötzlich, »stell die Stühle raus auf den Rasen.«

Sie ging, und er blieb alleine in der Küche. Er nahm einen Stuhl, stellte ihn aber wieder hin und ging hinaus in die Waschküche. Er öffnete das Gartentor, und eine große Motte flog ihm ins Gesicht. Dann trat er in den Garten und stellte sich den Feinden entgegen.

In schwarzen Hauben und Handschuhen säumten sie die Gartenwege und standen quer übers Gras. Er warf sich in die Brust und stieg tapfer die Stufen hinauf. Er konnte die Schattengesichter nicht erkennen, aber sie sahen sein Gesicht sehr wohl, denn es war umrahmt vom Licht der offenen Tür. Er dachte an das Sommerhäuschen am Morgen, freundlich, lichtbestäubt, und an den Koffer mit dem Schatz. Er trat hinaus an den Rand der Wiese, und weil sein Herz so laut klopfte, konnte er den Warnruf der Bäume nicht hören. Als er vortrat, knicksten die Schatten und traten ein wenig zurück und machten ihm den Weg frei zur Finsternis, die am allerschrecklichsten war.

Dann blieb er stehen, denn er fürchtete sich noch mehr, als er es je für möglich gehalten hätte. Um ihn herum krümmte sich der Garten, und die Mauern und die Bäume schossen in die Höhe, so daß der Himmel vor seinen Augen verschwand. Das spitze Dach des Sommerhäuschens schoß wie ein Zauberhut hinauf in die Dunkelheit. Der Junge wagte nicht, hinter sich zu schauen, denn er wußte, daß er von Feinden umringt war, daß sie Arm in Arm hinter seinem Rücken warteten. Sehr bald würden sie sich anschleichen, als wollten sie ganz unschuldig Ochs am Berg spielen, und einer würde ihm eine Kapuze über den Kopf stülpen. Er wartete und wartete, und noch immer passierte nichts, nur die Bäume, die Mauern und der schiefe Turm stiegen langsam in den Himmel. Er konnte sie nicht sehen, denn er hielt jetzt die Hände vor die Augen. Der Kreis schloß sich um ihn. Er hörte, wie ihre Schritte durch das zerfranste Gras gingen, und wie ihre Gewänder über die feuchte Erde wischten.

Er warf den Kopf in den Nacken und starrte geradewegs in die Augen des größten Schattens. Eine ganze Weile starrte er. Dann lächelte er seinen Freund, den Schatten, an und breitete die Arme aus. Vom Wind sprang die Tür des Sommerhäuschens auf, und er sah, daß der Koffer offen auf dem Boden und voller Feuer war. Die Edelsteine ergossen sich in silbernen, goldenen und blauen Strömen. Der Garten leuchtete von ihren Farben.

Er breitete die Arme noch weiter aus, und die Steine sprangen bis an seine Brust. Er lächelte den stummen Wächtern zu, und sie wagten nicht, ihm in die Augen zu schauen. Langsam schmolzen sie dahin, und mit ihnen schmolzen die Bäume. Er raffte die Juwelen zusammen, sank in die Knie und legte sie seinem Freund in den Schoß. Die Tür des Sommerhäuschens fiel leise ins Schloß, der Wind ließ nach, und immer noch lächelte der Junge und bewegte sich nicht.

Seine Mutter rief ihn. Sie rief ihn noch einmal, und noch immer gab er keine Antwort, da lief sie in den Garten und hatte seinen Namen auf den Lippen. Dort fand sie den Jungen, auf den Knien, mitten im Gras, das Gesicht in den Händen, im blendenden Licht des Mondes.

Kaspar, Melchior, Balthasar

Eine Luftflotte kam aus dem Schatten und dem Arsenal des eisengrauen Taus, verhielt über der Insel und warf, in rauchigen Abgasen verborgen, Tod über den Städten ab. Die Menschen in den Städten rannten nach den Unterständen und banden ihre Ledermasken fest, als sie, ihre Hosenknöpfe noch offen, aus den Pissoirs hasteten, das Haar ungekämmt; als sie aus gekauftem Schlaf auftauchten, aus Kellerbüros keuchten und die Hände zusammenlegten, um das explodierende Manna zu schöpfen. Zwei Liebende wurden von derselben Granate getroffen und fielen in Seligkeit. Ein Frauenzerfetzendes schlug herab, eine Frau mit Ringen an den Fingern im gleichmacherischen Rinnstein. Kugeln zerstreuten die hungrigen Kolonnen. In ihrer Mitte zog Krähenfraß seine Säbelbahnen.

Die Arbeiter im Süden und Norden der Insel, wo nur in schmalen Strähnen ein Tod gefallen war, erhielten Pistolen und stählerne Spieße. Sie entsicherten die Pistolen und lachten hinauf zu dem Schatten über ihnen. Straße erhob sich gegen Straße und Stadt gegen Stadt. In den verwüsteten Städten, entlang der verlassenen Straßen, wo die Toten auf dem Pflaster zerfielen, nannten die Sterbenden Frauennamen, und der Schatten bewegte sich. Ich sah zwei Geister in der Allee beim zerbrochenen Park. Sie gingen zwischen den Toten und schauten neugierig in jedes zerschossene Gesicht, jeden entleerten Kopf und jedes zugefallene Auge.

An den Molen wurden die Schiffe entladen, die Lokomotiven standen kalt in den Bahnhöfen und die Wachen vor dem Inselpalast steif in ihren Häuschen. Im Park sangen die Vögel, die Bäume trugen frischen Schaum, der Wind wehte Papierfetzen die Pfade entlang. Ich wanderte den ganzen Morgen lang, ein Geist. Wo immer ich ging, ob auf einer Straße oder unter einem Bogen, auf dem Gras der grünen Parkanlagen, durch Gassen und Elendsviertel hinunter zum Ufer des Leichenwassers, ich sah die beiden Geister weitersuchen. Sie gingen zwischen den Toten, befragten jedes erstorbene Auge und berührten unsichtbar den Saum der Kleider, die jungen dreieckigen Brüste, das weiche Herz, die harten Lenden.

Die Pistolen wurden leiser in der Entfernung. Der Rest der ersten Revolution erstarb im spuckenden Feuer aus dem Osten der großen Stadt. Ich wanderte auf fremden Durchgangsstraßen und durch das unbeleuchtete Zentrum der Stadt, das selbst in seiner ersten Blindheit fremd war. Als ich die ersten Phasen der Nacht durchzog und die beiden Geister wiedertraf, einmal an einer dunklen Ecke, dann im Schatten eines Eingangs, auf ewig über die durchlöcherten Toten gebeugt, da hielt ich mir des Totengestanks wegen den Schal vor das Gesicht. Die schwarze Pest würde aus diesen schwärzeren Gewächsen Zweige durch die Wunden der unbeerdigten Gefallenen zum Himmel hochtreiben. Ich machte mir mein Bild, da ich wanderte, und der Schierling und der Upas wuchsen für mich aus den Beeten des Rinnsteins.

Es war eine Minute vor Mitternacht, als ich am Ende einer Straße eine Laterne baumeln sah. Sie war hell und süß zwischen den Blumen, die in meiner Nähe stanken, doch als ich darauf zuging, da fühlte ich den Lufthauch der beiden Geister, als sie an mir vorbeizogen, und ich folgte ihnen und rief sie bei Namen. Männer waren an der Ecke, dunkeläugig hinter ihrer Laterne.

»Wer geht dort?« riefen sie.

Sie schwangen die Laterne vor meinem Gesicht.

»Laßt mich vorbei«, sagte ich.

»Wo gehst du hin?«

Ich wartete nicht länger, sondern schlug ihnen die Laterne aus den Händen und stürzte den luftigen Geistern hinterher. Ich lief weiter und weiter in die Dunkelheit, hinter mir der Lärm der Revolver, durch ein Labyrinth aus Gassen auf einen mondbeschienenen Platz.

Dort standen die beiden Geister. Zu ihren Füßen lag eine tote Frau, nackt bis auf ihren Umhang, eine Bajonettwunde in ihrer Brust. Langsam trat ich an sie heran. Da ich sie anblickte, regte sich auf wunderbare Weise Leben in ihrem Bauch, und die emporgereckten Arme des Kindes in ihrem Leib brachen sich einen Weg durch das Fleisch.

Die beiden Geister verneigten sich.

»Gold«, sagte der erste Geist, und hielt einen goldenen Schatten ins Licht des Mondes.

»Weihrauch«, sagte der zweite Geist, und sein schattenhaftes Geschenk strömte von ihm wie ein Hauch.

Der Lärm der Pistolen kam näher und immer näher.

Ich kniete nieder, wo ich war, und ich fühlte das frische Glück des Schmerzes, als eine Kugel in meine Brust fuhr. Ich fiel nah bei den emporgereckten Armen aufs Pflaster, und mein Blut ergoß sich bitter über den hervorbrechenden Kopf.

Nach dem Jahrmarkt

Der Jahrmarkt war vorbei, die Lichter in den Schießbuden wurden ausgelöscht, und die hölzernen Pferde standen still in der Dunkelheit und warteten auf die Musik und das Summen der Motoren, die sie in Trab setzen würden. Eine nach der andern wurden die Karbidlampen in jeder Bude ausgedreht und die Tücher über die kleinen Spieltische gezogen. Die Leute gingen nach Hause, und in den Fenstern der Wohnwagen schien Licht.

Niemand hatte das Mädchen bemerkt. In ihren schwarzen Kleidern stand sie neben dem Karussell, hörte die letzten Schritte auf dem Sägemehl und die letzten Stimmen, die in der Ferne erstarben. Dann, ganz allein auf dem verlassenen Platz, umgeben von hölzernen Pferdegestalten und billigen Schaukelschiffen, suchte sie eine Stelle zum Schlafen. Einmal da, einmal dort hob sie die Zeltleinwand, die die Schießbuden mit ihren Kokosnüssen einhüllte, und spähte in die warme Dunkelheit. Sie hatte Angst, den Schritt hinein zu machen, und wenn eine Maus über die auf dem Boden verstreuten Hobelspäne huschte, oder wenn das Zelttuch knarrte und ein Windstoß es tanzen ließ, rannte sie weg und versteckte sich wieder beim Karussell. Einmal trat sie auf die Bretter, die Schellen am Hals eines Pferdes klirrten und waren still; sie wagte nicht wieder zu atmen, ehe alles wieder ruhig war und die Dunkelheit den Lärm der Schellen vergessen hatte. Dann ging sie hin und her und sah sich verstohlen nach einem Bett um, in jeder Gondel, unter jedem Zelt. Aber nirgends, nirgends auf dem ganzen Jahrmarkt gab es eine Stelle, wo sie schlafen konnte. Da war es zu still, dort wieder hörte sie Mäuse. In der Ecke des Zeltes der

Sterndeuterin lag Stroh, aber es bewegte sich, als sie es berührte; sie kniete daneben nieder und streckte die Hand aus; sie fühlte die Hand eines Babys auf ihrer eigenen.

Nun gab es keine Stelle mehr, also wendete sie sich langsam den Wohnwagen am Rand des Feldes zu und fand alle bis auf zwei dunkel. Sie wartete, umklammerte ihre leere Handtasche und fragte sich, bei welchem der Wohnwagen sie sich trauen sollte zu stören. Endlich entschloß sie sich, an das Fenster des kleinen, schäbigen Wagens zu klopfen, der am nächsten stand, und auf Zehenspitzen sah sie hinein. Der fetteste Mann, den sie je gesehen hatte, saß drinnen vor dem Ofen und röstete eine Scheibe Brot. Sie pochte dreimal an die Scheibe und versteckte sich dann im Schatten. Sie hörte ihn oben zur Trittleiter kommen und rufen: »Wer? Wer?« Aber sie wagte nicht zu antworten. »Wer? Wer?« rief er wieder.

Sie lachte über seine Stimme: die war so dünn, wie er fett war.

Er hörte ihr Lachen und drehte sich dorthin, wo die Dunkelheit sie verbarg. »Erst klopfst du«, sagte er, »dann versteckst du dich, dann lachst du.«

Sie trat in den Lichtkreis; sie wußte, daß sie sich nicht mehr zu verstecken brauchte.

»Ein Mädchen«, sagte er. »Komm rein und tritt dir die Füße ab.« Er wartete nicht, sondern zog sich in seinen Wohnwagen zurück, und sie konnte nichts tun, als ihm die Leiterstufen hinauf in den engen Raum folgen. Er saß wieder da und röstete die gleiche Scheibe Brot. »Bist du drinnen?« fragte er, denn er saß mit dem Rücken zu ihr.

»Soll ich die Tür zumachen?« fragte sie und machte sie zu, bevor er noch antwortete.

Sie setzte sich auf das Bett und sah ihn an, wie er das Brot röstete, bis es anbrannte.

»Ich kann besser rösten als du«, sagte sie.

»Glaub ich gern«, sagte der fette Mann.

Sie sah zu, wie er die verkohlte Brotscheibe auf einen Teller neben sich legte, eine andere Scheibe nahm und auch die vor den Ofen hielt. Sie verbrannte sehr schnell.

»Laß mich das für dich rösten«, sagte sie. Schwerfällig gab er ihr die Gabel und den Brotlaib.

»Schneid eins ab«, sagte er, »röst es und iß es.«

Sie setzte sich auf den Stuhl.

»Sieh mal die Delle, die du in mein Bett gemacht hast«, sagte der fette Mann. »Wer bist du eigentlich, daß du einfach hier reinkommst und mein Bett eindellst?«

»Ich heiße Annie«, sagte sie ihm.

Bald war das ganze Brot geröstet und mit Butter bestrichen, und so stellte sie den Teller in die Mitte des Tisches und rückte zwei Stühle zurecht.

»Ich esse meins auf dem Bett«, sagte der fette Mann. »Du iß hier.«

Als sie mit ihrem Abendbrot fertig waren, schob er seinen Stuhl vom Bett zurück und starrte sie über den Tisch hin an.

»Ich bin Der Fette Mann«, sagte er. »Ich komm aus Treorchy; die Wahrsagerin nebenan ist aus Aberdare.«

»Ich hab nichts zu schaffen mit dem Jahrmarkt«, sagte sie, »ich bin aus Cardiff.«

»Ja, das ist schon eine Stadt«, nickte der Fette Mann. Er fragte sie, warum sie weggegangen sei.

»Geld«, sagte Annie.

Dann erzählte er ihr vom Jahrmarkt und den Orten, in denen er gewesen war, und von den Leuten, die er kennengelernt hatte. Er sagte ihr sein Alter und sein Gewicht und die Namen seiner Brüder, und wie er seinen Sohn nennen werde. Er zeigte ihr ein Bild des Hafens von Boston und die Photographie seiner Mutter, der Gewichtestemmerin. Er erzählte ihr, wie in Irland der Sommer aussah.

»Ich bin immer ein fetter Mann gewesen«, sagte er,

»und jetzt bin ich Der Fette Mann; keiner kommt an mich ran, was Fett angeht.« Er erzählte ihr von einer Hitzewelle in Sizilien und vom Mittelmeer. Sie erzählte ihm von dem Baby im Zelt der Sterndeuterin.

»Das sind wieder die Sterne gewesen«, sagte er.

»Das Baby wird sterben«, sagte Annie.

Er öffnete die Tür und ging hinaus in die Dunkelheit. Sie sah sich um, rührte sich aber nicht; sie fragte sich, ob er einen Polizisten holen gegangen sei. Das wäre nicht das Wahre, wenn der Polizist sie zum zweiten Mal erwischte. Sie starrte durch die offene Tür in die unwirtliche Nacht und zog ihren Stuhl näher zum Ofen.

»Besser in der Wärme erwischt werden«, sagte sie. Aber sie zitterte, als sie den Fetten Mann kommen hörte, und preßte die Hände auf ihre dünne Brust, als er die Stufen heraufkletterte wie ein wandelnder Berg. Durch die Dunkelheit konnte sie ihn lächeln sehen.

»Sieh, was die Sterne gemacht haben«, sagte er und brachte in seinen Armen das Baby der Sterndeuterin herein.

Annie hielt das Kind fest an sich geschmiegt, und es weinte an ihrer Brust; dann erzählte sie dem Fetten Mann, welche Angst ihr sein plötzliches Weggehen gemacht hatte.

»Was sollt' ich denn mit einem Polizisten?«

Sie sagte ihm, daß der Polizist sie suche. »Was hast du denn getan, daß dich ein Polizist sucht?«

Sie antwortete nicht, sondern hielt das Kind dichter an ihre ausgezehrte Brust. Er sah, wie mager sie war.

»Du mußt essen, Cardiff«, sagte er.

Dann fing das Kind an zu weinen. Aus einem kleinen Jammern wuchs seine Stimme zu einem Sturm der Verzweiflung. Das Mädchen wiegte das Kind auf dem Schoß hin und her, aber nichts konnte es besänftigen.

»Hör auf! Hör auf!« sagte der Fette Mann, und die Tränen nahmen zu. Annie bedeckte es mit Küssen, aber es brüllte weiter.

»Wir müssen irgendwas tun«, sagte sie.

»Sing ihm ein Wiegenlied.«

Sie sang, aber das Kind mochte ihr Singen nicht.

»Da gibt's nur eins«, sagte Annie, »wir müssen mit ihm aufs Karussell.« Die Arme des Kindes um ihren Hals, stolperte sie die Stufen hinunter und lief auf den verlassenen Jahrmarkt zu, hinter ihr her keuchend der Fette Mann.

Zwischen den Zelten und Buden hindurch fand sie den Weg zur Mitte des Platzes, wo die hölzernen Pferde standen und warteten, und erkletterte einen Sattel. »Stell den Motor an!« rief sie. Von weitem war zu hören, wie der Fette Mann die altertümliche Maschine anwarf, die den ganzen Tag lang die Pferde zu hölzernem Galopp antrieb. Sie hörte das stoßweise Summen der Motoren; die Bretter klapperten unter den Pferdebeinen. Sie sah den Fetten Mann an ihrer Seite auftauchen, den Haupthebel umlegen und in den Sattel des kleinsten der Pferde klettern. Als das Karussell sich in Bewegung setzte, langsam erst und langsam schneller werdend, hörte das Kind an der Brust des Mädchens zu weinen auf und klatschte in die Hände. Der Nachtwind fuhr ihm durchs Haar, die Musik schrillte ihm in den Ohren. Rundumher sausten die Pferde und übertönten die Schreie des Windes mit dem Schlagen ihrer Hufe.

Und so fanden die Männer aus den Wohnwagen sie: den Fetten Mann und das Mädchen in Schwarz mit einem kleinen Kind in den Armen, auf ihren mechanischen Rossen im Kreis wirbelnd zur immer lauter anschwellenden Musik der Orgel.

Der Baum

Aus dem Haus, das weit hinübersah zu den Jarvishügeln, stieg ein Turm auf, in dem die Tagvögel ihre Nester bauen und den die Eulen umfliegen konnten. Vom Dorf aus leuchtete das Licht im Turmfenster wie ein Glühwürmchen durch die Scheiben. Aber erleuchtet war das Zimmer unter den Sperlingsnestern nur selten. Spinnetze waren über seine ungewaschene Decke gewebt; es starrte, hügelauf, hügelab, über zwanzig Meilen Landes hinaus, und die Winkel mit ihren Krallenspuren im Staub behielten ihre Geheimnisse für sich.

Das Kind kannte das Haus vom Dachfirst bis zum Keller. Es kannte die unregelmäßigen Rasenflächen und den Verschlag des Gärtners, wo Blumen aus ihren Töpfen hervorwucherten. Aber, soviel es auch nach Jungenart herumstöberte, den Schlüssel, der die Tür zum Turm öffnete, konnte es nicht finden.

Mit seinen Launen wechselte das Haus, und ein Rasen war das Meer oder die Küste oder der Himmel oder was immer das Kind wollte. Wenn der Rasen eine traurige Meile Meerwassers war und das Kind als Reiter auf einer abgebrochenen Blume über die Wogen dahinfuhr, dann kam vielleicht der Gärtner aus seinem Verschlag bei der Gebüschinsel. Auch der Gärtner nahm dann einen Blumenstengel und schiffte sich ein. Oder er nahm einen Gartenbesen und flog, wohin das Kind nur wollte. Er kannte jede Geschichte seit Anfang der Welt.

»Am Anfang«, sagte er, »war ein Baum.«

»Was für ein Baum?«

»Der Baum da, wo die Amsel pfeift.«

»Ein Falke, ein Falke!« rief das Kind.

Dann blickte der Gärtner an dem Baum hoch und sah einen riesigen Falken auf einem Ast hocken, oder auch einen Adler, der sich im Wind wiegte.

Der Gärtner liebte die Bibel. Wenn die Sonne sank und der Garten voller Leute war, saß er bei einer Kerze in seinem Verschlag und las von der ersten Liebe und die Legende von Äpfeln und Schlangen. Aber am liebsten hatte er den Tod Christi an einem Baum. Bäume waren ein Zaun um ihn, und er erkannte den Wechsel der Jahreszeiten an den Schattierungen ihrer Rinde und am Drängen des Saftes durch die verborgenen Wurzeln. Seine Welt bewegte und verwandelte sich, so wie der Frühling sich durch die Äste bewegte und ihre Nacktheit verwandelte; sein Gott wuchs wie ein Baum aus der apfelförmigen Erde auf. Er gab seinen Kindern Blüte und ließ zu, daß die Stürme des Winters seine Kinder abrissen und wegbliesen. Winter und Tod wehten in einem Wind. Der Gärtner saß in seinem Verschlag und las von der Kreuzigung und sah über die Tiegel auf seinem Fenster in die Winternächte hinaus. Ihm fiel ein, daß in solchen Nächten die Liebe versagt und daß viele ihrer Kinder abgeschnitten werden.

Das Kind verwandelte mit seinen Spielen die zerzausten Rasen. Der Gärtner rief es beim Namen seiner Mutter, ließ es auf seinem Knie reiten und sprach zu ihm von den Wundern Jerusalems und von der Geburt in der Krippe.

»Am Anfang war das Dorf Bethlehem«, flüsterte er dem Kind zu, ehe aus der dichten Dunkelheit die Glocke zum Tee läutete.

»Wo ist Bethlehem?«

»Weit weg«, sagte der Gärtner, »im Osten.«

Im Osten standen die Jarvishügel; die versteckten die Sonne, und ihre Bäume zogen aus dem Gras den Mond hoch.

*

Das Kind lag im Bett. Es beobachtete das Schaukelpferd und wünschte ihm Flügel an den Leib, so daß es aufsitzen und hoch zu Roß in den Himmel von Arabien reiten könne. Aber die Winde von Wales bliesen in die Vorhänge, und unten, auf dem unordentlichen Beet unter dem Fenster, lärmten die Grillen. Seine Spielsachen waren tot. Es begann zu weinen und hörte wieder auf, denn es fiel ihm kein Grund zum Weinen ein. Die Nacht war windig und kalt, ihm war warm unter den Bettüchern; die Nacht war groß wie ein Berg, das Kind war ein Junge im Bett.

Das Kind machte die Augen zu und starrte in eine wirbelnde Höhle, tiefer als die Finsternis im Garten, wo der erste Baum stand, auf den sich die unwirklichen Vögel gesetzt hatten. Allein und hell wie Feuer stand er da. Die Tränen liefen dem Kind zurück unter die Augenlider, als es an den ersten Baum dachte, der so nahe bei ihm gepflanzt war wie ein Freund im Garten. Es kroch aus dem Bett und ging auf Zehenspitzen zur Tür. Das Schaukelpferd auf seinen Federn machte einen Satz vorwärts und schlug das Kind in geräuschlose Flucht ins Bett zurück. Das Kind sah das Pferd an, und das Pferd war still. Wieder auf den Zehenspitzen den Teppich entlang, und es erreichte die Tür und drehte die Türklinke und lief auf den Gang hinaus. Blindlings vor sich hintastend, fand es den Weg zum oberen Ende der Treppe. Es schaute die dunklen Treppen hinab in die Halle, sah ein Heer von Schatten in und aus den Winkeln wanken, hörte jede Windung und Wendung ihrer Stimmen und stellte sich ihre Augenhöhlen und ihre abgezehrten Arme vor. Nur klein würden sie sein und verstohlen und blutlos, nicht mit unsichtbaren Panzern gerüstet, sondern nur von spinnfadenscheinigen Gewändern umhüllt. Sie wisperten, als es vorüberging, sie berührten es an der Schulter, und sie sagten ihm »Sst!« ins Ohr.

Das Kind ging die Treppe hinunter, und nicht ein einziger Schatten bewegte sich in der Diele; die Ecken und Winkel waren leer. Das Kind streckte den Arm aus, patschte mit der flachen Hand ins Dunkel und erwartete zu spüren, wie ihm ein dürrer, samtiger Kopf unter die Finger kriechen und sich wie Nebel in seine Nägel hineinschieben würde. Doch nichts. Es öffnete die Haustür, und die Schatten stoben in den Garten hinaus.

Einmal auf dem Gartenweg, war seine Angst verflogen. Der Mond hatte sich auf die ungejäteten Beete gelegt, und seine Fröste waren auf dem Rasen ausgebreitet. Schließlich kam es zum erleuchteten Baum am Ende des langen Kiesweges, zum Baum, der älter war als sogar das Wunder des Lichtes, und die Baumwanzen schliefen unter der Rinde, und die Zweige standen ihm vom Leib ab wie die erfrorenen Arme einer Frau. Das Kind berührte den Baum, er bog sich wie unter seiner Berührung. Es sah einen Stern, heller als alle anderen am Himmel, stetig über dem Turm der ersten Vögel brennen und auf nichts niederscheinen als einzig auf die blätterlosen Äste und den Stamm und die dahinziehenden Wurzeln.

Das Kind hatte an dem Baum nie gezweifelt. Zu ihm betete es nun, hingekniet auf geschwärztes Zweigicht, das der Nachtwind zu Boden geworfen hatte. Dann lief es, zitternd vor Liebe und Kälte, über den Rasen zurück, dem Haus zu.

*

Weiter im Osten war ein Idiot im Land, der ging herum wie ein Bettler. Er bettelte um sein Brot, da auf einem Bauernhof und dort vor dem Hüttentor einer Witwe. Ein Pastor hatte ihm einen Anzug gegeben. Der klatschte um seine hungrigen Rippen und Schultern und wehte im Wind, wenn er über die Felder stolperte. Aber seine Augen waren so groß und sein Hals so rein vom Schmutz des Landes, daß keiner ihm seine Bitte abschlug. Und wenn er um Wasser bat, gab man ihm Milch.

»Woher kommst du?«

»Vom Osten«, sagte er.

Da wußten sie, daß er ein Idiot war, und sie gaben ihm Essen, und dafür machte er ihnen die Höfe rein.

Als er mit einem Rechen über Mist und zertretene Körner gebeugt stand, hörte er in seinem Herzen eine Stimme aufsteigen. Er langte in die Futterraufe der Kühe, fing im Heu eine Maus, rieb seine Hand an ihrer Schnauze und ließ sie wieder laufen.

*

Den ganzen Tag lang dachte das Kind an den Baum, und die ganze Nacht lang stand er in seinen Träumen wie der Stern über seinem Ort. Eines Morgens, gegen Mitte Dezember, als der Wind von den fernsten Hügeln ums Haus rannte und der Schnee aus den finsteren Stunden noch nicht von den Rasen und Dächern weggeschmolzen war, lief es zum Verschlag des Gärtners. Der Gärtner wollte einen zerbrochenen Rechen flicken, den er gefunden hatte. Wortlos saß das Kind ihm zu Füßen auf einer Samenkiste, sah ihm zu, wie er die Zähne des Rechens umwand, und wußte, daß der Draht sie nicht zusammenhalten würde. Es sah des Gärtners Stiefel, naß vom Schnee, die Flicken an den Knien seiner Hosen, die nicht zugeknöpften Knöpfe der Jacke und die Bauchfalten unter dem geflickten Flanellhemd. Es sah wieder die Hände an, und die machten sich mit den goldenen Drahtknoten zu schaffen. Harte braune Hände waren es, mit Erdflekken unter den zerbrochenen Nägeln und Tabakflecken vorne auf den Fingerspitzen. Nun waren die Linien im Gesicht des Gärtners fest und entschlossen, ein Mal um das andere versuchte er, die eisernen Zähne zu umknoten, spürte aber nur, wie sie bei jedem Schütteln wieder unsicher am Stiel schlenkerten. Das Kind fürchtete sich vor der Stärke und vor der Unsauberkeit des alten Mannes. Aber als es den langen, dichten Bart sah, der fleckenlos und weiß wie ein Vlies war, fühlte es sich wieder sicher. Der Bart war der Bart eines Apostels.

»Ich habe zu dem Baum gebetet«, sagte das Kind.

»Du mußt immer zu einem Baum beten«, sagte der Gärtner und dachte an den Kalvarienberg und an den Garten Eden.

»Ich bete jeden Abend zu dem Baum.«

»Nur zu einem Baum sollst du beten!«

Der Draht glitt über die Zähne.

»Ich bete zu dem Baum dort.«

Der Draht riß.

Das Kind zeigte über die Glashausblumen hin auf den Baum, den einzigen unter allen Bäumen, auf dem keine Spur von Schnee lag.

»Ein Holunderbaum«, sagte der Gärtner; aber das Kind stand von seiner Kiste auf und schrie so laut, daß der nicht wieder geflickte Rechen klappernd zu Boden fiel.

»Der erste Baum! Der erste Baum, von dem du mir selbst erzählst hast! Im Anfang war der Baum, hast du gesagt. Ich hab es genau gehört«, schrie das Kind.

»Der Holunderbaum ist so gut wie ein anderer Baum«, sagte der Gärtner und senkte die Stimme, um das Kind zu beruhigen.

»Der allererste von allen Bäumen«, sagte das Kind leise.

Wieder sicher geworden durch die Stimme des Gärtners, lächelte es durch das Fenster dem Baum zu, und abermals kroch der Draht über den zerbrochenen Rechen.

»Gott wächst in seltsamen Bäumen«, sagte der alte Mann, »und seine Bäume finden ihre Ruhe an seltsamen Orten.«

Als er die Geschichte von den zwölf Stationen des Kreuzes entfaltete, winkte der Baum dem Kind mit seinen Zweigen. Eines Apostels Stimme stieg aus den verharzten Lungen.

So zogen sie ihn hinauf an einem Baum und trieben Nägel durch seinen Bauch und durch seine Füße.

Da klebte das Blut der Mittagssonne am Stamm des Holunderbaumes und machte Flecken auf seine Rinde.

*

Der Idiot stand auf den Jarvishügeln und sah ins unbefleckte Tal hinab, aus dessen Wassern und Gräsern die Morgennebel aufstiegen und sich verloren. Er sah den Tau verrauchen, er sah die Rinder in den Bach starren und die dunklen Wolken beim ersten Gerücht von der Sonne fortfliegen. Die Sonne drehte sich an den Rändern des dünnen, wässerigen Himmels wie Zuckerwerk in einem Glas Wasser. Er war hungrig nach Licht, als ihm der erste, fast unsichtbare Regen auf die Lippen fiel; er pflückte Grashalme, kostete davon und spürte, wie ihm das Grasgrün auf der Zunge lag. So war Licht in seinem Mund, und Licht war ein Ton in seinen Ohren, und das ganze Reich des Lichtes war in dem Tal, das einen so sonderbaren Namen hatte. Von den Jarvishügeln hatte er schon gewußt; ihre Umrisse erhoben sich über die Hänge des Landes, so daß man sie meilenweit sehen konnte, aber von dem Tal unterhalb der Hügel hatte ihm niemand etwas gesagt. »Bethlehem«, sagte der Idiot zu dem Tal und drehte den Klang des Wortes im Mund um und um und gab ihm allen Glanz eines walisischen Morgens. Er war Bruder der Welt um ihn her, er nippte von der Luft, wie ein neugeborenes Kind vom Licht nippt und sein Bruder ist. Das Leben des Jarvistales, das aus dem Leib des Grases und der Bäume und aus der langen Hand des Baches aufdampfte, lieh ihm neues Blut. Die Nacht hatte des Idioten Adern ausgeleert, aber der Morgen im Tal füllte sie wieder.

»Bethlehem«, sagte der Idiot zum Tal.

*

Der Gärtner hatte kein Geschenk, das er dem Kind geben konnte. So nahm er einen Schlüssel aus der Tasche und sagte: »Das ist der Schlüssel zum Turm. Am Weihnachtsabend will ich dir die Tür aufsperren.«

Bevor es dunkel wurde, kletterte er mit dem Kind die Treppen zum Turm hinauf; der Schlüssel drehte sich im Schloß, und die Tür, wie der Deckel einer Geheimkassette, öffnete sich und ließ sie ein. Das Zimmer war leer. »Wo sind die Geheimnisse?« fragte das Kind und starrte auf die staubbedeckten Balken und in die Spinnenwinkel hinein und an den bleigefaßten Fensterscheiben entlang.

»Es ist genug, daß ich dir den Schlüssel gegeben habe«, sagte der Gärtner, der glaubte, in seiner Tasche bei den Vogelfedern und bei den Blumensamen sei der Schlüssel zum Weltall versteckt.

Das Kind begann zu weinen, weil keine Geheimnisse da waren. Wieder und wieder durchforschte es das leere Zimmer, wirbelte den Staub hoch, um nach einer farblosen Falltüre auszuspähen, klopfte die ungetäfelten Wände ab und wartete auf die hohle Stimme eines Zimmers jenseits des Turmes. Es wischte die Spinnweben vom Fenster und sah durch den Staub hinaus in den schneienden Weihnachtsabend. Eine Welt von Hügeln dehnte sich weit in den abgemessenen Himmel, und die Gipfel von Bergen, die es nie gesehen hatte, kletterten hoch, um den fallenden Flocken entgegenzukommen. Wald und Felsen, weite Meere und Ödland lagen vor ihm, und eine neue Sintflut von Berghimmel, die durch die schwarzen Buchen schwemmte. Im Osten aber waren die Umrisse der namenlosen Hügelgeschöpfe und ein Nest von Bäumen.

»Wer sind die? Wer sind die?«

»Das sind die Jarvishügel«, sagt der Gärtner, »die von Anfang an da waren.«

Er nahm das Kind bei der Hand und führte es fort vom Fenster. Der Schlüssel drehte sich im Schloß.

In dieser Nacht schlief das Kind gut. Es war eine Macht im Schnee und in der Dunkelheit, es war eine unwandelbare Musik in der Stille der Sterne, es war eine Stille im hastenden Wind. Und Bethlehem war näher gewesen, als das Kind erwartet hatte.

*

Am Weihnachtsmorgen kam der Idiot in den Garten. Sein Haar war naß, und seine abgeschabten, zerfetzten Schuhe waren schwer vom Kot der Felder. Müde von der langen Reise von den Jarvishügeln und schwach vor Hunger, setzte er sich unter den Holunderbaum, wohin der Gärtner ein Julscheit gerollt hatte. Er faltete die Hände und sah die Verheerung in den Blumenbeeten und das Unkraut, das am Rande der Wege wuchs und wuchs. Der Turm hob sich wie ein Baum aus Stein und Glas über die roten Dachtraufen. Als ein frischer Wind aufsprang und den Baum erfaßte, schlug er den Kragen hoch um den Hals; er blickte auf seine Hände nieder und sah, daß sie beteten. Dann überfiel ihn die Angst vor dem Garten; die Büsche waren seine Feinde, und die Bäume, die eine Allee hinunter zum Tor bildeten, hoben voll Entsetzen ihre Arme. Zu hoch war dieser Ort, er spähte hinunter auf die hohen Hügel. Zu niedrig war dieser Ort, er zitterte hinauf zu den gefiederten Schultern eines neuen Berges. Der Wind war hier zu wild, er schäumte umher in der Stille, er erhob eine alte Psalmenstimme aus den Holunderzweigen. Das Schweigen schlug hier wie ein Menschenherz. Und als er dasaß unter den grausamen Hügeln, hörte er eine Stimme, die in ihm war, aufschreien: »Warum hast du mich hierhergebracht?«

Er konnte nicht sagen, warum er gekommen war; sie hatten ihm gesagt, er solle kommen, und sie hatten ihn geführt, aber er wußte nicht, wer sie waren. Die Stimme eines Volkes stieg auf aus den Gartenbeeten, und der Regen stieß nieder vom Himmel.

»Laß mich sein«, sagte der Idiot und machte eine kleine Geste gegen den Himmel, »es ist Regen auf meinem Gesicht und Wind auf meinen Wangen.« Er war der Bruder des Regens.

So fand ihn das Kind im Schutze des Baumes, wie er die Folter des Wetters mit göttlicher Geduld ertrug und sein langes Haar fliegen ließ, wohin es wollte. Um seinen Mund lag ein trauriges Lächlen.

Wer war dieser Fremde? Er hatte Feuerbrände in den Augen, das Fleisch seines Halses unter dem hochgeschlagenen Rock war nackt. Und doch saß er mit einem Lächeln da, in seinen Lumpen, unter einem Baum am Weihnachtstag.

»Woher kommst du?« fragte das Kind.

»Vom Osten«, antwortete der Idiot.

Der Gärtner hatte nicht gelogen, und das Geheimnis des Turmes war wahr: dieser dunkle, schäbige Baum, der nur nachts funkelte, war der erste von allen Bäumen.

Aber es fragte noch einmal.

»Woher kommst du?«

»Von den Jarvishügeln.«

»Stell dich an den Baum!«

Der Idiot lächelte immer noch und stand auf, den Rükken gegen den Holunderbaum.

»Mach mit deinen Armen so!«

Der Idiot breitete seine Arme aus.

Das Kind rannte, so schnell es konnte, in den Verschlag des Gärtners, und als es wiederkam, quer über den regendurchtränkten Rasen, sah es, daß der Idiot sich nicht bewegt hatte, sondern dastand, aufrecht und lächelnd, mit dem Rücken gegen den Baum und mit ausgebreiteten Armen.

»Laß mich deine Hände anbinden!«

Der Idiot spürte den Draht, der den Rechen nicht geflickt hatte, eng um seine Handgelenke. Er schnitt ins Fleisch, und das Blut aus den Wunden fiel leuchtend auf den Baum.

»Bruder«, sagte er. Er sah, das Kind hielt silberne Nägel in seiner flachen Hand.

Die Feinde

Es war Morgen auf den grünen Flächen des Jarvistals, und Mr. Owen jätete das Unkraut von den Rändern seines Gartenweges. Ein großer Wind zerrte an seinem Bart, die Pflanzenwelt brauste unter seinen Füßen. Eine Krähe hatte sich am Himmel verloren und krächzte nach ihrem Männchen, aber das Männchen kam nicht wieder, und die Krähe flog mit einer Klage im Schnabel gen Westen. Mr. Owen, der sich aufgerichtet hatte, um seine Schultern auszuruhen und einen Blick auf den Himmel zu werfen, beobachtete, wie dunkel die Schwingen gegen die rote Sonne schlugen. In ihrer zugigen Küche grämte sich Mrs. Owen über der Suppe. Früher einmal hatte das Tal nur die Rinder beherbergt; die Farmburschen waren von den Hügeln herabgekommen, um die Rinder mit ihrem Hohageschrei zum Melken zu treiben; aber kein Fremder hatte das Tal betreten. Mr. Owen, der einsam durch das Land wanderte, hatte es am Ende eines späten Sommerabends zufällig entdeckt, als die Rinder schweigend dalagen und der Bach, der es teilte, über die Kiesel dahinschwatzte. Hier, dachte Mr. Owen, will ich ein Häuschen bauen, einstöckig, inmitten dieses Tals, eingerahmt von einem Garten. Und er merkte sich genau den Weg, den er längs der sich windenden Hügel gekommen war, und kehrte zurück zu seinem Dorf und zu Mrs. Owens Fragen. So kam es, daß in den grünen Feldern ein einstöckiges Haus gebaut wurde; ein Garten wurde gegraben und gepflanzt und ein niedriger Zaun rings um den Garten errichtet, um die Kühe vom Gemüse fernzuhalten.

Das war am Anfang des Jahres gewesen. Nun waren

Sommer und Herbst darüber hingegangen; der Garten war aufgeblüht und abgestorben; auf dem Unkraut lag Rauhreif. Mr. Owen bückte sich wieder und säuberte den Gartenweg, und der Wind neigte die Köpfe der nahen Gräser und machte aus jedem grünen Mund ein Orakel. Geduldig erdrosselte Mr. Owen das Unkraut, die Wurzeln kamen hoch und führten Krieg im umliegenden Erdreich; Insekten rührten sich in den Löchern, wo Unkraut gewuchert hatte, aber als sie zwischen seinen Fingern starben, hinterließen sie keine Flecken. Ihr Sterben machte ihn müde, das Fallen des Unkrauts machte ihn noch müder. Die Wurzeln kamen hoch, die billigen grünen Köpfe fielen nieder.

Mrs. Owen, die in die Tiefen ihres Kristalls blickte, hatte die Suppe weiterbrodeln lassen, ohne ihr zu Hilfe zu kommen. Die Kugel wurde dunkel, dann hell: in ihrem Inneren rührte sich ein Regenbogen. Der Kristall wurde wie eine Sonne, dann erkaltete er wieder wie ein Polarstern; so strahlte er in den Falten ihres Kleides, wo sie ihn liebevoll hielt. Die Teeblätter in ihrer Tasse hatten beim Frühstück einen dunklen Fremden angekündigt. Was würde der Kristall ihr sagen? Mrs. Owen war voller Erwartung.

Die Wurzeln kamen hoch, und ein gekrümmter Wurm, gestört vom tastenden Wühlen der Finger, wand sich blind in der Sonne. Auf einmal füllte das Tal all seine Mulden mit dem Wind, mit der Stimme der Wurzeln, mit dem Atem der unteren Himmelsschichten. Nicht nur eine Alraune schreit; alle ausgerissenen Wurzeln haben ihre Wehrufe; jedes Unkraut, das Mr. Owen aus dem Boden zog, schrie wie ein Baby. Im Dorf hinter dem Hügel brauste jetzt sicher der Wind und führte die Kleider auf den Leinen in den Gärten zu seltsamen Tänzen. Und Frauen, in deren Leibern es sich formte, würden jetzt, über ihre dampfigen Zuber gebeugt, ein neues Pochen fühlen. Das

Leben würde weitergehen, in den Adern, in den Knochen und im Fleisch, das sie miteinander verbindet; das alles hatte seine eigenen Zeiten und sein wechselndes Wetter, geradeso wie das Tal, das das Haus rings mit dem Fleisch des grünen Grases umschloß.

Der Kristall ließ vor Mrs. Owen seine Toten aufstehen wie ein offenes Grab. Sie starrte auf die Lippen von Frauen und die Haare von Männern, die sich auf dem Angesicht der Kristallwelt zu einem Muster verschlangen. Aber plötzlich wurden die Muster weggewischt, und sie konnte nichts sehen als die Formen der Jarvishügel. Ein Mann mit schwarzem Hut ging die Wege hinab in das unsichtbare Tal unten. Kam er noch näher, dann würde er in ihren Schoß fallen. »Dort auf den Hügeln geht ein Mann mit einem schwarzen Hut«, rief sie zum Fenster hinaus. Mr. Owen lächelte und jätete weiter.

Um diese Zeit verlor Ehrwürden Mr. Davies den Weg; er war fast den ganzen Vormittag daran gewesen, ihn zu verlieren; jetzt aber hatte er ihn endgültig verloren und stand beunruhigt unter einem Baum am Rand der Jarvishügel. Ein großer Wind stieß durch die Zweige, und eine große graugrüne Erde bewegte sich schwankend unter ihm. Wo immer er hinsah, stürmten die Hügel himmelan, und wo immer er sich vor dem Wind verstecken wollte, ängstigte ihn die Dunkelheit. Je weiter er ging, desto seltsamer wurde die Landschaft um ihn her; sie erhob sich zu ungeahnten Höhen und fiel dann wieder hinab in ein Tal, nicht größer als seine Handfläche. Und die Bäume schritten aus wie Menschen. Durch einen göttlichen Zufall erreichte er den Rand der Hügel gerade, als die Sonne die Mitte des Himmels erreichte. Er stand unter einem Baum und sah hinab in das Tal, und die weite Welt schaukelte von Horizont zu Horizont. In den Feldern stand ein kleines Haus mit einem Garten. Das Tal umbrauste es, der Wind sprang es an wie ein Boxer, aber das Haus stand still. Mr. Davies kam es vor, als wäre das Haus von einem großen Vogel aus einem Dorf herausgetragen und genau in die Mitte des ungestümen Alls gesetzt worden.

Aber beim Abwärtsklettern über die schroffen Grate und über den Hang verlor er seinen Platz in Mrs. Owens Kristallkugel. Eine Wolke wehte an die Stelle seines schwarzen Hutes, und unter der Wolke schritt ein sehr altes Gespenst dahin, eine Gestalt aus Luft, mit festgefrorenen Sternen im Bart und einem Sichelmond als Lächeln. Mr. Davies, dem die Steine die Hände zerkratzten, wußte davon nichts. Er war alt, er war trunken vom Wein des Morgens, aber was da aus seinen Wunden hervorquoll, das war menschliches Blut.

Auch Mr. Owen, mit dem Gesicht am Boden und den Händen um den Hals des schreienden Unkrauts, wußte nichts von der Verwandlung im Kristall. Er hatte gehört, wie Mrs. Owen das Kommen des schwarzen Hutes prophezeit hatte, und er hatte gelächelt, wie er über ihren Glauben an die Mächte der Finsternis immer lächelte. Auf ihren Ruf hin hatte er aufgeblickt, und lächelnd hatte er sich wieder dem klareren Ruf des Bodens zugewandt. »Vermehret euch, vermehret euch«, hatte er zu den Würmern gesagt, die er beim Graben ihrer Kanäle gestört hatte, und er hatte die braunen Würmer in der Mitte durchgeschnitten, auf daß die Hälften sich vermehren und ihr Leben über den Garten ausbreiten und ihren Giftweg hinaus auf die Felder und in die Bäuche der Rinder nehmen sollten.

Davon aber wußte Mr. Davies nichts. Er sah einen bärtigen jungen Mann fleißig über die Gartenerde gebeugt; er sah, daß das Haus mit dem ans Fenster gepreßten Gesicht einer blassen jungen Frau hübsch aussah. Also nahm er seinen schwarzen Hut ab und stellte sich als der Pfarrer eines etwa zehn Meilen entfernten Dorfes vor.

»Sie bluten«, sagte Mrs. Owen.

Mr. Davies' Hände waren wirklich blutbedeckt.

Als Mrs. Owen sich um die Wunden des Pfarrers gekümmert hatte, setzte sie ihn in den Lehnstuhl beim Fenster und machte ihm eine Tasse starken Tee.

»Ich habe Sie auf dem Hügel gesehen«, sagte sie, und er fragte sie, wieso sie ihn gesehen habe, denn die Hügel waren hoch und weit entfernt.

»Ich habe gute Augen«, sagte sie.

Er zweifelte nicht daran. Ihre Augen waren die seltsamsten, die er je gesehen hatte.

»Es ist ruhig hier«, sagte Mr. Davies.

»Wir haben keine Uhr«, sagte sie und deckte den Tisch für drei.

»Sie sind sehr freundlich.«

»Wir sind freundlich zu denen, die zu uns kommen.«

Er fragte sich, wie viele zu dem einsamen Haus in dem Tal kamen, aber er stellte ihr keine Fragen, aus Angst vor dem, was sie antworten würde. Er vermutete, daß diese Frau nicht ganz geheuer sei und daß sie das Dunkel liebte, weil es dunkel war. Er war zu alt, um nach den Geheimnissen der Dunkelheit zu fragen, und jetzt, in seinem zerrissenen und nassen schwarzen Anzug, die Hände gebunden mit den Verbänden dieser fremden Frau, jetzt fühlte er sich älter denn je. Die Winde des Vormittags hätten ihn zu Boden wehen, und der plötzliche Einbruch der Dunkelheit hätte ihn blenden können. Der Regen hätte durch ihn hindurchgehen können, so wie er durch den Körper eines Geistes hindurchgeht. Ein müder, weißhaariger, alter Mann, saß er unter dem Fenster, fast unsichtbar gegen die Fensterscheiben und das weiße Tuch des Lehnstuhls. Bald war das Essen fertig, und Mr. Owen kam ungewaschen aus dem Garten.

»Soll ich das Tischgebet sprechen?« fragte Mr. Davies, als alle drei um den Tisch saßen.

Mrs. Owen nickte.

»O Herrgott, allmächtiger, segne diese unsere Speise«, sagte Mr. Davies. Im Weiterbeten blickte er auf und sah, daß Mr. und Mrs. Owen die Augen geschlossen hatten. »Wir danken Dir für den Überfluß, den Du uns beschert hast.« Und er sah, daß die Lippen von Mr. und Mrs. Owen sich leise bewegten. Er konnte nicht hören, was sie sagten, aber er wußte, daß die Gebete, die sie sprachen, nicht seine Gebete waren.

»Amen«, sagten alle drei zusammen.

Mr. Owen, voller Stolz bei seinem Essen, beugte sich über den Teller, wie er sich über das wehklagende Unkraut gebeugt hatte. Draußen vor dem Fenster war der braune Leib der Erde, war die grüne Haut des Grases und waren die Brüste der Jarvishügel; ein Wind war dort, von dem das Tier Erde fröstelte; und eine Sonne, die den Feldern den Tau weggetrunken hatte, schwitzte Schöpfung aus den Poren der Bäume, und die Sandkörner an weitentfernten Küsten, über die das Meer hinrollte, würden sich vermehren. Er spürte die rauhe Nahrung auf seiner Zunge; es war ein Sinn in der Schwarte des Fleisches und ein Zweck im An-den-Mund-Heben der Nahrung. Mit plötzlicher Genugtuung sah er, daß Mrs. Owens Kehle bloß war.

Auch sie war über ihren Teller gebeugt, aber sie ließ die Zähne ihrer Gabel an seinen Rändern knabbern. Sie aß nicht, denn die alten Mächte waren über sie gekommen, und sie wagte nicht den Kopf zu heben, weil ihre Augen so grün waren. Sie erkannte am Ton, aus welcher Richtung im Tal der Wind blies; sie erkannte den Stand der Sonne an der Kurve der Schatten auf dem Tischtuch. Wie gerne hätte sie jetzt ihren Kristall genommen, um in ihm die Streifen der Dunkelheit zu sehen, die dieses Winterlicht zudeckten. Aber in ihren Gedanken sammelte sich eine Dunkelheit, die sog alles Licht ihrer Umgebung ein. Zu ihrer Linken war ein Geist; mit all ihrer Kraft sog sie das körperlose Licht ein, das sich um ihn bewegte, und vermischte es mit ihrem dunklen Gehirn.

Mr. Davies fühlte sich wie ein Mann, der von einem Vogel ausgesogen wird, Verödung in seinen Adern, und erzählte in einem süßen Delirium von seinen Abenteuern auf den Hügeln: wie es kalt gewesen sei und windig, und wie die Hügel auf und nieder gingen. Er hatte sich verirrt, sagte er, und hatte einen dunklen Zufluchtsort gefunden, der Schutz bot vor den Unholden des Windes; aber die Dunkelheit hatte ihn geängstigt, und er war wieder über die Hügel gewandert, wo ihn der Vormittag umherwarf wie ein Schiff auf dem Meer. Wohin er auch ging, war er im Freien verweht oder in den engen Schatten geängstigt worden. Es gab keinen Ort, sagte er mitleidig, wo ein alter Mann hingehen konnte. Er liebte seinen Pfarrhof, und so hatte er auch das Land ringsum geliebt, aber die Hügel hatten unter seinen Füßen nachgegeben oder ihn in die Luft gestoßen. Und er liebte seinen Gott, und so hatte er auch die Dunkelheit geliebt, wo die Menschen von altersher das dunkle Unsichtbare angebetet hatten. Aber nun waren die Hügelhöhlen voller Gestalten und Stimmen, die ihn verspotteten, weil er alt war.

»Er hat Angst vor der Dunkelheit«, dachte Mrs. Owen, »vor der wunderschönen Dunkelheit.« Mit einem Lächeln dachte Mr. Owen: »Er hat Angst vor den Würmern in der Erde, vor der Paarung im Baum, vor dem lebenden Fett im Boden.« Sie blickten auf den alten Mann und sahen, daß er geisterhafter war denn je. Das Fenster hinter ihm warf einen zottigen Lichtkreis um seinen Kopf.

Plötzlich kniete Mr. Davies nieder, um zu beten. Er verstand nicht die Kälte in seinem Herzen, noch die Furcht, die ihn im Knien bestürzte, aber während er seine Gebete um Erlösung sprach, starrte er hinauf zu den umschatteten Augen Mrs. Owens und den lächelnden Augen ihres Mannes. Hingekniet auf den Teppich zu Häupten des Tisches, starrte er bestürzt auf den dunklen Geist und den groben, dunklen Körper. Er starrte und betete wie ein alter, von seinen Feinden bedrängter Gott.

Das Kleid

Sie waren zwei Tage lang kreuz und quer durchs ganze Land hinter ihm her gewesen, aber am Fuß der Hügel war er sie losgeworden; versteckt in einem goldenen Busch, hatte er sie rufen und das Tal hinabstolpern gehört. Hinter einem Baum auf dem Hügelkamm hatte er hinuntergespäht auf die Felder, wo sie umhereilten wie Hunde, wo sie mit ihren Stöcken in den Hecken stocherten und ein schwaches Geheul ausstießen, als plötzlich Nebel vom Frühlingshimmel kam und sie vor seinen Augen verbarg. Aber der Nebel war ihm eine Mutter und legte einen Mantel um seine Schultern, dort, wo sein Hemd zerrissen und das Blut auf den Schulterblättern getrocknet war. Der Nebel machte ihm warm; er hatte die Speise und den Trank des Nebels auf seinen Lippen, und er lächelte durch die mütterliche Hülle des Nebels wie eine Katze. Am anderen Hang, wo der Hügel ins Tal abfiel, schlug er sich bis unter die dichteren Bäume durch, die ihn vielleicht zu Licht und Feuer und einem Napf Suppe führen würden. Er dachte an die Kohlen, die auf dem Kaminrost zischen würden, und an die junge Mutter, die dort stehen würde, allein. Er dachte an ihr Haar. Es würde ein Nest für seine Hände sein. Er rannte zwischen den Bäumen durch und fand sich auf einem schmalen Weg. Nach welcher Richtung sollte er gehen: auf den Mond zu, oder von ihm weg? Der Nebel hatte aus dem Stand des Mondes ein Geheimnis gemacht, aber in einer Ecke des Himmels, wo der Nebel auseinandergefallen war, konnte er Sternbilder sehen. Er ging nach Norden hin, wo die Sterne waren, summte ein Lied ohne Melodie und hörte seine Füße in der schwammigen Erde steckenbleiben und wieder loskommen.

Jetzt hatte er Zeit, seine Gedanken zu sammeln, aber kaum hatte er sie zu ordnen begonnen, als in den Bäumen, die über den Weg hingen, eine Eule schrie, und er blieb stehen und blinzelte zu ihr hinauf, denn er fand eine verwandte Melancholie in ihren Tönen. Bald würde sie herabstoßen und eine Maus packen. Er sah sie einen Augenblick lang, wie sie kreischend auf ihrem Ast saß. Dann fürchtete er sich vor ihr, eilte weiter und war erst ein paar Meter weit in die Dunkelheit gegangen, als sie mit einem neuen Schrei fortflog. Der arme Hase, dachte er, denn das Wiesel wird ihn trinken. Die Straße stieg an zu den Sternen, und die Bäume und das Tal und die Erinnerung an die Gewehre verblaßten hinter ihm.

Er hörte Schritte. Ein alter Mann trat regenglänzend aus dem Nebel.

»Gute Nacht, Sir«, sagte der alte Mann.

»Keine Nacht für den vom Weibe Geborenen«, sagte der Irre. Der alte Mann pfiff und eilte halb laufend auf die Bäume am Straßenrand zu.

»Sag's nur den Bluthunden«, kicherte der Irre, der den Hügel hinaufstieg, »sag's nur den Bluthunden!« Und schlau wie ein Fuchs ging er auf seinen eigenen Spuren zurück bis dorthin, wo der nebelige Weg sich in drei Richtungen teilte. »Zum Teufel mit den Sternen«, sagte er und ging der Dunkelheit zu.

Die Welt war ein Ball unter seinen Füßen; sie stieß im Laufen an seine Füße; sie fiel nieder, da kamen die Bäume herauf. In der Ferne heulte der Hund eines Wilderers, den Fuß im Fangeisen, und er hörte es und lief noch schneller, denn er dachte, der Feind sei ihm auf den Fersen. »Duckt euch, Jungs, duckt euch!« rief er, aber mit der Stimme eines Mannes, der auf einen fallenden Stern zeigt.

Plötzlich fiel ihm ein, daß er seit der Flucht noch nicht geschlafen hatte, und er hörte zu laufen auf. Jetzt waren die Wasser des Regens zu müde, um die Erde zu peitschen, im Fallen brachen sie auseinander und wehten im Wind umher wie die Körner des Sandmanns. Wenn er dem Schlaf begegnete, würde der Schlaf ein Mädchen sein. Während der letzten zwei Nächte, im Gehen oder im Laufen quer durch das leere Land, hatte er von ihrer Begegnung geträumt. »Leg dich nieder«, würde sie sagen, würde ihm ihr Kleid geben, um darauf zu liegen, und würde sich an seiner Seite ausstrecken. Gerade als er so geträumt hatte und die kleinen Zweige unter seinen laufenden Füßen ein Geräusch gemacht hatten wie das Rascheln ihres Kleides, hatte in den Feldern der Feind geschrien. Er war fort und fort gelaufen und hatte den Schlaf immer weiter hinter sich gelassen. Manchmal war da eine Sonne, ein Mond, und manchmal unter einem schwarzen Himmel hatte er den Wind hochgenommen und niedergeworfen, ehe er weiterkonnte.

»Wo ist Jack?« fragten sie in den Gärten des Hauses, das er verlassen hatte. »Oben auf den Hügeln, mit einem Schlächtermesser«, sagten sie und lächelten. Aber das Messer war fort, gegen einen Baum geworfen, in dem es immer noch bebte. Es war keine Hitze in seinem Kopf. Er lief immer weiter und heulte um Schlaf.

Und sie, allein im Haus, nähte ihr neues Kleid. Es war ein helles Landkleid mit Blumen am Leibchen. Nur noch ein paar Stiche waren nötig, dann würde es fertig zum Tragen sein. Gefällig würde es sich an ihre Schultern schmiegen, und zwei von den Blumen würden aus ihren Brüsten wachsen.

Wenn sie mit ihrem Mann am Sonntagmorgen über die Felder ging und hinab ins Dorf, dann würden sich die Jungen die Hand vorhalten und ihr zulächeln, und alle Witwen würden die Köpfe zusammenstecken, wie das Kleid auf ihrem Bauch saß. Sie schlüpfte hinein und sah im Spiegel über dem Kamin, daß ihr neues Kleid noch hübscher war, als sie es sich vorgestellt hatte. Es machte ihr Gesicht blasser und ihr langes Haar dunkler. Sie hatte es tief ausgeschnitten.

Draußen in der Nacht hob ein Hund den Kopf und heulte. Eilig wandte sie sich ab von ihrem Spiegelbild und zog die Vorhänge fester zu.

Draußen in der Nacht suchten sie nach einem Irren. Er hatte grüne Augen, sagten sie, und hatte eine feine Dame geheiratet. Sie sagten, er habe ihr die Lippen abgeschnitten, weil sie Männern zulächelte. Sie holten ihn ab, aber er stahl ein Messer aus der Küche und verwundete seinen Wärter und brach aus in die wilden Täler.

Von weitem sah er das Licht in dem Haus und stolperte hinauf zum Rand des Gartens. Den kleinen Zaun darum sah er nicht, fühlte ihn nur. Der rostende Draht schabte an seiner Hand, und das nasse, abscheuliche Gras kroch ihm bis über die Knie. Und als er erst durch den Zaun gelangt war, kamen ihm die Heerscharen des Gartens entgegengestürzt, die blumenköpfigen und die körpererstarrenden Fröste. Er hatte sich die Finger aufgerissen, während die alten Wunden noch naß waren. Wie ein Blutmann kam er aus der Dunkelheit der Feinde auf die Stufen. Er sagte flüsternd: »Laß sie nicht auf mich schießen.« Und er öffnete die Tür.

Sie war in der Mitte des Zimmers. Ihr Haar war unordentlich herabgefallen, und drei der Knöpfe am Ausschnitt ihres Kleides waren offen. Was heulte nur der Hund so? Geängstigt von dem Heulen und den Gedanken an die Geschichten, die sie gehört hatte, schaukelte sie auf ihrem Stuhl. Was wurde aus der Frau? fragte sie sich im Schaukeln. Sie konnte sich keine Frau ganz ohne Lippen denken. Was wurde aus Frauen ohne Lippen, fragte sie sich.

Die Tür machte kein Geräusch. Er trat ins Zimmer, versuchte zu lächeln und hielt ihr die Hände hin.

»Ach, du bist zurückgekommen«, sagte sie.

Dann drehte sie sich auf ihrem Stuhl um und sah ihn. Sogar um seine grünen Augen herum war er voller Blut. Sie hob ihre Finger an den Mund. »Nicht schießen«, sagte er.

Doch die Bewegung ihres Armes zog den Ausschnitt ihres Kleides auseinander, und er starrte voll Verwunderung ihre weite, weiße Stirne an, ihre angstvollen Augen und Lippen, bis hinab zu den Blumen auf ihrem Kleid. Bei der Bewegung ihres Armes tanzte das Kleid im Licht. Sie saß vor ihm, von Blumen bedeckt. »Schlafen«, sagte der Irre. Und er kniete nieder und legte seinen verwirrten Kopf in ihren Schoß.

Der Besucher

Seine Hände waren müde, obwohl sie die ganze Nacht lang auf seinen Bettüchern gelegen hatten und er sie nur zu seinem Mund und zu seinem wilden Herzen hin bewegt hatte. Die Venen liefen, ungesund blaue Ströme, ins weiße Meer. An seiner Seite dampfte Milch aus einer angeschlagenen Tasse. Er roch den Morgen und wußte, daß Hähne im Hof die Köpfe zurückwarfen und die Sonne ankrähten. Was waren die Tücher rund um ihn, wenn nicht die einhüllenden Laken der Toten? Was war die Uhr mit der geschäftigen Stimme, die zwischen Photographien seiner Mutter und seiner toten Frau erklang, wenn nicht die Stimme eines alten Feindes? Die Zeit war so gnädig, die Sonne auf sein Bett scheinen zu lassen, und so gnadenlos, die Sonne von der Uhr davonschlagen zu lassen, wenn die Nacht heraufzog und er das rote Licht und die klare Wärme noch mehr brauchte.

Rhianon war Wärterin eines Toten und setzte den angeschlagenen Rand der Tasse an seine toten Lippen. Herz konnte das keines sein, was unter den Rippen schlug. In den Toten schlagen keine Herzen. Während er dagelegen hatte, bereit für Meßband und Säure, hatte Rhianon ihm die Brust aufgeschnitten, mit einem Buchmesser, hatte das Herz herausgenommen, hatte die Uhr eingesetzt. Er hörte sie zum dritten Mal sagen: »Trink die gute Milch«, und er fühlte die Milch sauer über seine Zunge rieseln und ihre Hand seine Stirne liebkosen und wußte, daß er nicht tot war. Er war ein lebender Mensch. Viele Meilen weit flossen die Monate in die Jahre, rund um die trockenen Tage.

Callaghan würde heute dasitzen und mit ihm sprechen. Er hörte in seinem Hirn die Stimmen Callaghans und Rhianons miteinander kämpfen, bis er schlief, und er schmeckte das Blut von Worten. Seine Hände waren müde.

Er grübelte über seinen langen, weißen Körper und merkte, wie die Rippen an beiden Seiten hervorstanden. Diese Hände hatten andere Hände gehalten und einen Ball hoch in die Luft geworfen. Nun waren sie tote Hände. Er konnte sie in sein Haar winden und konnte sie, ohne etwas zu spüren, auf seinem Bauch ruhen lassen oder sie im Tal zwischen Rhianons Brüsten verlieren. Es lag nichts dran, was er mit ihnen tat oder zeigte, sie waren so tot wie die beiden Zeigerhände, mit denen die Uhr ihre Stunden anzeigt, und auch sie bewegte ein Uhrwerk.

»Soll ich die Fenster zumachen, bis die Sonne wärmer ist?« fragte Rhianon.

»Mir ist nicht kalt.«

Er würde ihr sagen, daß die Toten weder Kälte noch Wärme spüren, daß Sonne und Wind seine Hüllen niemals durchdringen konnten. Aber sie würde auf ihre freundliche Art lachen und würde ihn auf die Stirne küssen und zu ihm sagen: »Was hast du denn, Peter? Eines Tages wirst du wieder frisch und munter sein.«

Eines Tages würde er auf den Jarvishügeln herumgehen wie der Geist eines Knaben und würde die Leute sagen hören: »Dort geht der Geist von Peter, dem Dichter, der schon jahrelang tot war, bevor sie ihn begruben.«

Rhianon zog die Bettücher zurecht, daß sie seine Schultern bedeckten, gab ihm einen Gutenmorgenkuß und nahm die angeschlagene Tasse weg.

Ein Mann mit einem Pinsel hatte eine Rippe aus Farbe unter die Sonne gezeichnet und hatte viele Kreise um den Kreis der Sonne gemalt. Der Tod war ein Mann mit einer Sense, aber an diesem Sommertag würde kein lebender Hahn niedergemäht werden.

Der Kranke wartete auf seinen Besucher. Peter wartete auf Callaghan. Sein Zimmer war eine Welt in einer Welt. Eine Welt in ihm ging rundum, und eine Sonne ging in ihm auf, und ein Mond fiel. Callaghan war der Westwind, und Rhianon blies die kalten Schauer des Westwinds weg wie ein Wind von Tahiti.

Er ließ seine Hand auf seinem Kopf ruhen, Stein auf Stein. Nie war die Stimme Rhianons so fern gewesen wie bei ihren Worten, daß die saure Milch gut sei. Was war sie als eine Geliebte, die irr zu ihrem Geliebten sprach unter einem Sarg von Kleidern? Jemand in der Nacht hatte ihn umgestülpt und ausgeleert, alles ausgeleert, bis auf ein falsches Herz. Das unter dem Rippenpanzer gehörte nicht ihm, nicht ihm gehörte das Ticken einer Vene im Fuß. Seine Arme konnten nicht mehr ihre Bewegungen machen und konnten auch keinen Kreis um ein Mädchen schlagen, um sie vor Wind und Räubern zu schützen. Es gab nichts Ferneres unter der Sonne als seinen eigenen Namen, und Dichtung war eine Schnur von Worten, auf eine Bohnenstange gereiht. Mit den Lippen rundete er einen kleinen Tonball zu irgendeiner Form und sprach ein Wort.

Es gab kein Morgen für tote Männer. Er konnte nicht denken, daß nach der nächsten Nacht und ihrem Schlaf das Leben wieder aufsprießen würde wie eine Blume durch die Risse eines Sarges.

Sein Zimmer um ihn her war ein geräumiger Ort. Aus ihren Rahmen sahen die lügenhaften Ebenbilder von Frauen auf ihn nieder. Das da war das Gesicht seiner Mutter, dieses fast gelbe Oval, umrahmt von altem Gold und spärlich werdendem Haar. Und neben ihr die tote Mary. Wenn auch Callaghan noch so hart blies, die Mauern um Marys Tod würden niemals fallen. Er dachte an sie, wie sie gewesen war, erinnerte sich an ihren Peter, ihren süßen; an Peter und an ihre lächelnden Augen.

Er erinnerte sich, daß er seit jener Nacht vor sieben

Jahren nicht mehr gelächelt hatte; seit jener Nacht, in der sein Herz so gewaltig in ihm gezittert hatte, daß er zu Boden gefallen war. Die Kraft war wiedergekommen im unglaublichen Sonnenuntergang. Über die Hügel und über das Dach gingen die breiten Monde, und der Sommer kam nach dem Frühling. Wie hatte er überhaupt gelebt, als Callaghan noch nicht mit einem großen Schrei die Waben der Welt wegblies, sondern Millicent ihren Zauber und ihre Liebe um ihn gebreitet hatte?

Aber die Toten brauchen keine Freunde. Er spähte über den umgedrehten Sargdeckel hinweg. Steif und starr stierte ihm ein Mann aus Wachs entgegen. Er nahm die Groschen von diesen toten Augen und schaute in sein eigenes Gesicht.

»Vermehrt euch, Pappe an Pappe«, hatte er geschrien, »bis ich eure gekleisterten Hütten mit einem einzigen Stoß aus meinen Lungen niederblase!« Als Mary gekommen war, war nichts von einem Tag zum andern gewesen als die Gottheit, die er rund um sie gebaut hatte. Sein Kind in ihrem Schoß hatte Mary getötet. Er spürte seinen Körper zu Dunst werden, und Männer, die leicht wie Luft gewesen waren, schritten mit metallenen Hufen durch ihn hindurch und weiter.

Er begann zu rufen: »Rhianon, Rhianon! Jemand war da und hat mich in die Seite getreten. Tropf, tropf, fließt mein Blut in mir! Rhianon«, so rief er.

Sie eilte die Treppe hinauf, und wieder und wieder wischte sie ihm mit dem Ärmel ihres Kleides die Tränen von den Wangen.

Er lag still, und der Morgen wurde reif und wuchs zu einem edlen Mittag heran. Rhianon ging ein und aus, und ihr Kleid – er roch es, als sie sich über ihn beugte – roch nach Klee und Milch. Mit neuem Staunen folgte er ihren kühlen Bewegungen rings durch das Zimmer, dem Schwung ihrer Hände, als sie die tote Mary in ihrem Rahmen abstaubte. Mit solchem Staunen, dachte er, folgen die Toten den Bewegungen der Lebenden und sehen das Blühen unter der lebendigen Haut. Sie müßte singen, wie sie da vom Kamin zum Fenster geht und alles zurechtrückt, oder sie müßte summen wie eine Biene bei der Arbeit. Aber wenn sie gesprochen hätte, oder gelacht, oder mit dem Fingernagel ans dünne Metall der Kerzenleuchter angestoßen wäre und einen Glockenton daraus aufgeweckt hätte, oder wenn das Zimmer plötzlich voll von Vogellauten gewesen wäre, dann hätte er wieder geweint. Es behagte ihm, auf die unbewegten Wogen der Bettücher niederzusehen und sich als Insel zu fühlen, irgendwo in der Südsee. Auf dieser Insel voll reicher und wundersamer Pflanzen hingen die Samen, die zu Früchten geworden waren, von den Bäumen und fielen, kleiner als Äpfel, in den pazifischen Winden zu Boden, um unten zu liegen und den Sommerschnecken Quartier zu gewähren.

Und in seinen Gedanken an die Insel irgendwo in den Höhlungen des Südens fiel ihm Wasser ein, und er sehnte sich nach Wasser. Rhianons Kleid umraschelte sie mit dem sanften Geräusch von Wasser. Er rief sie zu sich und berührte ihre Brust und fühlte das Wasser auf seinen Händen. »Wasser«, sagte er zu ihr, und er sagte ihr, wie er als Junge auf den Felsen gelegen hatte und seine Finger kühle Figuren auf die Oberfläche der Tümpel gezeichnet hatten. Sie brachte ihm Wasser in einem Glas und hielt ihm das Glas in Augenhöhe hin, so daß er das Zimmer durch eine Wand von Wasser sehen konnte. Er trank nicht, und sie stellte das Glas neben ihn. Er stellte sich die Kühle unter dem Meer vor; jetzt, an einem Sommertag kurz nach Mittag, wünschte er wieder, daß sich das Wasser ganz um ihn schließen solle, daß er keine Insel mehr sein solle, die über das Wasser aufragt, sondern ein grüner Ort unter den Wellen, der eine blendende Höhle umstarrt. Er dachte an einige kühle Worte und machte eine Zeile über einen Olivenbaum, der unter einem See wuchs. Aber der Baum war ein Baum von Worten, und der See reimte auf ein anderes Wort.

»Setz dich und lies mir vor, Rhianon.«

»Wenn du gegessen hast«, sagte sie und brachte ihm Essen.

Er konnte nicht denken, daß sie in die Küche hinuntergegangen war und mit ihren eigenen Händen sein Essen zugerichtet hatte. Sie war gegangen und mit Speisung zurückgekehrt, so einfach wie eine Jungfrau aus dem Alten Testament. Ihr Name bedeutete nichts, er war ein kühler Klang. Sie hatte einen sonderbaren Namen aus der Bibel. So eine Frau hatte den Körper gewaschen, nachdem er vom Baum abgenommen war, mit kühlen, geschickten Fingern, die die Löcher der Wunden berührten wie zehn Segnungen. Er konnte zu ihr schreien: »Leg ein süßes Kraut unter meinen Arm! Mit deinem Speichel mach du mich duftig!«

»Was soll ich dir vorlesen?« fragte sie, als sie endlich neben ihm saß. Er schüttelte den Kopf. Es war ihm gleich, was sie las, solange er sie nur sprechen hören und an nichts denken konnte als an den Tonfall ihrer Stimme.

»Oh, sachte mag ich legen mich, und sachte ruhn mein Haupt
Und sachte schlafen den Todesschlaf und sachte hören die Stimme
Von ihm, der in dem Garten geht zur Abendzeit.«

Sie las weiter, bis der Wurm auf dem Lilienblatt saß.

Der Tod lag wieder auf seinen Gliedern, und er schloß die Augen.

Es gab keine Erholung von den Schmerzen und auch nicht von den Figuren des Todes, die ihren vertrauten Geschäften nachgingen, sogar im Dunkel seiner schweren Augenlider.

»Soll ich dich wachküssen?« sagte Callaghan. Seine Hand lag kalt auf Peters Hand.

»Und alle Aussätzigen küßten sich«, sagte Peter, und dann wunderte er sich, was er damit gemeint hatte. Rhianon sah, daß er ihr nicht mehr zuhörte, und ging auf Zehenspitzen fort.

Callaghan war alleingeblieben, beugte sich über das Bett und legte seine weichen Fingerspitzen auf Peters Augen. »Nun ist es Nacht«, sagte er. »Wo sollen wir heute nacht hingehn?«

Peter öffnete die Augen wieder, sah die ausgebreiteten Finger und die Kerzen, die glühten wie die Köpfe von Mohnblumen. Eine Angst und ein Segen lagen über dem Zimmer.

Die Kerzen dürfen nicht ausgeblasen werden, dachte er. Licht muß sein, Licht, Licht, Licht. Docht und Wachs dürfen nie niederbrennen. Den ganzen Tag und die ganze Nacht lang müssen die drei Kerzen wie drei Mädchen an meinem Bett erröten. Diese drei Mädchen müssen mich schützen.

Die erste Flamme tanzte und ging aus. Über die zweite und dritte Flamme machte Callaghan seinen grauen Mund spitz. Das Zimmer war finster. »Wo sollen wir heut nacht hingehn?« sagte er, aber wartete auf keine Antwort, sondern zog die Decken vom Bett und hob Peter in seinen Armen hoch. Sein Mantel lag feucht und süßlich auf Peters Gesicht.

»Ach, Callaghan, Callaghan«, sagte Peter, den Mund ins schwarze Tuch gepreßt. Er spürte die Bewegungen von Callaghans Körper, die straffen Muskeln, und die Muskeln, die nachgaben; die Rundung der Schultern, den Aufschlag der Füße auf den rasenden Erdball. Ein Wind, der unter dem Ton und Lehm der Erde hervorkam, fegte zu seinem verborgenen Gesicht auf. Erst als die Zweige der Bäume über seinen Rücken kratzten, erkannte er, daß er nackt war. Um nicht laut aufzuschreien, preßte er seine Lippen fest über einer feuchten Hautfalte zusammen. Callaghan war auch nackt, nackt wie ein kleines Kind.

»Sind wir nackt? Wir haben unsere Knochen und unsere Organe, unsere Haut und unser Fleisch. Ein Band von Blut ist in dein Haar geflochten: fürchte dich nicht. Du hast ein Gewebe von Adern um deine Lenden.« Die Welt jagte an ihnen vorüber, der Wind flaute zu nichts ab und wehte die Früchte der Schlacht unter den Mond. Peter hörte die Lieder von Vögeln, aber es waren keine Lieder, wie er sie aus den Kehlen der Vögel auf dem Fenstersims seines Schlafzimmers gehört hatte. Die Vögel waren blind.

»Sind sie blind?« fragte Callaghan. »Sie haben Welten in ihren Augen. Es ist weiß und schwarz in ihrem Pfeifen. Fürchte dich nicht. Es sind helle Augen unter ihren Eierschalen.«

Plötzlich hielt er an, mit dem federleichten Peter in seinen Armen, und ließ ihn leise auf einen Ball aus grüner Erde nieder. Zu seinen Füßen lag ein Tal, das weit in die Ferne zog, mit seiner Last von lahmen Bäumen und Gras; in die Ferne, wo der Mond an einer Nabelschnur von der Finsternis niederhing. Aus den Bäumen zu beiden Seiten kam das scharfe Knacken von Flinten, und die Fasane fielen wie ein Regen. Aber bald war die Nacht still und machte die Drücker der gefallenen Zweige weich, die unter Callaghans Füßen zerknackt waren.

Peter wußte, daß sein Herz krank war, führte eine Hand an seine Seite, aber spürte keine Spur von schützendem Fleisch. Die Spitzen seiner Finger umklirrten leise das strömende Blut, aber die Adern waren unsichtbar. Er war tot. Nun wußte er, daß er tot war. Der Geist Peters, unsichtbar um den Geist des Blutes geflochten, stand auf seinem Erdball und staunte die zerfressene Nacht an.

»Was ist das für ein Tal?« sagte Peters Stimme.

»Das Jarvistal«, sagte Callaghan. Auch Callaghan war tot. Kein Knochen und kein Haar erhob sich mehr unter dem gleichmäßig fallenden Frost.

»Da ist kein Jarvistal.«

»Das ist das nackte Tal.«

Der Mond, der die Kraft seiner Strahlen verdoppelte und abermals verdoppelte, erhellte die Rinden und Wurzeln und Äste der Jarvisbäume, die geschäftigen Läuse im Holz, die Formen der Steine und die schwarzen Ameisen, die unter ihnen dahinzogen; die Kiesel in den Bächen, das geheime Gras, die nimmermüden toten Würmer unter den Halmen. Aus ihren Löchern in den Flanken der Hügel kamen die Ratten und Wiesel, weißhaarig im Mondlicht, und vermehrten sich und kämpften miteinander, während sie abwärts eilten, hinab, um ihre Zähne in die Kehlen der Rinder zu schlagen. Und kaum fielen die Rinder ausgesogen zu Boden und die Wiesel eilten davon, da kamen alle Fliegen vom Dünger der Felder aufgeflogen, kamen wie ein Nebel heran und ließen sich auf die Talhänge nieder. Da stieg vom geschundenen Tal der Geruch des Todes auf und blähte die bergigen Nüstern im Gesicht des Mondes.

Nun fielen die Schafe, und die Fliegen machten sich über sie her. Die Ratten und die Wiesel, die um ihr Fleisch kämpften, fielen eines nach dem andern verwundet nieder, und die Flöhe der Schafe stierten aus ihrem Haar. Für Peter war es nur eine kleine Weile, bis die Toten, abgenagt bis auf die symmetrischen Knochen, vom Wind unter die Erde gefegt wurden, der lauter und härter wehte als das Fallen der fetten Fliegen ins Gras. Nun lösten der Wurm und der Totenkäfer die Fasern der Knochen, arbeiteten an ihnen, hell und präzise, und die Kräuter aus den Augenhöhlen und die Blumen auf den verschwundenen Brüsten erblühten in den Farben des toten Lebens frisch auf ihren Blättern. Und das Blut, das geflossen war, floß über den

Boden hin, stärkte die Grashalme und brachte in seinem Lauf in den Mund des Frühlings die windgepflanzten Samen zum Aufgehen. Plötzlich waren alle Bäche rot von Blut; zwanzig gewundene Adern, da und dort über allen zwanzig Feldern, stockten mit ihren geronnenen Kieseln.

Peter in seinem Geist schrie laut vor Freude. Es war Leben im nackten Tal, Leben in seiner eigenen Nacktheit. Er sah die Bäche und das schlagende Wasser, sah, wie die Blumen aus den Toten hervorschossen und die Halme und Wurzeln vom Strom des vergossenen Blutes in ihrer Kraft verdoppelt wurden.

Und die Bäche standen still. Staub der Toten wehte über den Frühling, und der Mund wurde erstickt. Staub lag über den Wassern wie dunkles Eis. Licht, das bewegt und alläugig gewesen war, gefror in den Mondstrahlen.

Leben in dieser Nacktheit, spottete Callaghan neben ihm, und Peter wußte, daß er mit dem Geist eines Fingers niederzeigte auf die toten Bäche. Aber während er sprach und während sich die Form, die Peters Herz in der Zeit des berührbaren Fleisches angenommen hatte, des Pochens eines Entsetzens bewußt war, brach ein Leben aus den Kieseln hervor, wie die tausend Leben, die in den Körper eines Knaben eingehüllt sind, aus dem Schoß. Die Bäche flossen wieder ihres Weges, und das Licht des Mondes schien in neuem Glanz auf das Tal und vergrößerte die Schatten des Tals und zog die Maulwürfe und Dachse aus ihrem Winter hervor in die todlose Mitternachtsjahrzeit der Welt.

»Das Licht kommt über den Hügel«, sagte Callaghan und hob den unsichtbaren Peter in seine Arme. Wirklich, die Morgendämmerung brach weit über der Jarviswildnis an, die immer noch nackt unter dem sinkenden Mond lag.

Als Callaghan die Hügelkämme entlang lief und in die Wälder hinein und über ein jubelndes Land hin, dessen Bäume mit ihm mitliefen, schrie Peter laut vor Freude.

Er hörte Callaghans Lachen wie das Prasseln eines Donners, das der Wind aufnimmt und verdoppelt; es war ein Schreien im Wind und eine Bewegung unter der Oberfläche der Erde. Einmal unter den Bäumen und das andere Mal auf den Wipfeln der wilden Bäume liefen Peter und sein Fremdling um die Wette gegen den Morgenhahn. Über und unter den fallenden Zäunen des Lichtes kletterten sie und schrien.

»Hör den Hahn!« rief Peter, und die Bettücher rollten herauf bis an sein Kinn.

Ein Mann mit einem Pinsel hatte unten im Osten eine rote Rippe gezeichnet. Der Geist eines Kreises, der den Kreis des Mondes umgab, wirbelte durch eine Wolke. Peter ließ seine Zunge über seine Lippen gleiten, die sich wundersam mit Fleisch und Haut bekleidet hatten. In seinem Mund war ein sonderbarer Geschmack, als ob er am Abend der vorigen Nacht, vor dreihundert Nächten, den Kopf einer Mohnblume ausgedrückt und getrunken und dann geschlafen hätte. In den Tiefen seines Gehirns war das alte Gerücht von Callaghan. Vom Morgengrau bis zum Abendgrau hatte er vom Tod geredet, hatte gesehen, wie die Kerze eine Motte einfing, hatte das Lachen, das nicht sein eigenes Lachen gewesen sein konnte, in seinen Ohren läuten gehört. Der Hahn krähte wiederum, und ein Vogel pfiff wie eine Sense durch den Weizen.

Rhianon trat mit lieblichem bloßem Hals ins Zimmer.

»Rhianon«, sagte er, »halt meine Hand, Rhianon.«

Sie hörte ihn nicht, sondern stand über seinem Bett und starrte ihn mit unzerbrechlicher Trauer an.

»Halt meine Hand«, sagte er. Und dann: »Warum ziehst du das Tuch über mein Gesicht?«

Das Hemd

Er drückte auf die Klingel. Niemand gab Antwort. Sie war nicht zu Hause. Er drehte den Schlüssel.

Im Licht des späten Nachmittags lag das Treppenhaus voller Schatten. Sie waren beinahe zu einer festen Gestalt zusammengeflossen. Er legte Hut und Mantel ab und schaute, um nicht auf die Gestalt sehen zu müssen, seitwärts zum Licht, das durch die Wohnzimmertür schien.

»Ist jemand zu Hause?«

Die Schatten verwirrten ihn. Sie hätte sie aufgefegt, so wie sie den eindringenden Staub wegfegte.

Im Wohnzimmer war das Feuer heruntergebrannt. Er ging hinüber und setzte sich davor. Er fror an den Händen. Er brauchte die Flammen des Feuers, um die Zimmerecken auszuleuchten. Auf dem Heimweg hatte er zugesehen, wie ein Hund von einem Auto überfahren wurde. Der Anblick des Blutes hatte ihn verwirrt. Er hatte sich hinknien und das Blut betasten wollen, das in der Straßenmitte eine runde Pfütze bildete. Jemand hatte an seinem Ärmel gezupft und gefragt, ob ihm schlecht sei. Er erinnerte sich, daß der Klang der kräftigen Stimme sein erstes Begehren erstickt hatte. Er war vom Blut fortgegangen, und vor seinen Augen hatten sich die verschmierten Räder des Wagens und die triefende Schwärze unter der Motorhaube gedreht, immer im Kreis. Er brauchte die Wärme. Draußen war der Wind ihm schneidend zwischen Finger und Daumen gefahren.

Sie hatte ihr Nähzeug auf dem Teppich beim Kohleneimer liegen lassen. Sie war dabei, einen Unterrock zu nähen. Er hob ihn auf und fuhr mit der Hand darüber und fühlte, wo ihre Brüste unter der gelben Baumwolle sitzen würden. Er hatte sie am Morgen noch gesehen, als sie sich das Kleid über den Kopf zog. Er sah sie, dünn und nackt, ein Beutel aus Haut und Henna, der in den Schatten schwand. Er ließ den Unterrock wieder auf den Boden fallen.

Woher, fragte er sich, kam dieses Bild des roten, zerbrochenen Hundes? Es war das erste Mal, daß er das Hirn einer lebenden Kreatur aus dem Schädel hatte bersten sehen. Ihm war schlecht geworden, als der Hund ein letztes Mal jaulte, und sein Brustkorb plötzlich zusammensackte. Er hätte töten und schreien mögen, wie ein Kind, das einen Kakerlaken zwischen den Fingern knackt.

Vor tausend Nächten hatte sie an seiner Seite gelegen. In ihren Armen mußte er an die Knochen ihrer Arme denken. Er lag still neben ihrem Gerippe. Aber am nächsten Morgen stand sie auf in der Verderbnis ihres Fleisches.

Wenn er ihr weh tat, dann um seine Schmerzen zu verbergen. Wenn er ihr auf die Backe schlug, bis die Haut sich rötete, dann um die Qualen seines eigenen Kopfes zu beenden. Sie erzählte ihm vom Tod ihrer Mutter. Ihre Mutter hatte eine Maske getragen, um die Krankheit auf ihrem Gesicht zu verbergen. Er spürte die Heuschrecke jener Krankheit an seinem eigenen Gesicht, im Mund und am flatternden Augenlid.

Das Zimmer wurde dunkler. Er war zu müde, um das Feuer zu schüren, und er sah, wie die letzte Flamme erstarb. Mit der frühen Nacht wehte eine neue Kälte herein. Er schmeckte das Siechtum der sterbenden Flamme, als sie an seine Zungenspitze stieg, und er schluckte sie hinunter. Sie fuhr umher im Pulsschlag seines Herzens und pochte, bis sie der einzige Laut war. Und der ganze Schmerz der Verdammten. Der Schmerz eines Mannes, auf dessen Gesicht eine Flasche zerbrach, der Schmerz einer Kuh, aus der ein Kalb hervortanzte, der Schmerz des Hundes, sie zogen durch ihn hindurch, vom wehen Haar bis zu den gepeitschten Fußsohlen.

Seine Kräfte kehrten wieder. Er und das triefende Kalb, der Mann mit dem aufgerissenen Gesicht und der Hund auf seinen zitternden Beinen, sie stiegen auf als eine einzige Gestalt, ein einziges Hirn, ein einziger roter Leib, und forderten das schwebende Tier heraus. Er hörte die Herausforderung, als er mit Finger und Daumen schnalzte, und sie hereintrat.

Er sah, daß sie ihren gelben Hut und ihr gelbes Kleid trug.

»Warum sitzt du im Dunkeln?« fragte sie.

Sie ging in die Küche, um Feuer im Herd zu machen. Er stand von seinem Stuhl auf. Er streckte die Hände von sich, als wäre er blind, und folgte ihr. Sie hielt eine Schachtel Streichhölzer in der Hand. Als sie ein abgebranntes Streichholz herausnahm und es an der Schachtel rieb, machte er hinter sich die Tür zu. »Zieh dein Kleid aus«, sagte er.

Sie hörte ihn nicht und lächelte.

»Zieh dein Kleid aus«, sagte er.

Sie hörte auf zu lächeln, nahm ein rotes Streichholz und zündete es an.

»Zieh das Kleid aus«, sagte er.

Er tat einen Schritt auf sie zu, die Hände immer noch blind.

Sie beugte sich über den Herd. Er blies das Streichholz aus.

»Was ist denn?« sagte sie.

Seine Lippen bewegten sich, aber er sprach nicht.

»Warum?« sagte sie.

Er schlug ihr ganz leicht mit der offenen Hand auf die Backe.

»Zieh das Kleid aus«, sagte er.

Er hörte das Rascheln ihres Kleides, als sie es über den Kopf zog, und ihr ängstliches Schluchzen, als er sie berührte. Seine blinden Hände entblößten sie vollständig.

Er verließ die Küche und machte die Tür hinter sich zu.

Im Treppenhaus war der eine eheliche Schatten auseinandergebrochen. Als er sich den Schal umband und die Hutkrempe streichelte, konnte er im Spiegel sein eigenes Gesicht nicht erkennen. Es waren zu viele Gesichter. Jedes besaß einen Zug aus seinem Gesicht und jedes eine steifgewordene Strähne von seinem Haar. Er schlug den Mantelkragen hoch. Es war eine nasse Winternacht. Beim Gehen zählte er die Laternen. Er drückte eine Tür auf und trat in die Wärme. Der Raum war leer. Die Frau hinter der Theke rieb zwei Münzen aneinander und lächelte. »Eine kalte Nacht«, sagte sie.

Er trank den Whisky aus und ging.

Er lief weiter durch den Regen, der stärker wurde. Er zählte wieder die Laternen, aber sie ergaben keine Zahl.

Die Kneipe an der Ecke war leer. Er nahm sein Glas mit ins Nebenzimmer, aber das war auch leer.

Es war leer in der *Rising Sun*.

Draußen war kein Verkehr zu hören. Er erinnerte sich, daß er niemanden auf den Straßen gesehen hatte. Laut rief er, in panischer Einsamkeit:

»Wo bist du, wo bist du?«

Dann war wieder Verkehr, und die Fenster flammten. Er hörte Gesang aus dem Haus an der Ecke.

Die Gaststube war voller Menschen. Frauen lachten und schrien. Sie verschütteten ihre Gläser über die Kleider und lupften die Röcke. Mädchen tanzten im Sägemehl. Eine Frau griff ihn am Arm, rieb sein Gesicht an ihrem Ärmel und nahm seine Hand in die ihre und führte sie an ihren Hals. Er hörte nichts mehr außer den Stimmen der lachenden Frauen und dem Geschrei der Mädchen beim Tanz. Dann schaukelten die grobschlächtigen

Frauen von ihren Plätzen und aus ihren Ecken auf ihn zu. Er sah, daß der Raum voller Frauen war. Langsam, immer noch lachend, drängten sie sich dicht an ihn heran.

Er flüsterte ein Wort, leise, und er spürte die alte Übelkeit in seinem Bauch zu Essig werden. Vor seinen Augen sah er Blut.

Dann fing er selber plötzlich an zu lachen. Er schob die Hände tief in die Manteltaschen und lachte ihnen ins Gesicht.

Seine Hand faßte ein Weiches in seiner Tasche. Er zog die Hand heraus, darin lag das Weiche.

Das Gelächter erstarb. Es war still im Raum. Stumm und still beobachteten ihn die Frauen.

Er hob die Hand in Augenhöhe. Sie hielt ein Stück weichen Stoff.

»Wer will ein Damenhemd kaufen«, sagte er. »Zum ersten, zum zweiten, die Damen, wer will ein Damenhemd kaufen.«

Die Frauen in der Wirtschaft, sanfte und gewöhnliche Menschen, rührten sich nicht, hielten ihre Gläser, und er lehnte sich mit dem Rücken an die Theke und schrie vor Lachen und schwenkte das blutige Tuch vor ihnen hin und her.

Das brennende Kind

Immer wenn am Berggipfel ein Ginsterbusch zu brennen begann, sagten die Leute, jetzt verbrennt Rhys sein Kind. Der lustig brennende Busch erhielt in ihren Augen die traurigen weißen Züge und die rachitischen Glieder vom brennenden Kind ihres Pfarrers. Was der Wind an Asche vom Kind nicht fortgeweht hatte, das versiegelte Rhys Rhys in einem Steinguttopf. Bei seinem eigenen Staub lag der Staub des Säuglings und nahebei der Staub seiner Tochter in einem Sarg aus weißem Holz.

Sie hörten seinen Sohn im Winde heulen. Sie sahen, wie Rhys über den Berg ging und ein totes Tier ins Licht der Sterne hob. Sie sahen ihn im Schatten des Tales, wie er mit den Bewegungen eines Mannes, der Weizen schneidet, über die Feldkuppen ging. In einem Sanatorium hustete er seine Lungen in eine Schüssel hinein und rührte entzückt mit den Fingern im Blut. Was da mit unsichtbarer Sense durch das Tal zog, war ein Schatten und eine Handvoll Schatten, hingeworfen von der grabesernsten Sonne.

Der Busch erlosch, und mit den rauchenden Blättern zerfiel das Gesicht des Kindes.

Es war an einem schönen Sabbatmorgen gewesen, mitten im Sommer, als Rhys Rhys sich in seine Tochter verliebte. An dem Morgen waren die Ginsterbüsche in Flammen aufgegangen. Rhys Rhys, in schwarzem geistlichen Gewand, hatte gesehen, wie die Flammen in den Himmel schossen, und wie der Busch am Rand des Berges rot wie der Herrgott brannte inmitten der blasseren Flammen des Grases. Er nahm die Hand seiner Tochter, die im Garten in der Hängematte lag, und sagte ihr, daß er sie liebe. Er sagte ihr, sie sei noch schöner als ihre tote

Mutter. Ihr Haar roch nach Mäusen, ihre Zähne standen vor der Unterlippe, und ihre Augenlider waren rot und feucht. Er sah ihre Schönheit wie ein strömender Saft aus ihr hervortreten. Die Falten ihres Kleides konnten die schäbige Nacktheit ihres Körpers nicht vor ihm verbergen. Nicht ihre Knochen, nicht ihr Fleisch, nicht ihr Haar fand er plötzlich so schön. Der magere Boden erschauert unter der Sonne, sagte er. Er strich mit der Hand an ihrem Arm auf und ab. Nur die Schwerfälligen und die Häßlichen, nur die Unfruchtbaren bringen Früchte hervor. Das Fleisch ihres Armes war rot von der glatten Berührung seiner Hand. Er berührte ihre Brust. In der Berührung ihrer Brust erkannte er jeden Zoll ihres Fleisches. Warum faßt du mich dort an? sagte sie.

An jenem Morgen sprach er in der Kirche von der Schönheit der Ernte, von der Verheißung des stehenden Korns und von der Verheißung, die in der scharfen Klinge der Sense lag, wenn sie das Korn mäht und durch die Luft pfeift, ehe sie in die Reife schneidet. Durch die offenen Fenster am Ende der Seitenschiffe sah er die gelben Felder am Berg und die Heidestreifen am Rande der Wiesen. Die Welt war reif.

Die Welt ist reif für die Wiederkunft des Menschensohns, sagte er laut.

Aber es war nicht die Reife Gottes, die vom Berge herleuchtete. Es war die Verheißung und die Reife des Fleisches, des guten Fleisches, des gemeinen Fleisches, seiner Tochter Fleisch, Fleisch, Fleisch, das Fleisch der Stimme des Donners, welcher heult vor dem Tode des Menschen.

In jener Nacht predigte er von den Sünden des Fleisches. Oh Herr, im Abbild unseres Fleisches, betete er.

Seine Tochter saß in der vordersten Kirchenbank und streichelte ihren Arm. Sie hätte ihre Brust berührt, dort wo er sie berührt hatte, aber die Augen der ganzen Gemeinde sahen auf sie.

Fleisch, Fleisch, Fleisch, sprach der Pfarrer.

Sein Sohn, der auf den Feldern auf der Suche nach einem Maulwurfshügel war oder Spuren eines roten Fuchses verfolgte, den Vögeln zupfiff und die Kälber tätschelte, die ohne Angst an der Seite ihrer Mütter standen, entdeckte plötzlich einen toten Hasen ausgestreckt auf einem Stein. Der Kopf des Hasen war von Schrot durchsiebt, die Hunde hatten ihm den Bauch aufgerissen und an seinem Hals waren die Spuren der Zähne eines Frettchens. Er hob ihn vorsichtig auf und kitzelte ihn hinter den Ohren. Aus dem Kopf tropfte ihm das Blut auf die Hand. Durch den Riß im Bauch waren die Gedärme herausgefallen und ringelten sich auf dem Stein. Er hielt den kleinen Körper dicht an seine Jacke und rannte durch die Felder heim, und der Hase tanzte gegen seine Weste. Als er das Tor des Pfarrhauses erreichte, tröpfelten die Kirchgänger gerade aus der Kirche hervor. Sie gaben sich die Hand und lüfteten den Hut und belächelten den armen Jungen mit dem langen grünen Haar und den Eselsohren, der den Tod unter seine Jacke geknöpft hatte. Für sie war er immer der arme Junge.

Rhys Rhys saß in seinem Arbeitszimmer, den Pfeifenstiel in den Hosenschlitz gesteckt und die Bibel ungeöffnet auf den Knien. Der Tag Gottes war vorüber, und wie an jedem anderen Sabbat ging die Sonne unter hinter den Bergen. Er zündete die Lampe an, aber sein eigenes Öl brannte heller. Er zog die Vorhänge zu, um die unwillkommene Nacht auszuschließen. Aber er öffnete sein eigenes Herz, und der nackte Puls, der dort schlug, war ihm ein willkommener Fremdling. Er hatte die Liebe nicht mehr so sehr verspürt, seit die Frau, die ihn gekratzt hatte, als sie die Weiberhexe in seinen männlichen Augen sah, ihm in die Arme gesunken war und ihn geküßt und walisische Wörter geflüstert hatte, als er sie nahm. Sie war die Mutter seiner Tochter gewesen und war in ihren Schmerzen gestorben und hatte, als sie tot war, den Sohn seiner zweiten Geliebten geraubt und den grünhaarigen Wechselbalg an seiner Statt gelassen. Fröhlich vor Lust warf Rhys Rhys die Bibel zu Boden. Er griff nach einem anderen Buch und las im lampenhellen Dunkel von der alten Frau, die den Teufel betrogen hatte. Der Teufel ist armes Fleisch, sagte Rhys Rhys.

Sein Sohn kam herein mit dem Hasen in den Armen. Der magere Junge im roten Mantel war ein Fleisch aus der Vergangenheit. Die Haut der unbeerdigten Toten war an seine Knochen geflickt, das Lächeln des Wechselbalgs lag auf seinen Lippen, und das Meereswasser stieg ihm aus den Haaren: so stand er vor Rhys Rhys, ein Geist seiner Mutter. Er hielt den Hasen sanft an seine Brust und schaukelte ihn hin und her. Listig sah er durch halbgeschlossene Augenlider seinen Vater vor der Vision des Todes zurückweichen. Mach daß du fortkommst, sagte Rhys Rhys. Wer war dieser grüne Fremdling, daß er den Tod hereintragen und ihn wie einen Säugling in einer warmen Felldecke vor seinen Augen wiegen durfte? Eine Minute lang lag das Fleisch der Welt reglos; das alte Grauen überfiel ihn; die Wasser seiner Brust trockneten aus; die Brustwarzen wuchsen durch den Sand. Dann fuhr er mit der Hand über die Augen, und es blieb nur der Hase, ein kleiner, halb leerer Sack Fleisch, der in den Armen seines Sohnes schaukelte. Mach dich fort, sagte er. Der Junge drückte den Hasen an sich und wiegte ihn und kitzelte ihn wieder.

Wechselbalg, sagte Rhys Rhys. Er gehört mir, sagte der Junge, ich werd ihn häuten und den Schädel behalten. Sein Zimmer unter dem Dach war vollgestopft mit Schädeln und getrockneten Häuten und kleinen Knochen in Flaschen.

Gib her.
Er gehört mir.

Rhys Rhys entriß ihm den Hasen und stopfte ihn tief in die Tasche seines Hausmantels. Als seine Tochter hereinkam, im Nachthemd und fertig zum Schlafen, eine Kerze in der Hand, hatte Rhys Rhys den Tod in der Manteltasche.

Sie war ängstlich, denn seine Berührung schmerzte noch immer auf ihrem Arm und ihrer Brust, aber ohne zu erröten, beugte sie sich über ihn. Sie sagte gute Nacht und gab ihm einen Kuß, und er blies ihre Kerze aus. Sie lächelte, als er den Docht an der Lampe herunterdrehte.

Leg dein Hemd ab, sagte er. Hemdlos schritt sie auf seine Arme zu.

Ich will den kleinen Schädel, sagte eine Stimme aus dem Dunkeln.

Von seinem Dachzimmer aus, durch die Spinnweben an den Fenstern und über die Felle und Flaschen hinweg, sah der Junge eine grüne Hügelmeile in die Dunkelheit des ersten Morgengrauens fortrennen. Ein Sommergewitter in der Hitze des Regens hatte die Grasmeile flachgedrückt und nach der toten Nacht in jede suchende Wurzel etwas von der Helligkeit des neuen Morgens gelegt.

Der Tod packte seine Schwester an den Beinen, als sie durch das wadentiefe Heidekraut den Berg hinaufging. Er sah das hohe Gras an ihren Schenkeln. Und die Halme des aufwachsenden Windes, aus den vier Winddüften der dungreifen Toten, mochten wohl durch ihre Fußsohlen hinauftreiben, durch die Adern von Bein und Bauch, in ihren Schoß und in ihr pochendes Herz hinein. Er sah zu, wie sie kletterte. Auf einem Hügel des weiteren Hügels blieb sie stehen, keuchte nach Luft, klopfte auf ihre Blasenwand, streichelte ihre verfilzte Brust (denn sie war behaart wie ein erwachsener Mann), fühlte das Herz in ihrem Handgelenk, koste ihre begehrten, dünnen Glieder. Ihm erschien sie ebenso häßlich wie Llareggub, die Frau mit dem Saugesicht, die ihn die Schrecken des Fleisches gelehrt hatte. Er erinnerte sich der Annäherungen der unschönen Frau. Sie blies seine Kerze aus, als er in der Nacht des großen Hagels auf sie zuging und er sich in ihrem faulenden Haus vor der Unbarmherzigkeit des Wetters verborgen hatte. Jetzt stand eine halbe Meile entfernt seine Schwester im Morgen, und das Bergungeziefer hätte sie anspringen können, wie sie sorglos dastand und die Kanten ihrer Häßlichkeit glättete. Er lächelte, als er an die gefräßigen Ratten dachte, und schaute sich im Zimmer um nach einer Flasche, um ihr Herz aufzubewahren. Ihr Schädel, an einer Augenhöhle am Nagel über seinem Bett eingehängt, wäre ein lächelndes Willkommen in den ersten Schmerzen des Aufwachens.

Aber er sah Rhys Rhys den Berg hinaufschreiten, und die unsichtbar über seinem Bettzeug befestigte Schale, der Schädel seiner Schwester, zerfiel. Seine Schwester stand aufrecht an einem taufeuchten Baum und winkte ihn herbei. Rhys Rhys stieg höher durch das wadentiefe Heidekraut, den Tod im Gras, über die Felsen und hinauf durch die ausgreifenden Farne, bis er bei ihr stand. Er nahm ihre Hand. Die beiden Schatten kletterten Hand in Hand bis auf die Bergkuppe. Der Junge sah, wie sie sich entfernten, und drehte das Gesicht zur Wand, als sie über den Kamm hinweg als ein einziger trüber Schatten verschwanden, hinab in die Waldsenke am westlichen Zugang zur Liebesallee.

Später fiel ihm der Hase ein. Er rannte die Treppe hinunter und fand ihn in der Tasche des Hausmantels. Er drückte den Tod an sich und schmeckte einen blutigen Auswurf auf seiner Zunge, als er zufrieden zu den blitzenden Flaschen und der Schädelwand hinaufstieg.

Im ersten Lichttau sah er seinen Vater nach ihrer weißen Hand klimmen. Sie, die seine Schwester war, ging mit geschwollenem Bauch über den Hügel. Sie berührte ihn zwischen den Beinen, und er seufzte und sprang sie an. Aber die Nerven in ihrem Gesicht vermengten sich mit dem Zucken in seinen Lenden, und sie schoß davon. Rhys Rhys führte sie über den felsigen Bergrand ins Grauen. Er seufzte und sprang sie an. Sie vermengte sich mit ihm im vierten und fünften Grauen des Fleisches. Sprach Rhys Rhys: Die Augen deiner Mutter. Es waren nicht ihre Augen, die ihn stolz vor sich sahen, noch die Augen in ihrem Daumen. Die Wimpern ihrer Finger hoben sich. Er sah den Augapfel unter dem Fingernagel.

Es war an einem schönen Sabbatmorgen im zeitigen Frühjahr, sagten die Leute, da gebar sie ihm ein männliches Kind. Ihres Vaters wegen ins Kindbett gekommen, schrie sie nach einem Schmerzmittel, als der klopfende Kopf hindurchbarst. Sie schlief in ihrem Blutgewand bis zur Abenddämmerung, und ein Stern barst blutig durch jedes Ohr. Rhys Rhys umsorgte sie mit Schere und Lumpen, und als er auf die verschrumpelten Gesichtszüge schaute und auf Hände wie die eines Maulwurfs, da nahm er das Kind vorsichtig weg, und die Brust seiner Tochter rief laut und lief in den Mund des Schattens ringsum. Der Schatten maulte nach der Milch und den Wickelbinden. Das Kind spuckte in seinen Armen, der Lärm der rauschenden Luft war blind in seinen Ohren, und das taube Licht starb aus seinen Augen.

Rhys Rhys, das tote Kind an sich gedrückt, trat in die Nacht hinaus, während drinnen die Mutter im Schlaf stöhnte, und der tödliche Schatten, bis zum Erbrechen voll Milch, ums Haus herumfloß. Er wandte sein Gesicht den Bergen zu. Ein Schatten ging dicht neben ihm, und im Schatten eines vollen Baumes wartete stumm der Wechselbalg. Er bildete ein Zeichen für den Mond, und das Fleisch des Mondes schwand, bis nur ein sternenäugiger Schädel blieb. Dann rannte er lächelnd zurück über den Rasen und hinein in das weinende Haus. Auf halbem Wege auf der Treppe hörte er seine Schwester sterben. Rhys Rhys kletterte weiter.

Am Gipfel des Berges legte er das Kind ab und stützte es gegen das Heidekraut. Der Tod stützte die dunklen Blumen. Das Kind wurde steif in der Starre des strengen Mondes. Armes Fleisch, sagte Rhys Rhys, als er am toten Heidekraut und Ginster zerrte. Armer Engel, sprach er zum horchenden Mund des Säuglings. Die Frucht des Fleisches fällt mit dem Wurm vom Baum. Wenn die Rinde den Wurm empfängt, so zerfällt sie. Da lag der arme gefallene Stern aus Fleisch, wie eine Perle von Frauenmilch aus den Brustwarzen eines wurmigen Baumes.

Er schichtete die abgerissenen Heideäste in der Mitte des Kreises auf, dessen Steine am Sabbat noch immer heulten. Auf das Haupt des purpurnen Stapels häufte er das tote Gras zu einem Todesturm, und das Heidekraut wuchs so hoch wie er und überragte schließlich seine wehenden Haare.

Hinter einem Felsen bewegte sich der begleitende Schatten, und unter der lodernden Flanke eines Baumes war der Schattenabdruck des Jungen. Der Schatten zeichnete den Jungen, und der Junge erkannte die Knochen des nackten Kindes unter ihrer kalten Hülle und sah, wie das Gras an seinem nackten Schädel wetzte, und wo sein Vater in den Krebswucherungen des stummen Kreises sich einen Weg suchte. Er sah Rhys Rhys das Kind aufheben und auf die Spitze des Stapels legen, sah ein brennendes Streichholz und hörte das Knacken des Gestrüpps, das wie ein Kinderarm zerbrach.

Der Stapel ging in Flammen auf. Rhys Rhys streckte vor dem roten Auge des Feuers die Arme aus und winkte den Schatten hinter den Steinen heran. Von Schatten umgeben, betete er vor dem brennenden Stapel, und aus der

Heide flogen Funken an seinem Lächeln vorüber. Brenne, Kind, armes Fleisch, gemeines Fleisch, Fleisch, Fleisch, krankes armseliges Fleisch, Fleisch aus dem faulen Schoß, verbrenne zu Staub, betete er.

Und das Kind fing Feuer. Die Flammen züngelten um seinen Mund und fächelten seinen schrumpfenden Gaumen. Flammen um seine rote Schnur leckten an seinem kleinen Bauch, bis das rohe Fleisch ins Heidekraut fiel.

Eine Flamme berührte seine Zunge. Iiihhh, schrie das brennende Kind, und der erleuchtete Berg gab Antwort.

Die Obstgärten

Er hatte geträumt, daß hundert Obstgärten an der Straße zum Küstendorf in Flammen ausgebrochen waren; und den ganzen windlosen Nachmittag lang schossen Flammenzungen durch die Baumblüte. Als an jedem Zweig plötzlich eine kleine rote Wolke wuchs, waren die Vögel aufgeflogen; aber als beim Steigen des Mondes und beim Landeinwärtsschwingen des eine Meile entfernten Meeres die Nacht herabkam, blies ein Wind die Feuer aus, und die Vögel kamen wieder. Er war ein Apfelgärtner in einem Traum, der endete, wie er begonnen hatte: mit der Hand einer Frau, halb Fleisch, halb Geist, die auf die Bäume zeigte. Sie flocht die blonden und die dunklen Strähnen ihres Haars ineinander und lächelte über die Apfelfelder hinweg einer schwesterlichen Gestalt zu, die an der Mauer des Gemüsegartens in einem kreisrunden Schatten stand; aber die Vögel flogen hinab auf die Schultern ihrer Schwester, ohne Furcht vor dem Vogelscheuchengesicht und der kreuzhölzernen Nacktheit unter den Lumpen. Er gab der Frau einen Kuß, und sie küßte ihn wieder. Dann kamen die Krähen auf ihre Arme herab, als sie ihn umschlungen hielt; die schöne Vogelscheuche küßte ihn und zeigte auf die Bäume, wo eben die Flammen erstarben.

Marlais erwachte an diesem Sommermorgen, und seine Lippen waren noch naß von ihrem Kuß. Das war eine noch schrecklichere Geschichte als die Geschichten von den irrsinnigen Pfarrern im Schwarzen Buch von Llareggub, denn die Frau bei den Obstgärten und ihr Schwesterstock an der Mauer waren seine Vogelscheuchengeliebten für immer und allezeit. Was waren schon die brennenden Obstgärten des Küstendorfes und die Wolken an den Spitzen der Zweige gegen seine Liebe zu diesen vogelaufreizenden Frauen? Mochten alle Bäume der Welt plötzlich auflodern, von den Wurzeln bis zu den höchsten Blättern, er würde nicht einmal das kürzeste feurige Feld mit Wasser besprengen. Sie war seine Geliebte, und ihre Schwester mit den Vögeln auf ihren Schultern hielt ihn enger umschlungen als die Frauen von LlanAsien.

Durchs Fenster im obersten Stockwerk sah er den blaßblauen, wolkenlosen Himmel über dem Gewirr von Dächern und Schornsteinen, und die Verheißung eines herrlichen Tages in den Flüssen der Sonne. Dort stand in Schornsteingestalt sein nackter, steinerner Junge bei den drei blinden Klatschbasen, die Feuer aus ihren Schädeln bliesen und sich bei jedem Wetter wärmesuchend aneinanderdrängten. Was war das für ein Mann auf einem Dach, der seinen Wetterhahnkopf gewendet hatte, um die roten und schwarzen Mädchen oben über der Stadt anzustarren, und sie durch seine Kopfwendung in Steinsäulen verwandelt hatte? Ein Wind vom Ende der Welt hatte die Dachwandler starrfrieren lassen, als die Stadt erst eine Handvoll Häuser war; jetzt warf ein Kreis von Kohlen-Tafelhügeln, auf denen die Kinder Indianer spielten, seinen Schatten auf die schwarzen Baugründe und auf die hundert Straßen; und die stockblinden Klatschbasen standen dicht aneinandergedrängt bei seinem nackten Jungen und bei den Ziegeljungfrauen unter den ragenden Kranhügeln.

Die See floß links dahin, ein Dutzend Täler entfernt, hinter der Kette von Vulkanen und den großen Schornsteinwäldern und den zehn Kleinstädten in einem einzigen Loch. Die See traf die Küsten von Glamorgan dort, wo außerhalb des Knäuels von Dörfern nach Westen hin ein halber Berg in einem wilden Wald niederfiel, und erschütterte die Grundfesten von Wales. Aber jetzt, dachte Marlais, ist die See träge und kühl, voller Delphine; von einer grünen Mitte her fließt sie nach allen Seiten und beleckt die Landsteine; sie läßt auf dem glühenden Sand des halben Berges die Muscheln raunen, und nicht einmal die Linien der Zeit sollen die blaue Wasserfläche mit dem bodenlosen Meeresgrund vereinen.

Er dachte daran, wie die See floß: wenn die Sonne sank, drang ein Feuer ein, tief unter die flüssigen Höhlen. Während er sich anzog, erinnerte er sich an die hundert Feuer rund um die Blüten der Apfelbäume und an das ruhelose salzige Steigen des Windes, der mit dem letzten Deuten der Hand der schönen Vogelscheuche erstarb. Wasser und Feuer, See und Apfelbaum, zwei Schwestern und eine Schar von Vögeln blühten und zeigten und flogen herab, den ganzen Hochsommermorgen lang, im obersten Zimmer eines Hauses auf dem Hang über der schwarz hausenden Stadt.

Er spitzte seinen Bleistift und sperrte den Himmel aus, warf sein unordentliches Haar zurück, ordnete die Seiten einer teuflischen Geschichte auf seinem Schreibtisch und brach die Bleistiftspitze ab, bei den Worten »Meer« und »Feuer«, die er hart auf ein sauberes Blatt kritzelte. Feuer würde die vorgezeichneten Linien nicht entzünden, nicht brennend durch die herzlosen Schriftzeichen abenteuern, noch würde Wasser über den unholden Köpfen und den ungeschriebenen Worten zusammenschlagen. Die Geschichte war tot, vom Teufel angefangen; da stand ein weißglühender Baum voller Äpfel, wo ein erfrorener Turm voller Eulen hätte schwanken sollen, in einem Wind vom Südpol her; da lagen nackte Mädchen mit Brustspitzen wie Beeren auf dem Sand in der Sonne, wo am Karibischen Meer oder am Asowschen Meer eine kalte und ruchlose Frau hätte wehklagen müssen. Der Morgen war ihm feind. Er kämpfte mit den Worten wie ein Mann mit der Sonne, und die Sonne stand zu Mittag hoch und siegreich über der toten Geschichte.

Tu einen zweifarbigen Ring aus zweier Frauen Haar um die blaue Welt, weiß und kohlschwarz gegen die sommerfarbenen Grenzen von Himmel und Gras, tu vierbrüstige Stämme an die Pole an den Enden der sommerlichen Meere, tu Augen in die Seemuschel, laß zwei Obstbäume aus einer Kohlenhalde wachsen – und des armen Marlais' Morgen, der sich zum Abend neigt, wirbelt vor dir. Unter den Augenlidern, wo die inwendige Nacht durch den Grund des Schädels in die weite, erste Welt zurückfuhr, die im fernsten Auge lag, glimmten zwei Liebesbäume wie Schwestern. In der Nacht laß einen Obstgarten sprießen; eine verzauberte Frau mit einem Rückgrat wie eine Reling, laß ihre Hand in den Blättern verbrennen; Mann in Flammen, eine Meile von der See, laß dir von einem Wind das Herz auslöschen: des Marlais' Tod bei lebendigem Leibe in der kreisenden Niederkunft des Tages, der keine Zeit gewährt hatte, weht wieder für dich im Wind.

Es war die traurigste Welt der kreisenden Welt; und die Sterne im Norden, wo der Schatten eines Scheinmondes wirbelte, bis ein Wind den Schatten ausblies, waren die verwitterten Südgesichter. Nur die astgabelige Brust der Vogelscheuchenfrau konnte seinen Kopf wie einen Apfel tragen, auf dem weißen Holz, wo kein Wurm eindringen würde, und allein ihre gestachelte Brust konnte den Wurm im Traum unterm Augenlid ihres Herzallerliebsten durchbohren. Der richtige runde Mond schien auf die Frauen von LlanAsien und auf die von Liebe zerrissenene Jungfrauen dieser Straße.

Das Wort hängt uns zu sehr an. Er hob seinen Bleistift, so daß dessen Schatten, ein Turm aus Holz und Blei, auf das saubere Papier fiel; er befingerte den Bleistiftturm, der Halbmond seines Daumens ging auf und unter hinter der bleiernen Turmspitze. Der Turm fiel; da fiel die Stadt der Worte, da fielen die Wände eines Gedichts, die symmetrischen Buchstaben. Er merkte, wie die Schriftzeichen zerfielen, als das Licht schwand, die Sonne in einen fremden Morgen hinabfuhr und das Wort des Meeres über die Sonne rollte. »Bildnis, nichts als Bildnis«, rief Marlais und stieg durch das Fenster hinaus auf die flachen Dächer.

Rings um ihn glänzten die Schieferplatten im Rauch der vergrößerten Schornsteine und durch die Dünste des Hügels. Unter ihm, in einer Welt von Worten, mühten sich geschäftige Leute, die Zeit totzuschlagen. Tapfer in seiner Verlassenheit, kroch er bis an den Rand der Schieferlatten, um dort gefahrvoll über dem winzigen Stadtgewühl und den Lichtern der Verkehrsampel zu stehen. Dahin fuhren die Marzipanautos, gängeschaltend, bremsend, über die Kinderstubenteppiche in die Hände eines spielenden Kindes. Aber bald hatte die Höhe es ihm angetan, er schwankte, fühlte, wie seine Beine unter ihm schwach wurden und sein Schädel aufschwoll wie eine Schweinsblase im Wind. Es war das Bildnis einer Kinderstadt, das seine Pulse in Verwirrung stürzte. Staub war in seinen Augen, und Augen waren in den Staubkörnern, die von der Straße heraufstiegen. Auf den ebeneren Dächern angelangt, faßte er nach seiner linken Brust. Die hellen Magneten der Straße waren der Tod; der Wind wehte die Anziehung des Todes und die Visionen des Fallens von ihm weg. Jetzt war er von aller Furcht befreit, stark, voller Nachtmuskeln. Über die Dächer rannte er dem Mond entgegen. Da kam die weiße Mondscheibe, in einem kälteren Glanz als zuvor; umgeben von Sternengefolge zog sie die Gezeiten des Meeres an. Von einer Brüstung aus schaute Marlais ihr zu, fand ein Wort für jeden Abschnitt ihrer Reise über den ausgerichteten Himmel, nannte sie die Blasse mit dem ewig gleichen Gesicht, verwunderte sich über ihre vielen Masken. Totenmaske und

Tanzmaske über ihren bergigen Zügen verwandelten den Himmel; sie kämpfte hinter einer Wolke und kam mit einem neuen Lächeln über die Wand von Wind. Bildnis; und alles war Bildnis, angefangen von Marlais, zerzaust im Wind, bis zu der schreckenerregenden Stadt; er auf den Dächern, unsichtbar für die Straße, die Straße unter ihm blind für sein wandelndes Wort. Seine Hand vor ihm war fünffingeriges Leben.

Ein Baby schrie, aber der Schrei wurde schwächer. Es ist alles eins, die laute Stimme und die stille Stimme, die ein gemeinsames Schweigen anstimmten; die verwahrloste Dame, die ihre Nase an den Scheiben plattdrückt, und die vielbetrauerte Dame. Das Wort hängt uns zu sehr an, das tote Wort. Wolke: Reim auf den letzten Schleier; sie ballt sich über Mietskasernen und bricht im kalten Regen über den Straßen der Vorstadt. Hagel fällt auf Aschenbahn und geschotterten Stein. Es ist alles eins, Regen und Makadam; es ist alles eins, Hagel und Asche, das Fleisch und der rauhe Staub. Hoch über dem Gesumm der Häuser, weit vom Himmelsland und vom gefrorenen Zaun, fragte er jeden Schatten; Mensch unter Geistern, und Geist in der Wolle: so regte er sich nach der letzten Antwort.

Aus einem Steinmund, der um diese Stunde nicht mehr rauchte, stieg unbeantwortbar die Stimme des nackten Jungen auf: ›Der da auf den Dächern irr unter uns umherirrt, an meiner kalten, ziegelroten Seite und bei den wetterhahnerstarrten Frauen; der über dieser Straße geht, der unter dem Bilde des walisischen Sommerhimmels die ganze Nacht ohne Geliebte geht, der hat zehn Städte von hier zwei Schwestern zu Geliebten. Hinter den großen Schornsteinwäldern zur Linken und zum Meer hin, da brennen seine Geliebten für ihn ohne Ende bei hundert Obstgärten.‹ Die Stimmen der Klatschbasen erhoben sich unbeantwortbar: ›Was da bei den steinernen Jungfrauen geht, das ist unser jungfräulicher Marlais, Wind und Feuer und der Feigling auf den brennenden Dächern.‹

Er trat durch das offene Fenster.

Roter Saft in den Bäumen wallte auf aus den Kesselwurzeln bis in den letzten Blütenzweig, und die Äste fielen in dieser Nacht nach dem hohlen Spaziergang wie Kerzen von den Stämmen, aber wegen der Hitze der schwefligen Grasbüschel, gelbgebrannt von der toten Sonne, konnten sie nicht sterben. Und als er dorthin flog, umkreiste er – halb Nebelschleier, halb Mensch – alle Apfelbäume längs der Straße zum Dorf am Meer in der mächtigen Mittagshitze des Morgengrauens; und wie die Sonne flußgleich über den Hügeln aufging, so sank die Sonne hinter einem Baum. Die Frau wies auf die hundert Obstgärten und die schwarzen Vögel, die sich um ihre Schwester scharten, aber ein Wind löschte die Bäume aus, und er erwachte wieder. Dies war das unerträgliche, zweite Erwachen aus einem Leben, das zu schön war, um zu zerbrechen, aber der Traum war zerbrochen. Der bei den Jungfrauen in der Nähe der Obstgärten umhergegangen war, der war eine Jungfrau, war Wind und Feuer und ein Feigling im zerstörenden Anbruch des Morgens. Aber als er sich angezogen hatte und gefrühstückt, ging er diese Straße hinauf zur Hügelspitze und wandte sein Gesicht dem unsichtbaren Meer zu.

»Guten Morgen, Marlais«, sagte ein alter Mann, der saß mit sechs Windhunden im Gras.

»Guten Morgen, Mr. David Davies.«

»Du bist sehr früh auf«, sagte der doppelte David.

»Ich geh ans Meer.«

»Ans weinfarbene Meer«, sagte der doppelte Dai.

Marlais ging mit weitausgreifenden Schritten über den Hügel nach der grüneren linken Seite und hinter dem Kreis der Stadt hinunter zum Rand des Whippet-Tals, wo die Bäume, auf ewig verkrümmt zwischen Rauch und Schlacke, am Himmel und am schwarzen Boden zerrten. Die toten Äste beteten, daß die Wurzeln die Erde hochstemmen mögen, um für die Blätter und den Geist des krachenden Holzes ein Dutzend Rinnen freizulegen, ein Loch im Tal für den maulwurfshändigen Saft, ein langes Grab für das Skelett des letzten Frühlings, das einstmals, als die stumpfen und gegabelten Hügel noch scharf und gerade waren, durch das einst grüne Land gesprungen war. Aber die Bäume des Whippet-Tals waren die Längstverstorbenen des aufgestapelten Süderlandes. Sie waren es, die unter dem zerklafterten, zerklüfteten und zerhackten Land verschwunden waren, das mit zugespitztem Daumen auf die Hügel deutete, mit diesen warnenden Fingern mit Nägeln aus schwarzen Blättern. Der Tod in Wales hatte die walisischen Toten zu diesen Talkrüppeln verkrümmt.

Der Tag war ein Vergehen von Tagen. Mittag, der Geschichtentöter und Brandstifter (die Legenden von den russischen Meeren starben, als die Bäume zu ihrem Brand erwachten), ging vorbei in allen Mittagen seit dem Fall des Menschen von der Sonne und seit dem Aufstieg der ersten Sonne auf die Zinnen des halbfertigen Himmels. Und alle Talsommer, die einst monumental rot gewesen waren und jetzt Grabsteinzüge hatten, glitzerten den ganzen Hochsommernachmittag lang auf dem Weg zum Meer. Durch das Ahnental, wo seine Väter aus ihrem hölzernen Staub heraus und voll von Spatzen einem Hügel drohten, ging er mit stetem Schritt; am Rand des Loches, in dem LlanAsien lag, eine Stadt in einem Grab, wurde er vom Rauch der Wälder erfaßt; und wie ein Geist aus den scharf abgeschnittenen Gefilden unter dem aufgestapelten Wurzelholz stieg er hinunter auf die steigenden Straßen.

»Wohin wanderst du, Marlais?« sagte ein einbeiniger Mann bei einem schwarzen Blumenbeet.

»Zum Meer hin, Mr. William Williams.«

»Zum Meer voller Meerjungfrauen«, erwiderte Will Stelzfuß.

Marlais kam aus dem knollenkranken Tal auf einen öden Berg, durch ein schäbiges Gehölz auf ein ruppiges Feld; eine Krähe auf einem Maulwurfshügel an der Stelle, die Des Prinzen Schädel hieß, krächzte vom freien Platz in der Hölle in der dichtgedrängten Erde. Der Nachmittag brach herein, das gerodete Land wogte, und wie ein Baum oder Blitzstrahl fuhr ein Wind drein, Wurzeln zuoberst, gegabelt zwischen Rauch und Schlacke, als die Dämmerung fiel. Umringt von Echos, den glühheißen Wanderern von Stimmen, und von den Teufeln aus den gehörnten Äckern, schauderte er auf dem Grund und Boden seiner Feinde, als auf dem Nachtmahr eines Abends eine neue Nacht nahte. »Sollen die Bäume einstürzen«, sagten die staubigen Wanderer, »sollen die Felsblöcke abbröckeln, soll der Stechginster verfaulen und verschwinden und Erde und Gras verschlungen werden vom Abgrund eines Hügels, der in der Schwebe steht auf dem Grab, das nach Eden vordringt. Winde in Flammen, so werden wir durch Gruft und Sarg und Versteinerung ein Menschenhäuflein Staub in jenen Garten blasen. Wo die Schlange den Baum entzündet und aus seiner Rinde wie ein Funke der Apfel fällt, schießt ein Baum in die Höhe; eine Vogelscheuche erstrahlt auf dem Ästekreuz, und bei einem, der in der Sonne steht, erheben sich die neuen Bäume zu einem Obstgarten rings um das Kruzifix.« Zu Mitternacht lagen schon zwei Täler unter ihm; dunkel ruhten sie mit ihren zwei Städten auf den Handtellern der durchwühlten Berge. Ein Tal hielt um ein Uhr morgens den Ort Aberbabel in der Faust unter ihm. Er war kein junger Mann mehr, sondern ein sagenhafter Wanderer, eine wandernde Volksgestalt, mit einer Grille als Herz; er ging an der Kapelle von Aberbabel vorbei, nahm den kurzen Weg durch den Friedhof über die unruhigen Grabsteine und erspähte einen rotwangigen Mann in einem Nachthemd zwei Fuß über der Erde.

Die Täler zogen vorbei; aus den Hügeln, die ins Wasser tauchten, aus den Augenblicken von Bergen kam das elfte Tal herauf wie eine Stunde. Und zeitlos trat aus dem Zwergenauge des Fernrohrs, aus dem Ring von Licht wie die Vermählung eines Kreises auf dem letzten Hügel vor der See, der Umriß der hundert Obstgärten, vergrößert im unbefleckten Abnehmen des Mondes. Dies war der Anblick, der dem Fernrohr begegnete, und die Welt, die Marlais am Morgen nach dem ersten der elf unsagbaren Abenteuer sah: zu seinen beiden Seiten die ununterbrochenen Wände, höher als die Bohnenstangen, die sich auf dem Dach der Welt mit dem Märchen vermählten, daß sie bis zum Mond aufragten, einem Märchen von Stein und Erde und Käfer und Baum. Einen Friedhof vor ihm ging der Boden zu Ende, schoß tiefer und tiefer hinab, verlor sich mit dem Teufel im Bett des Tales, erhob sich schwankend zur Straße nach dem Meerdorf, wo die Blüten der Obstbäume über das Holz der Bootswände niederhingen und Schwesternstraßen zu den vier weißen Landspitzen liefen; eine Felsenlinie also, schnurstracks zur Hügelspitze gezogen, und die Kurve, wo sie sich krümmte, mit Bäumen gestrichelt; dann ins Tal niedertauchen, tief wie die Geschichte des letzten Feuers, das in der Kammer ein Stockwerk über dem Garten Eden brannte, und zum ersten grünen Baum nach dem roten, tiefen Fall. Tiefer und tiefer, wie ein mit Städten beklebter Stein, wie der Fluß aus einem Glas voller Orte, fiel der Hügel, der seinen Füßen Halt gab. Er war nicht mehr eine Volksgestalt, sondern Marlais, der Dichter, der über den Rand in die Zerstörung hineinschritt, die Flanke des Untergangs erkletterte, und weiter über die Hölle im Bett zur roten Linken, bis er das erste der Felder erreichte, wo die unausgebrüteten Äpfel bald Feuer schreien würden, in einem Wind von einem halben Berg her, der nach Westen ins Meer fiel. Marlais stand, ein Mann in einem Bild, wo der Mittag zur Mitte hinwehte, stand an einem Kreis von Apfelbäumen und zählte die Baumkreise, die über die schattigen Meilen auf einen Dörferhaufen zuwanderten. Er legte sich ins Gras nieder, und der Mittag fiel wundgeschlagen zur Sonne zurück; und er schlief, bis eine Handglocke über die Felder läutete. Es war ein Nachmittag ohne Wind, und die Schwester mit den blonden Haaren läutete die Glocke zum Tee.

Er war ganz nahe ans Ende der unbeschreiblichen Wanderung gelangt. Das blonde Mädchen breitete auf einem zum Meer abfallenden Feld, drei Felder und einen Zauntritt von Marlais entfernt, ein Tischtuch über einen flachen Stein. In einen von mehreren Bechern goß sie Milch und Tee, und das Brot schnitt sie so dünn, daß sie durch die weißen Scheiben London sehen konnte. Sie sah unverwandt hinüber zum Zauntritt und zur gestutzten, durchsichtigen Hecke, und als Marlais sie überkletterte, zerlumpt und unrasiert, die entblößte Brust von der Sonne verbrannt, stand sie aus dem Gras auf und lächelte und schenkte Tee für ihn ein. Das war das Ende der unsagbaren Abenteuer. Sie saßen im Gras an dem Steintisch wie Liebende bei einem Picknick, zu voll von Liebe, um zu sprechen: wunschlose Hausgeister im Schatten des Heckenwinkels. Sie hatte eine Handglocke für ihre Schwester geläutet, und sie hatte damit einen Geliebten über elf Täler hin zu sich gerufen. Ihre vielen Liebesbecher standen leer auf dem flachen Stein.

Und er, der geträumt hatte, daß hundert Obstgärten in Flammen ausgebrochen waren, sah plötzlich im windlosen Nachmittag Feuerzungen durch die Apfelblüte schießen. Die Bäume rund um sie her fingen Feuer und knisterten in der Sonne, die Vögel flogen auf, als aus jedem

Zweig eine kleine rote Wolke wuchs; die Rinde fing Feuer wie Stechginster, die ungeborenen, lodernden Äpfel wirbelten blitzschnell verzehrt zu Boden. Die Bäume waren Feuerwerk und Fackeln, glosten aus dem Feuerofen der Felder zu einem brennenden Lichtbogen auf und warfen ihre gebrandmarkten Früchte wie Aschenregen auf die verkohlten Straßen und Felder nieder.

Der im windlosen Nachmittag einen Knabentraum von ihrer Hand aus Fleisch und Geist geträumt hatte, sah nun auf dem roten Höhepunkt, als die hölzernen Wurzelstufen am Eingang des Obstgartens splitterten und es den bewahrten Türmen übel erging, daß sie schwer ihre Hand erhob und auf die Bäume und Vögel zeigte. Am Himmel war ein Gestöber von Flügeln und Feuer und Vorabendwind im Niedergehen des verbrannten Tages. Als die neue Nacht gebaut war, lächelte sie, wie sie in dem kurzen, elf Täler alten Traum gelächelt hatte; schief wie Pisa lehnte die Nacht an den westlichen Wänden; keine Posaune soll die Wände von Wales einstürzen lassen, ehe die Jüngste Musik anhebt; sie zeigte auf ihre Schwester in einem Schatten bei dem verschwindenden Garten, und die Gestalt mit dunklen Haaren und mit Krähen auf ihren Schultern erschien an Marlais' Seite.

Das war das Ende einer Geschichte, schrecklicher als die Geschichten von den Lebenden und von denen, die nicht tot sind, in den bergigen Häusern der Jarvishügel; und das unnatürliche Tal, das der Idris bewässert, ist ein Kinderland gegen dieses elfte Tal auf der Wanderung zum Meer. Ein Traum, der kein Traum war, lauerte dort; der Wind der wirklichen Welt zog herauf, um die Feuer zu löschen; eine Vogelscheuche zeigte auf die erloschenen Bäume.

Das hatte er geträumt, noch ehe das Brennen und Erlöschen der Blüten, das Steigen und das salzige Landeinwärtsschwingen des Meeres in der Nähe dieser Obstgärten kein Traum mehr war. Er küßte die beiden heimlichen Schwestern, und eine Vogelscheuche küßte ihn wieder. Er hörte die Vögel auf die Schultern seiner beiden Geliebten niederfliegen. Er sah die Astgabelbrust, das gestachelte Auge und die dürre Zweighand.

Die Zitrone

An einem frühen Morgen unter dem Lichtbogen einer Lampe, vorsichtig, schweigend, in weißem Kittel und Gummihandschuhen, verpflanzte der Arzt den Kopf einer Katze auf den Rumpf eines Huhnes. Das katzenköpfige Geschöpf schwankte auf seinen Beinen in einem gläsernen Haus; obwohl es aus seinen geschlitzten Augen in die Welt starrte, sah es nichts; das Flattern eines fremden Pulses war unter seinem Fell und seinen Federn; und als es den rechten Fuß, der neben der Glaswand stand, hob, schwankte es nach links. Wenn man das Geschlecht eines Hundes verändert, dann schreit er wie eine Hündin in der Brunftzeit und beschnuppert erstaunt die blinden Jungen, die man ihm hinlegt. Solch ein seltsamer Hund mit eingepflanztem Eierstock heulte in seinem Käfig. Der Arzt legte das Ohr ans Glas und hoffte auf einen neuen Ton. Die Sonne wehte durch die Fenster ins Laboratorium, und das Licht des Windes hatte die Farbe der Sonne. Mit Musik in den Ohren bewegte er sich zwischen seinen Phiolen und Flaschen voll Leben umher. Die Verstümmelten waren still, die Neugeborenen in den Kaninchenkäfigen sogen freudig die hygienische Luft in ihre Lungen ein. Das Wiesel am Fenster würde morgen ein Geschwulst im Ohr bekommen, aber heute hüpfte es noch in der Sonne.

Der Hügel war so groß wie ein Berg, und das Haus schwoll an wie ein Hügel auf dem höchsten Gipfel. Das Haus, das zu viele Zimmer hatte, hatte auch ein Zimmer für die wilden Eulen und einen Keller für das Ungeziefer, das sich auf dem sauberen Stroh vermehrte und fett wurde wie Kaninchen. Die Menschen in dem Haus gingen um wie zu viele Gespenster zwischen den mit weißen Tüchern bedeckten Tischen, begegneten einander auf den Korridoren und bedeckten ihre Augen aus Angst vor einem neuen Fremdling, oder scharten sich manchmal im großen Saal zusammen und fragten einander, wie die Neugeborenen genannt werden sollten. Eines nach dem andern verschwanden die Gesichter, aber immer war eines da, um an die Stelle eines anderen zu treten, eine Frau mit einem Kind an der Brust oder ein blinder Mann aus der großen Welt. Alle hatten sie die Schlüssel des Hauses.

Es war ein Knabe unter ihnen, der den Namen des Hauses trug. Er war der Sohn des Hauses, das ein Hügel genannt wurde, und spielte mit den Schatten in den Korridoren und schlief in der Nacht in einem Zimmer hoch oben, durch Fensterläden von den Sternen getrennt. Aber die Leute des Hauses schliefen im Angesicht des Mondes, hörten die Möwen vom Meer, den Lärm der Wogen, die auf dem Sand brandeten, wenn der Wind vom Süden wehte; sie schliefen mit offenen Augen.

Der Arzt erwachte mit den Vögeln; an jedem Morgen sah er die Sonne in gefärbtem Wasser aufgehen, und der Tag, gleich den Gewächsen in seinen Tiegeln, wurde heller und stärker, wenn die wachsenden Stunden den Regen oder Sonnenschein und die Teilchen des Winterlichtes von sich abfallen ließen. Wie er es gewohnt war, wandte er sich an diesem Morgen vom Fenster, wo das Wiesel hüpfte, dem Leben hinter Glas zu. Mit unsterblicher Ruhe, mit dem niemals endenden Anfang eines Lächelns, das keine Mutter mit dem Mund ihrer Milch entblößt, beobachtete er, wie die Jungen an ihren Müttern und an seinen Geschöpfen sogen und leckten, wie die Neuausgebrüteten flatterten, und wie die Vögel, die gefüttert wurden, ihre Schnäbel öffneten. Er war die Macht und das Messer, das den Lehm schnitt, er war das Geräusch und die Substanz, denn er schuf eine Hand aus Glas, eine

Hand mit Adern, und nähte sie auf das lebendige Fleisch, und sie erstarkte in der Wärme des falschen Lichtes, und die Glasnägel wuchsen und wurden lang. Leben floß in seinen Fingern, floß in der Hitze seiner Säuren, floß auf der Oberfläche seiner siedenden Kräuter. Er hatte den Tod in tausend Pulvern; er hatte ein Kruzifix aus Dampf gefrieren lassen; alle die großen Chemien der Welt, die Geheimnisse der Materie – »Seht«, sagte er laut, »ein Brandmal auf der Stirne eines Frosches, wo zuvor kein Brandmal und kein Frosch war« – hatten für ihn in seinem Zimmer im obersten Stockwerk des Hauses kein Geheimnis.

Das Haus war das einzige Geheimnis. Alles geschieht in einer Glut von Licht; das Tasten der blinden Hände eines Knaben an den Wänden des Korridors war eine Bewegung von Licht, wenn auch die letzte Kerze am oberen Ende der Treppe trübe wurde und die Linien des Lichtes zu Füßen der versperrten Türen plötzlich fortgenommen wurden. Nant, der Knabe, war nicht allein; er hörte ein Kleid rascheln, eine Hand unter seiner eigenen auf der Tünche der Wand scharren. »Wessen Hand?« fragte er leise. Dann floh er in panischem Schrecken über die finsteren Teppiche hinab und rief lauter: »Nein, gib mir keine Antwort!« »Deine Hand«, sagte die Dunkelheit, und Nant blieb stehen.

Der Tod war zu lang für den Arzt, und die Ewigkeit nahm zu viel Zeit in Anspruch.

Ich war in einem Traum dieser Knabe, und ich stand angewurzelt still und wußte, daß ich allein war, und wußte, daß die Stimme meine eigene war und die Dunkelheit nicht der Tod der Sonne, sondern das dunkle Licht, das von den Wänden der fensterlosen Korridore zurückgeworfen wurde. Ich streckte meinen Arm aus, und er verwandelte sich in einen Baum.

An jenem frühen Morgen, unter dem Lichtbogen einer

Lampe, erzeugte der Arzt eine neue Säure und quirlte sie im Kreis, immer rundum, mit einem Löffel, und sah, wie sie sich in ihrem Becher färbte und dann durch die Temperaturveränderung die Farbe von Wasser annahm. Es war die stärkste aller Säuren und verbrannte die Luft, aber sie kämpfte sich süß wie Sirup durch seine Finger und brannte nicht ein bißchen. Vorsichtig und schweigend hob er den Becher und öffnete die Türe eines Käfigs. Das war eine neue Milch für die Katze. Er schüttete die Säure in eine Untertasse, und das katzenköpfige Geschöpf glitt herab, um zu trinken. Ich war in einem Traum dieser Katzenkopf; ich trank die Säure, und ich schlief ein; ich wachte im Tod auf, aber dort vergaß ich den Traum und bewegte mich weiter als anderes Wesen im Ebenbild des Knaben, der vor der Dunkelheit Angst hatte. Und mein Arm war nicht mehr der Ast eines Baumes, und wie ein Maulwurf hastete ich vom Licht fort zum Licht hin. Einen einzigen blinden Augenblick lang war ich ein Maulwurf, der mit Kinderhänden in der Erde von Wales etwas aufwühlte oder sich hinunterwühlte; ich weiß nicht mehr, ob es das eine oder das andere war. Ich wußte, daß ich träumte, aber plötzlich erwachte ich zum harten, wirklichen Fehlen des Lichtes in den Korridoren des Hauses. Es war niemand da, um mich zu führen; der Arzt, der Fremdling im weißen Kittel, der in seinem Turm voller Vögel eine neue Logik schuf, war mein einziger Freund. Nant rannte zum Turm des Arztes hin, über Wendeltreppen und eine zerbrochene Leiter hinauf, las bei Kerzenschein ein Zeichen, das sagte *Nach London und nach der Sonne*; so kletterte er in meinem Ebenbild und ich in seinem, und wir waren zwei Brüder, die kletterten.

Der Schlüssel hing an einer Kette an einem Ring an meinem Gürtel. Ich öffnete die Tür und fand den Arzt, wie ich ihn immer fand. Er starrte durch die Wände eines Glaskäfigs. Er lächelte, aber achtete nicht auf mich, der hundert Sekunden lang nach seinem Lächeln und nach seinem weißen Kittel gelechzt hatte. »Ich habe dem Tier meine Säure gegeben, und es ist gestorben«, sagte der Arzt. »Und nach zehn Minuten ist die tote Henne aufgestanden und auf ihren eigenen Füßen gestanden. Sie hat sich an dem Glas gerieben wie eine Katze, und ich habe ihren Katzenkopf gesehen. Das waren zehn Minuten Tod.«

Ein Sturm zog herauf, schwarzen Leibes, vom Meer her, und brachte Regen und zwölf Winde, um die Hügelvögel vom Angesicht des Himmels zu verjagen; der Sturm, der schwarze Mann, der Pfeifer vom Meeresgrund und vom Rand der Fischsteine, der Donner, der Blitz, die mächtigen Kiesel, sie alle stiegen auf; wie eine Krankheit, eine Nachgeburt, die aus dem Bauch von Unwettern aufsteigt; verrückt wie ein Nebel, der aufsteigt; der Antichrist auf einer Meerflamme oder einem Dampfkruzifix stieg auf und zog sich den Regen an; weil die Säure stärker war, stieg der sich mehrende Sturm in der Farbe des Zornes auf; ganz und gar unheilschwanger, unheilig felsenhändig.

Das war die Außenwelt.

Und die Schatten, die mit Schwimmhäuten und gespaltenen Hufen im Haus umgingen, mit den Schnäbeln von Vögeln; die verschrobenen, verschobenen Schatten, die eine Frau in jeder Hand trugen, hatten keine Substanz, die sie werfen konnten. Und die Schaumpferde des Außenmeeres kletterten wie die Füchse auf den Hügeln. Das, was Nant und den Doktor hielt, der Knochen eines Pferdekopfes, der Ochse und der schwarze Mann, die aus dem Bild aus Lehm aufstiegen, das war die Innenwelt. Das war die Innenwelt, in der die Säure stärker wurde und der Tod in der Säure zehn Tage zur toten Zeit hinzufügte.

Immer noch sah mich der Arzt nicht. Ich, der ich der Arzt in einem Traum war, der fremdländische Logiker, der Vogelmacher, vertieft in die Säure, daß sie stärker werde, und in die Suche nach Vergessenheit, hob bald den Becher an meinen Mund, als der Sturm heraufzog. Donner krachte, als ich trank; und als er fiel, kam auf dem Wind der Blitz herüber.

»Es ist ein toter Mann im Turm«, sagte eine Frau zu ihrer Begleiterin, als sie an der Türe des großen Saales standen.

»Es ist ein toter Mann im Turm«, sagten die Echos in den Ecken, und ihre Stimmen erhoben sich im ganzen Haus. Auf einmal war ein dichtes Gedränge im großen Saal, und die Menschen des Hauses bewegten sich durcheinander und fragten nach den Namen der Neugeborenen.

Nant stand neben dem Arzt. Nun war der Arzt tot. Es gab einen Korridor, der zum Turm der Zehn Tage Tod führte, und dort tanzte eine Frau allein, mit den Händen eines Mannes auf ihren Schultern. Und bald gesellten sich zu ihr die Jungfrauen, nackt bis an die Hüften, und machten die Bewegungen des Tanzes; sie tanzten auf die offenen Türen der Korridore zu, standen schwerelos in den Eingängen; sie tanzten vier Schritt auf die Türen zu, und dann tanzten sie vier Schritt zurück. Im langen, großen Saal tanzten sie zur Feier des Toten. Das war der Tanz der Lahmen, der Blinden und der Halbtoten, das der Tanz der Verleugnung der Toten, das der Tanz der Kinder, der grabesernsten Mädchen, die bis zur Hüfte entblößt waren, das der Tanz der Träumer, der offenäugigen und nackten Mohnköpfe, die sich im Schlaf bewegten. Der Arzt lag tot zu meinen Füßen. Ich kniete nieder, um seine Rippen zu zählen, um seinen Unterkiefer zu heben, um den Säurebecher aus seiner Hand zu nehmen. Aber die tote Hand war starr.

Da sagte eine Stimme bei meinem Ellenbogen: »Öffne die Hand.« Ich bewegte mich, um der Stimme zu gehorchen, aber eine leisere Stimme sagte mir ins Ohr: »Laß die Hand starr werden.« »Schlag die zweite Stimme.« »Schlag die erste Stimme.« »Öffne die Hand.« »Laß die Hand starr werden.« Ich schlug mit der Faust auf beide Stimmen ein, und Nants Hand verwandelte sich in einen Baum.

Zu Mittag war der Sturm stärker; den ganzen Nachmittag lang schüttelte er den Turm und riß die Schieferplatten vom Dach; er kam vom Meer und von der Erde her, von den Meeresgründen und von den Wurzeln der Wälder. Ich konnte nichts hören als die Stimme des Donners, der die zwei getroffenen Stimmen ertränkte; ich sah den Blitz den Hügel hinaufschreiten, einen bunten, gegabelten Mann, der mich durch die Turmfenster blendete. Und immer noch tanzten sie, in den frühen Abend hinein. Der Sturm wurde stärker, und immer noch tanzten die halbnackten Jungfrauen auf die Türen zu. Das war der Tanz der Feier des Todes in der Innenwelt.

Ich hörte eine Stimme über dem Donner sagen: »Die Toten sollen begraben werden.« Dies war nicht der immerwährende Tod, sondern ein Tod von Tagen; dies war ein Schlaf ohne Herz. »Wir begraben die Toten«, sagte die Stimme, die mein Herz hörte, das Kurze und das Ewigwährende. Der Sturm, der vorn auf dem Wind saß, maß die Entfernungen der Stimme ab, aber ein toter Punkt im Regen erlaubte den zwei kämpfenden Stimmen neben mir, mich zur Hand und zur Säure zurückzurufen. Ich zog die erstarrende Hand hoch, öffnete die Finger und hob den Becher an meinen Mund. Als das Glas mich brannte, kam ein Pochen an der Türe und ein Schrei von den Menschen des Hauses. Sie, die den Körper des Neugestorbenen suchten, behelligten die Türe. Mein Knabenherz brach. Rasch blickte ich auf den Tisch hinüber, wo eine Zitrone auf dem Teller lag. Ich machte ein Loch in die Haut der Zitrone und goß die Säure hinein. Dann fuhr der Sturm der dunklen Stimmen und des Pochens nieder, und die Turmtüre brach in ihren Angeln. Der Tote wurde gefunden. Ich kämpfte zwischen den Schultern der eintretenden Fremden, überließ sie ihrem Plündern, wendelte mich die Treppe hinunter und eilte durch die Korridore, die Zitrone an meiner Brust verborgen.

Nant und ich waren Brüder in dieser wilden Welt, weit von den Grenzdörfern, vom Meer, das England in seiner Hand hält, von den hochgebauten Kirchtürmen und den ungefressenen Gräbern unter ihnen. Als ein Einziger, mit einem Kopf und zwei Füßen, liefen wir durch die Gänge und Hallen und sahen keine Schatten und hörten nichts von den bösen Heimlichkeiten des Hauses. Die Zimmer waren leer von Bösem. Wir sahen uns nach einem Teufel in den Ecken um, aber die Geheimnisse der Ecken waren die unseren. So liefen wir weiter, voll Furcht vor unseren Fußtritten, jubilierend im Pochen des Blutes, denn der Tod war an unserer Brust geborgen, eine scharfe Frucht, ein volles, gelbes Gewächs, das die Form seiner Haut hatte. Nant war ein einsamer Läufer in dem Haus; ich schied von ihm und ließ einen halben Schmerz und ein halbes Entsetzen zurück, ging meinen eigenen Weg, den Weg des Lichtes, das über dem Hügel von Cathmarw und dem schwarzen Tal anbrach. Und er ging seinen eigenen Weg und kletterte allein eine Steintreppe zum letzten Turm hinauf. Er legte seinen Mund an ihre Wange und berührte ihre Brustwarze. Der Sturm starb, als sie ihn berührte.

Er schnitt die Zitrone entzwei, mit der Schere, die von der Schnur ihres Rockes niederbaumelte.

Und der Sturm zog herauf, als sie tranken.

Das war das Kommen des Todes in die Innenwelt.

Das Lachen des Pferdes

Er sah die Pest auf einem weißen Pferd ins Dorf einziehen. Krebsig war der Reiter, der das Tier im Galopp über Gras und Kopfsteinpflaster und bunten Berg ritt, einen Furunkel trug er als Hut. Die Pest, die Pest, rief Tom Twp, als am Horizont das Pferd seinen weißen Kopf hob und die Sterne witterte. Heraus kamen der Krämer mit einem Ei in der Hand und der Metzger in einem blutigen Mantel. Sie folgten der Richtung des gestreckten Fingers, aber das Pferd war verschwunden, die Bäume sprachen nicht, und die Vögel, die am Himmel hin und her flogen, sprachen zur Krähenkolonie oder zu den in ApLlewelyns guter Stube angeketteten Staren kein einziges warnendes Wort. Wie das Ei in deiner Hand so weiß, sagte Tom Twp. Er erinnerte sich an des Reiters rohen Kopf und flüsterte verschlagen: Wie deiner Mutter Hintern im Fenster so rot. Die Wolken dunkelten, die Sonne zog sich zurück, der plötzlich grausame Wind riß drei Zäune nieder, und die Kühe, blauäugig von der Pest, knabberten inmitten der Kürbisbeete. Das Ei fiel hin, und das rote Eigelb kämpfte in den Pflasterfugen, und das Weiße vermischte sich mit dem Regen, der vom scharlachroten Mantel niedertropfte. Zurück in seinen Laden kehrte der Krämer mit verfärbter Hand, und der Metzger zurück zu den Kalbfleischschultern. Tom Twp ging seinem Fingerzeig nach bis zum Horizont, wo der Pestgaul aufgestampft hatte und verschwunden war, und erreichte die dunkle Kirche in dem Augenblick, als der Regen des Erdbodens überdrüssig wurde und sich in den Himmel zurückzog. Er lief zwischen den Gräbern, wo die Hände der Kaufleute die Würmer betasteten. Mrs. ApLlewelyn hob ihre steinerne Brust übers Gras. Als er leise die Tür aufmachte, traf er auf den Pastor, der im Mittelschiff für die Abrüstung betete. Entwaffne die Mächte des Heeres und der Marine, hörte er den Pastor zum Buntglas-Christus murmeln, der wie eine Ziege auf ihn niederlächelte, denn er hörte die Stimmen aus Cardiff und dem rauchenden Westen. Entwaffne die Heimwehr, betete der Pastor. In seinem Zorn schlug ihn der Herr. Die Pest ist da, sagte Tom Twp. Auf der Orgelempore griff ApLlewelyn nach den Baßregistern. Die weiße Pest schwebte zur Musik des wilden Orgelsolos durch die Kirche. Pastor und Sünder standen unter der Spiegelung der Heiligen Familie und erkannten in jedem karottenfarbenen Heiligenschein das Haar aus Blut. Der eine hörte im Echo eines jeden Akkords die Stimme eines rüstenden Gottes, der andere das Lachen des Pferdes.

Einer nach dem anderen starben die Stare; der letzte verbleibende Vogel, Schmerzen in seiner Kehle, pfiff den späten Nachmittag aus. ApLlewelyn, der von der Musik heimkehrte und den Himmel bestaunte, hörte die Stimme des letzten Stares, als er die Einfahrt hinaufging. Warum gibt es von meinen lieben anvertrauten Staren keine Begrüßung, fragte sich ihr Wärter. Täglich, das ganze Jahr lang, waren sie wütend geworden, hatten an den Fensterrahmen gezerrt und der fliegenden Welt zugesehen; sie hatten auf dem Glas geschabt und die Flügel von der Leimrute hochgerissen und vor seinen Augen Zeichen gemacht. Auf dem Vorleger zu seinen Füßen lagen kalt und steif sechs Stare, der siebte trauerte. Der Tod hatte in seiner Abwesenheit sechs Sänger hingestreckt. Der auf der Sperlinge Tod acht gibt, hat keine Zeit für meine Vögel, sagte ApLlewelyn. Er schlug ein auf den mächtigen, blutrünstigen Tod, und der Tod gab nach und löste einen letzten Furz aus den Körpern der toten Vögel.

Die Pest, die Pest, rief Tom Twp, und stand in einem

neuen Regen. Wo das Haus des Leichenbestatters zwischen den Bäumen gestorben war, plärrte er, wie ApLlewelyn, vom mächtigen, blutrünstigen Tod, er hörte, wie die Krähen in den Bäumen krächzten, und sah einen Schatten davongaloppieren. Die Bäume rochen nach Opium und Mäusen, beides für Tom Gestalten des höllenhäuptigen Tieres, das hinter den Grabsteinplatten hauste. Auf den Ästen der Bäume hingen aufrecht über dem Boden die Eulen, die die Mäuse fraßen, und die rosafarbenen Blumenmünder, die sich vom Opium nährten. Den Schornsteinen der Letzten Rast und dem einen erleuchteten Fenster rief er die Pest zu. Heraus trat der Leichenbestatter in einem Gehrock; weil er dem Mondlicht mißtraute, hielt er eine Kerze in seiner behandschuhten Faust und die Kerze warf drei Schatten. An den mittleren Schatten richtete Tom Twp seine Botschaft von der weißen Wiederkunft. Soll ich die Untoten von Wales messen? sprach der Schatten zur linken. Die Pest auf einem verfluchten Pferd, sprach Tom Twp zum linken Schatten, und er hörte den dunkleren Schatten rechts antworten.

Den Toten nützt keine Droge von Menschenhand. Der Pastor, die Pfeife im Mund, saugte einen toten Rauch aus den Nüstern des reisenden Pferdes, das nun von einem fernen Berg auf Afrika herabwieherte. Als das Dunkel dort, wo der Mond in glühendem Licht aufging, am tiefsten wuchs, war der von Gott geschlagene Pastor dankbar im Anblick der empfangenen Segnungen, des lodernden Feuers, der Glut im Tabak und der Form des tiefen Pfeifenkopfes. Dieses Feuer war die Hölle, die dunkle Leugnung, die wie ein Kraut brannte, und der Mohn aus der rauchenden Erde. Die Umrisse des Pfeifenkopfes, Muster seiner Grabes, waren die Umrisse der krautigen Welt; die Glut im Tabak erlosch; das Kraut stand um die Beine des Pastors und hetzte ihn in einen längeren Sturz als den Sturz vom Himmel und, schwerer als der Mohn, in einen langen Schlaf.

Metzger und Bäcker schliefen ein in jener Nacht, und ihre Frauen schliefen an ihrer Seite. Metzger und Bäcker nahmen ihre Frauen nach keinem Bilde; ihre Frauen zerrissen ihnen wieder die gewohnte Jungfräulichkeit, und ihre aufgerichteten Erlöser durchschritten, wie's in meiner Sprache heißt, den Hügel von Haaren. Auf der Etage lagen die kalten Eier, in denen Leben war, stand die Kiste, auf der die Ratten die ganze Nacht am hohen Fleisch schafften, verschwendeten die Kaufleute keinen Gedanken an den Tod. In der drangvollen Enge zwischen Hüfte und Bauch spürten sie die Wirkung eines dritten Liebenden. Im letzten Knorpel brach der Tod über die Minuten herein, und um die Zwölf stürzten unterm Giebel von Cathmarw die Türme ein.

Soll ich die Untoten messen? Dies, sprach der Leichenbestatter in seinem Wohnzimmer und zeigte durch das vorhanglose Fenster auf die Form der Nacht, ist das Grab für alle, die gehen, und alle, die atmen. Hier lag der schläfrige Leib, der rauchende Leib, das Fleisch, das wie eine Kerze brannte, und das abnehmende Menschenwachs. Geh heim und stirb, hatte er zu Tom Twp gesagt, und als er es nochmal dem wahnsinnigen Mond sagte, fiel ihm die Geschichte der Auferstehungsleute ein, die einen schwätzenden Leib aus den Höfen von Cathmarw geraubt hatten. Er hörte, wie ringsum die Toten starben, und wie ein Lebender in seinem ergaunerten Anzug den Kies auf der Zufahrt zur Letzten Rast aufbrach. In einem Bad aus Blut schlief Cathmarw ruhig den hellen Tag lang, Tom verrenkt in der Hecke, Metzger und Bäcker steif bei ihren Liebsten, und der Pastor mit einer erloschenen Pfeife im Mundwinkel. ApLlewelyn häutete die sechs Stare; schließlich fiel er zu Boden, in beiden Händen rote und zerbrochene Federn; der siebte Vogel, nackt wie seine toten Genossen, zitterte noch und sang auf der Leimrute. Die Pest ist über uns gekommen, sagte Mr. Montgomery, der Leichenbestatter, denn der Wind hallte wider vom Lärm des Aufbruchs, und der Geruch aufbrechenden Fleisches kroch im Wind heran. In der Haut dieses Westlichen Wales, die Adern der Grafschaft hindurch, verwandelte die Not der Pest die Samenwelt in ein Rund von krankem und unsichtbarem Versprechen; in den Baumknollen vergiftete der Tod die grünen Knospen und beizte die Muttermale des Waldes mit einem neuen Farbton. Mr. Montgomery warf sein Glas voll Essig der Pest ins Gesicht; das Glas zerbrach am Fenster, und der Essig lief an den zerbrochenen Scheiben hinunter. Mit Pappe schloß er jede Fuge und jeden Riß, und als er ein Tuch annagelte, um die Nacht abzuwehren, da roch er die triefende Säure; er verriegelte und vergitterte die Türen seines hölzernen Hauses und stopfte die Ecken im Wohnzimmer zu, und als er schließlich in einem Sarg mit Schornsteinen begraben lag, nahm er das Buch seiner Mutter in die Hand. Heilmittel für Leiden des Körpers und Leiden des Geistes, Zutaten für einen Auferstehungszauber, Anrufungen an die Toten, sprach Bronwen Montgomery. Die Hand, die ohne Umschweife an den übervölkerten Erdball schrieb, faßte einen Wurm, und der Regen prasselte nieder auf die Buchstaben ihres lebenden Namens. Und über die Pest von Cathmarw sagte sie, in eine andere Zunge übertragen, daß das Pferd ein weißes Tier sei, das ein Reiter mit rohem Haupt über den Berg führe. Nimm, sagte Bronwen, eines Vogels Blut und vermische es mit Menschenstoff. Nimm von einem toten Menschen und einem Vogel eine Todesschale und gieße das Vogelblut und den Menschensaft durch die Höhlen der Schale. Rühre mit einem Finger, und so es ein toter Finger ist, trinke mein Gebräu in meinem Namen. Er warf sie beiseite. Im unverriegelten Dunkel waren ein Vogel und ein Mann, in den Lenden die Pest und eine Feder, die Fleisch und Bein kitzelte, in den Bäumen waren erhobene Finger und in der Luft ein Auge. Das waren seine gewöhnlichen Bilder; die Pest vermochte das Auge nicht zu trüben, noch der Wind in den Bäumen den Fingernagel zu spalten. Er entriegelte und entgitterte den Sarg mit Schornsteinen und ging in das einzige Bild der Nacht; die Nacht war eines Vogels Blut, eine Spur des Menschen, ein erhobener Finger in der vielfältigen und aufwärtigen Welt. Er ging durch die Wälder und kam auf die staubige Straße, die in allen Richtungen nach Wales führte, nach links, nach rechts, nach Norden, nach Süden, hinab durch die Pflanzenwelt, hinauf durch das Auge der Lüfte. In der Dunkelheit schaute er auf die stummen Bäume und erreichte schließlich das Haus von ApLlewelyn. Er öffnete das Tor und ging die Einfahrt hinauf. Dort lag ApLlewelyn im Wohnzimmer, an seiner Seite sechs federlose Stare, der siebte trauerte. Nimm, nimm eines Vogels Blut, sprach Bronwen aus den Höfen von Cathmarw. Er hob einen toten Vogel auf, riß ihn am Hals und fing das kalte Blut in den Händen auf. Trink mein Gebräu in meinem Namen, sprach Bronwen dicht bei seinem Ohr. Er fand einen Becher auf der Anrichte und füllte ihn zur Hälfte mit dem Blut des geschrumpften Stares. Wenn er auch fault, so muß er doch warten, sprach Mr. Montgomery zum Organisten, bis ich ihr Gebräu in ihrem Namen getrunken habe. Nimm, nimm den Menschenstoff, sprach seine Mutter. Er eilte hinaus und weiter, hörte noch den letzten Star den neuen Aufbruch beklagen.

Tom Twp lag verrenkt in der Hecke. Er spürte das Taschenmesser an seinem Finger nicht, und das Verschwinden des gräsernen Eherings ließ ihn gleichgültig.

Der Pastor, tot in seinem Stuhl, schrie nicht auf, als seine Hose ihm auf die Stiefel rutschte, und der Schlauch eines Füllfederhalters sich voll Hoffnung sog.

Der Becher war voll. Mr. Montgomery rührte ihn mit einem Ehefinger um und trank daraus in den Höfen von Cathmarw beim Grabe seiner Mutter. Das rote Gebräu lief hinunter. Die Gräber drehten sich um ihn, die Engel bewegten sich auf ihren Steinen, und die Deckel, dem stummen Zecher unsichtbar, knarrten in ihren Angeln. Das Gift rührte ihn, und er drehte sich, einen Fuß im Grab der Mutter. Das tote Cathmarw rückte vor aus dem hölzernen Dorf auf den Hügel von Haaren zu. Die Haare auf seinem Kopf stellten sich. Blut war in seinem Blut, und die kalte Unze des Pastorensamens rückte zur Schöpfung vor, während er die Stufen zählte, in denen der Mond schwand; die reglose Sonne rutschte herab, und das System, das er nicht zu Boden bringen konnte, zerbrach in zwei Teile und in hundert Sterne. Drei Tage vergingen im Wind, doch der vierte ging wolkenlos auf und ging wieder unter nach allzuvielen Schlägen vom ausgezählten Kirchturm. Die vierte Nacht stand auf wie ein Mann; das Bild änderte sich, und eine Frau im Mond erleuchtete die Höfe. Er zählte die Stufen, in denen die Sonne schwand. Zuviele Tage, sagte er, denn ihm war übel vom Gebräu seiner Mutter und von den vergifteten Stunden, die immer wieder an ihm vorüberzogen und auf dem Kiesweg einen Lumpen und einen Knochen in einem verschossenen Gehrock zurückließen. Aber wie die Tage vergingen, da wurden die Toten des Wartens müde. Tom wurde in der Hecke unruhig und hob eine vierfingrige Hand, um das Gähnen zu ersticken, das die letzten verbliebenen Häute auf seinem Gesicht aufbrach. Metzger und Bäcker litten Schmerzen in einer zu langen Liebe und verfluchten jeder das Bett, das sie trug. Die sechs nackten Stare stiegen empor auf ihren Flügeln, der siebte sang, und ApLlewelyn trieb aus einem tiefen Schlaf in eine wiedererwachte Welt, in der die Vögel um ihn tanzten. Des Wartens müde, erhoben sich die Toten und suchten nach dem Leichenbestatter, denn die Fäulnis hatte eingesetzt, und ihr Fleisch fiel ab, als sie in einer seltsamen Prozession die staubige Straße entlanggingen, die allerwegs zu den Gräbern von Cathmarw führte.

Mr. Montgomery sah sie kommen, und als ein neues Sonnenlicht auf die Höfe niederging, bot er ihnen seinen Becher Gebräu. Aber die Toten verweigerten sich ihm. Tom Twp mit seinem Buckel, der unfruchtbare Pastor, Metzger und Bäcker linkisch in ihrer Verliebtheit, und ApLlewelyn mit den Federn fest in den Händen, sie scharrten in der Erde und gruben sich ein gemeinsames Grab. Weit weit über ihnen kratzten die sieben nackten Stare am Himmel. Eine Dunkelheit ging nieder auf den Höfen, aber hob sich wieder, als Mr. Montgomery den Pastor über den Gott des Todes ausfragte. Was ist Gottes Tod? Der Pastor hob den Kopf vom Boden und sagte, Gott nahm mir mein Versprechen ab, meine Hoffnung. Und er schlug die Erde. Ich bin dein Grabmetz, sagte Mr. Montgomery, als der Pastor, des Totenhemdes ledig, ins Grab stieg. Ich, ich nahm dir dein Versprechen ab, sagte er, als die Erde sich über ihm schloß. Welche ist die Musik des Todes? ein Ton oder viele? der Seuchenakkord? So fragte der Leichenbestatter, und der Becher in seiner behandschuhten Faust war dreiviertel leer. Der auf der Sperlinge Tod achtgibt, hat keine Zeit für meine Vögel, sagte ApLlewelyn. Welche Musik ist der Tod? Was sollte ich von der Musik des Todes wissen, der ich nicht mehr der Vogelhüter bin? ApLlewelyn verschwand im zweiten Viertel des Grabes. Ich, ich tötete deine Vögel, sagte der Leichenbestatter zum Verschwindenden. Der Metzger war totes Fleisch. Laß mich auf deine Gemeinplätze antworten, sagte die Metzgersfrau, und scheuerte die Fläche des doppelten Erdloches. Ich war die Liebe, ich bin tot, und immer noch geht mein Mann in mir. Worin besteht die Liebe des Todes? sprach der Leichenbestatter zur Frau. Laß mich auf deine Gemeinplätze antworten, sagte die Krämersfrau. Ich war tot, ich bin die Liebe, und immer noch schreitet mein Mann in mir. Die, welche füllten und gefüllt wurden, in einem Tod mit zwei Rücken, füllten das dritte Viertel aus. Und Tom Twp, als er seine Finger am Rande ihres Ackers zählte, fand einen zehnten Finger, ein Wunder, mit einem blutroten Nagel und einem hellen Halbmond. Der Tod ist mein letzter Finger, sprach Tom Twp und tauchte ins Grab, eh es sich schloß. Da blieb Mr. Montgomery alleine zurück bei der verlassenen Kirche unter einem schwindenden Mond. Ein Stern nach dem anderen verlosch und ließ ein Loch im Himmel zurück. Er betrachtete das Grab und zog langsam seinen Mantel aus.

Die Hexenschule

Auf dem Caderhorn gab es eine Hexenschule, wo die Tochter des Zauberers sieben Mädchen hielt, denen sie von der ungeweihten Wiege sprach und die sie den teuflischen Umgang mit der Stopfnadel lehrte. Auf dem Caderhorn, in der vom bösen Wetter halb zerstörten Hausruine, wurden die sieben Mädchen festgehalten. Sie saßen im ersten Stock dieses geschichtenträchtigen Hauses, dessen Keller voller Echos war und wo ein Kreuz verkehrt über dem Eingang hing, der in die inneren Räume führte. Hier hörte der Zauberdoktor im Innern des tuberkulösen Berges, während er von Krankheit träumte, wie seine Tochter die schwärmende Kraft unter den Wurzeln des Westens anrief. Sie beschwor einen ganz bestimmten Teufel, doch die bösen Geister waren nicht mit gähnenden Rachen unter dem Berg, und Tag und Nacht gingen weiter zu ihrer Zeit ihre eigenen Wege; die Hähne krähten, und das Korn fiel vom Halm bei den Dörfern und in den gelben Feldern, da sie die Mädchen lehrte, daß des Mannes Lust, wie ein totes Pferd, durch seine Spritzen wieder stand. Sie war klein gewachsen, mit breiten Schenkeln. Sie hatte rote Wangen, rote Lippen und unschuldige Augen. Doch hart wurde ihr Körper, wenn sie die schwarzen Blumen unter der Wurzelflut anrief; wenn sie die verklumpten Misteln aus den Bäumen holte, um mit ihnen die Euter der Kühe zu durchbohren, dann standen die Sieben und starrten auf ihre Brüste, in denen die Adern hart wurden. Sie stand dann entblößt, und die entblößten Sieben im Freien schlossen sich zu einem Kreis um sie zusammen.

Sie lehrte sie die Verschlingungen des Teufels und hob ihre Arme, um ihn einzulassen. Drei Jahre und ein Tag waren vergangen, seit sie sich zum ersten Mal vor dem Mond verneigt und, im Wahn des Mitternachtslichtes, ihr Haar sieben mal in die salzige See und eine Maus in Honig getaucht hatte. Sie stand, noch ungenommen, und liebte den verlorenen Mann; ihre Finger wurden härter im Licht und auf dem Brustbein des nicht eindringenden Teufels.

Mrs. Price erklomm den Berg, und die Sieben sahen sie. Es war der erste Abend des neuen Jahres, es war windstill auf dem Caderhorn, und eine halbrote, vielversprechende Abenddämmerung trieb über die Felsen. Hinter der Hebamme sank die Sonne wie ein Stein im Marschland, die Dunkelheit quoll in Blasen über sie, und der Schlamm saugte sie hinab in die Blasen der bodenlosen Felder.

In Bethlehem ist ein Gefängnis für verrückte Frauen, und nahe den Bäumen am Pfarrhaus von Cathmarw schrie ein schwarzes Mädchen, das in Wehen lag. Sie hatte Angst, wie eine Kuh auf Stroh zu sterben, vom Lärm der Krähen begleitet. Sie schrie nach dem Doktor auf dem Caderhorn, als der wogende Westen sich in seinem Grabe rührte. Die Hebamme hörte sie. Ein schwarzes Mädchen warf sich in ihrem Bett hin und her. Ihre Augen waren Steine. Mrs. Price erklomm den Berg, und die Sieben sahen sie.

Hebamme, Hebamme, riefen die sieben Mädchen. Mrs. Price bekreuzigte sich. Eine Kette aus Knoblauchzehen hing um ihren Hals. Sie berührte sie vorsichtig. Die Sieben schrien laut auf und rannten vom Fenster in die inneren Räume, wo die Tochter des Doktors vornübergebeugt auf nackten Knien der schwarzen Kröte, ihrer Vertrauten, Ratschläge gab und die hellsehende Katze nahe der Wand schlief. Die Vertraute bewegte ihren Kopf. Die Sieben tanzten und rieben ihre Schenkel an der weißen Wand, bis Blut die schmalen Fruchtbarkeitssymbole auf sie strich. Hand in Hand tanzten sie unter schwarzen Zeichen, unter den Karten, die Auf- und Untergang der Zeiten des satanischen Jahres anzeigten, und ihre weißen Kleider schwangen um sie herum. Die Eulen begannen zu singen und schlugen die Musik des plötzlich erwachenden Winters an. Hand in Hand wirbelten die Tänzerinnen um die schwarze Kröte und die Tochter des Doktors, sieben tanzende Hirsche, deren Geweihe schwankten in der Wirrnis des ungeweihten Zimmers.

Sie ist eine sehr schwarze Frau, sagte Mrs. Price und machte einen Knix vor dem Doktor.

Die Erzählung der Hebamme ließ ihn aus einem Traum von Krankheit erwachen, und er erinnerte sich an den zerrissenen Lebensnerv, die schwarze Augenklappe und das Echo, an die verstümmelten Schatten des siebten Sinnes.

Sie schlief mit einem schwarzen Scherenschleifer.

Er hat sie tief verwundet, sagte der Doktor, und wischte sein Skalpell am Ärmel ab.

Zusammen stolperten sie den felsigen Berg hinab.

Angst begegnete ihnen am Fuß, die Angst der Blinden, die sich mit ihren weißen Stöcken und den Stümpfen ihrer Arme im festgefügten Dunkel ihren Weg klopften; zwei Würmer waren im Laub eines Baumes bäuchlings auf dem Gummisaft und dem Leim eines verkehrt herum gemaserten Waldes; sie waren es, sie, während sie ihre Hüte und Taschen fest umklammert hielten, die nun den Pfad emporkrochen, der zu der schwarzen Geburt führte. Von rechts, von links kamen die Wehenschreie bis unter das Geäst und durchdrangen das abgestorbene Holz, sie kamen aus der Erde, wo ein Maulwurf nieste und vom Himmel, außer Sehweite der Würmer.

Sie waren nicht die einzigen in dieser Nacht, die von dieser herabstürzenden Blindheit umfangen waren; ihnen, als sie dahinstolperten, war das Land menschenleer, und nur die Schlechtwetterpropheten gingen in ihren Orten umher. Aus dem Schweigen bei der Kapellenmauer erschienen drei Vagabunden, Kesselflicker. Die Kapelle von Cader, sagte der Pfannenmann. Der Pastor kann uns nicht ausstehen, sagte John Bucket, der Eimermann. Caderhorn, sagte der Scherenmann, und schon stiegen sie hinauf. Sie kamen ganz nah an der Hebamme vorbei; sie hörte die Scheren klappern und einen Ast auf die Eimer trommeln. Eins, zwei, drei, und schon waren sie mit unsichtbarem Schlurfen weiter, während die Hebamme ihre Kleider an sich preßte. Mrs. Price bekreuzigte sich zum zweitenmal an diesem Tag und berührte den Knoblauch an ihrer Kette. Ein Vampir mit einer Schere, das war ein Teufel aus Pembroke. Und das schwarze Mädchen schrie wie ein Schwein.

Schwester, erhebe deine rechte Hand. Das siebte Mädchen erhob ihre rechte Hand. Jetzt, sagte die Tochter des Doktors, sprich mir nach: Erhebe dich aus der bärtigen Gerste. Erscheine aus dem schlafenden grünen Gras in Mr. Griffiths' Schlucht. Großer Mann, schwarzer Mann, ganz Auge, ein Zahn, erscheine aus den sumpfigen Wiesen von Cader. Sag, der Teufel küßt mich. Der Teufel küßt mich, sagte das Mädchen, das ganz kalt in der Mitte der Küche war. Küsse mich aus der bärtigen Gerste. Küsse mich aus der bärtigen Gerste. Der Kreis der Mädchen kicherte. Vögle mich aus dem grünen Gras. Vögle mich aus dem grünen Gras. Darf ich mich jetzt anziehen? sagte die junge Hexe, nachdem ihr der unsichtbare Böse begegnet war.

Während der Stunden des ganzen frühen Abends, im Rauch der sieben Kerzen, sprach die Tochter des Doktors vom Sakrament der Dunkelheit. In den Augen ihrer Vertrauten las sie die Verkündigung einer großen und ungesegneten Auferstehung. Sie erriet die Zukunft in den grünen und schläfrigen Augen, und sie sah so deutlich wie die Vagabunden das turmhoch auferstandene Tier mit dem Fell eines Hirsches, das Tier mit dem Geweih, dessen Name verkehrtherum zu lesen ist, und sie sah den schwarzen, schwarzen, schwarzen Wanderer einen Berg besteigen, um die sieben weisen Mädchen von Cadar zu finden. Sie weckte den Kater. Armes Glöckchen, sagte sie, und streichelte sein Fell gegen den Strich. Und Ding Dong Glöckchen, sagte sie, und ließ den fauchenden Kater schwingen.

Schwester, erhebe deine linke Hand. Das erste Mädchen erhob seine linke Hand. Lege nun mit der rechten eine Nadel in deine linke Hand. Wo ist eine Nadel? Hier, sagte die Tochter des Doktors, *ist* eine Nadel, hier in deinem Haar. Sie bewegte ihre Hand über dem schwarzen Haar und zog eine Nadel aus der Locke über dem Ohr. Sage, ich kreuzige dich. Ich kreuzige dich, sagte das Mädchen, und, mit der Nadel in der Hand, stieß sie nach dem Kater, der auf dem Schoß der Tochter des Doktors wie auf einem Folterbett ausgestreckt lag.

Denn die Liebe erscheint in vielerlei Gestalt, als Kater, Hund, Schwein oder Ziege. Es war einmal ein Verliebter, der war bezaubert, als die Zeit der Messe war; nun hat er die Gestalt und das Ansehen eines springenden Katers. Mit blutendem Leib raste er an den sieben Mädchen vorbei, vorbei an Wohnzimmer und Apotheke in den Abend hinaus auf den Berg. Der Wind erreichte seine Wunde, und er sprang in Richtung der kühlenden Bäche die Felsen hinunter.

Wie ein Blitz raste er an den drei Vagabunden vorbei. Ein schwarzer Kater bringt Glück, sagte der Pfannenmann. Eine blutige Katze bringt Unglück, sagte John Bucket. Der Scherenmann sagte nichts. Sie kamen aus dem Schweigen an der Mauer des Gipfelhauses und hörten aus den offenen Türen eine höllische Musik dringen. Sie spähten durch das farbige Glas des fleckigen Fensters, und sie sahen vor sich die sieben Mädchen tanzen. Sie haben Schnäbel, sagte der Pfannenmann. Entenfüße, sagte John Bucket. Die Vagabunden gingen hinein.

Um Mitternacht gebar das schwarze Mädchen ihr Kind, ein schwarzes Ungeheuer mit Katzenaugen und einem Fleck am Mundwinkel. Die Hebamme, die sich an Muttermale erinnerte, flüsterte dem Doktor etwas über die Stachelbeere auf dem Arm seiner Tochter zu. Ist sie schon reif? sagte Mrs. Price. Die Hand des Doktors zitterte, und sein Skalpell ritzte das Kind unter dem Kinn. Schrei doch, sagte Mrs. Price, die alle Kinder einfach gern hatte.

Der Wind heulte über Cader und weckte die schläfrigen Krähen, die von den Bäumen herabkreischten und, lauter noch als Eulen, die Hebamme beim Nachsinnen störten. Es war ungewöhnlich für die Krähen, diese schläfrigen Vögel über den Zinkdächern, nachts zu kreischen. Wer hatte sie verzaubert? Die Sonne könnte morgens um zehn nach eins aufgehen.

Schrei doch, sagte Mrs. Price, die das Kind in ihren Armen hielt, dies ist eine böse Welt. Die böse Welt sprach mit einer Stimme, die aus dem Wind kam, zu dem Kind, das in den Falten des Mantels der Hebamme halb erstickte. Mrs. Price trug eine Männermütze, und ihre großen Brüste wogten unter ihrer schwarzen Bluse. Schrei doch, sagte die böse Welt, ich bin ein alter Mann, der dich blendet, eine böse kleine Frau, die dich kitzelt, ein trockener Tod, der dich dürsten läßt. Das Kind schrie, als hätte es einen Floh auf der Zunge.

Die Vagabunden hatten sich im Haus verlaufen und konnten den Raum im Innern nicht finden, wo die schnäbligen Mädchen mit nackten Entenfüßen auf dem Katzenkopfpflaster tanzten. Der Pfannenmann öffnete die Tür der Apotheke, doch die Flaschen und das Tablett mit den Messern beunruhigten ihn. John Bucket waren die Flure zu dunkel, und der Scherenmann erschreckte ihn an einer Ecke. Jesus hilf, rief er aus. Die Mädchen hörten zu tanzen auf, denn Christi Name war in den Außenfluren erklungen. Herein und: Herein, rief die Tochter des Doktors dem Teufel zu, der willkommen war. Der Scherenmann war's, der die Tür fand, die Klinke drückte und in das Kerzenlicht trat. Er stand vor Gladwys auf der Schwelle, ein tintenschwarzer Riese mit einem Dreitagebart. Sie hob ihr Gesicht zu ihm empor, und das Sackleinen fiel von ihr ab.

Bergauf, mit dem Neugeborenen im Arm, kam die Hebamme und flüsterte Koseworte. Hinter ihr kletterte mühsam der Doktor, dessen schwarze Tasche klapperte. Die Vögel der Nacht flogen um sie, doch die Nacht war leer, und die ruhelosen Flügel und Stimmen, die Leere auf immer verboten, waren die Federn von Schatten und der Ton unsichtbaren Fluges. Welche Bestimmung auch immer in der Gestalt von Caderhorn lag, in der Felsbrockenbrust des Berges und den Kratern wie Pocken im grünschwarzen Fleisch, sie war nicht mehr als die Bestimmung des Windes, der mir-nichts-dir-nichts beliebig verstreute Grassoden und Felsen einer ungeformten Welt herwehte. Die grasigen Fetzen und Knochen des steilen Berges, so überlegte der Doktor, als er hinter dem Kinde herkletterte, das sich in Erinnerung an eine fremde Brust wiegte, sie hat der Winterwind aus den Abfalltonnen des Chaos zusammengeweht. Aber die Gedanken des Doktors fruchteten nichts, denn das schwarze Kind stieß einen Schrei aus, einen Schrei so hoch und so laut, daß Mr. Griffiths ihn in seinem Tempel in der Schlucht vernahm. Der Gemüseanbeter stand unter seinem heiligen Kürbis, den er an vier Punkten an die Wand genagelt hatte, und hörte den Schrei von den Höhen kommen. Eine Alraune schrie auf dem Cader. Mr. Griffiths hastete in Richtung der Sterne.

John Bucket und der Pfannenmann traten in das Kerzenlicht und sahen eine fremdartige Gesellschaft. Der Scherenmann und ein nacktes Mädchen standen jetzt im inneren Kreise des Raumes, umgeben von den flackernden Lichtern. Sie lächelte ihn an, er lächelte sie an, seine Hände tasteten nach ihrem Körper, sie machte sich steif und erschlaffte dann wieder, er zog sie an sich, und lächelnd ersteifte sie wieder, und er leckte seine Lippen.

Der Eimermann hatte ihn nicht für eine böse Macht gehalten, wenn er die Brüste und die unbefleckten Schenkel ehrbarer Frauen entblößte, ein anziehender Schwarzer, in dessen Lächeln das Verderben der Frauen geschrieben war und der die Pforten der Liebe aufzwang. Er erinnerte sich an einen schwarzen Begleiter auf den Landstraßen, der in den Dörfern die Scheren schliff und an einen kohlrabenschwarzen Schatten im Dunkel, schweigsam wie die ziehenden Hecken, wenn die Vagabunden sich in die Nacht davonmachten.

War denn dieser Riese, murmelte der Pfannenmann, der die Tochter des Doktors mir-nichts-dir-nichts nahm, war das Tom der Scherenmann? Ich erinnere mich an ihn von der heißbesonnten Landstraße her als einen schwarzen, in drei Mäntel gehüllten Vagabunden.

Und wie ein Gott beugte sich der Scherenmann über Gladwys und heilte ihre Wunde; sie aber ertrug sein Salben und sein Feuer, sie verbrannte auf dem Altar dieses Turmes, und die schwarze Messe war geschehen. Sie verließ seine Arme, ihr Opfer war zerschnitten und zerrissen, die Eingeweide eines Lämmchens. Sie lächelte und rief mannhaft: Tanzt, tanzt, meine Sieben. Und die Sieben tanzten mit schwankenden Geweihen in der Wirrnis des ungesegneten Raumes. Einen Pakt, einen Pakt, riefen die Sieben und tanzten. Sie winkten den Pfannenmann von der Tür herbei. Zögernd ging er auf sie zu, und sie ergriffen seine Hände. Tanz, tanz, fremder Mann, riefen die Sieben. John Bucket gesellte sich mit seinen scheppernden Eimern dazu, und geschwind zogen sie ihn in den wilder werdenden Tanz. Der Scherenmann tanzte in dem Kreis wie ein Turm. Sie tanzten rasend immer im Kreis herum, und niemand schrie lauter als die zwei Vagabunden im Herzen der kreisenden Gesellschaft, und unter ihnen war leichtfüßig die Tochter des Doktors. Sie trieb sie zu immer schnelleren Tanzschritten an; schwindlig wie Wetterhähne in hundert sich drehenden Winden, kreisten sie um die Gestalten im Fächeln der Kleider und zur Musik der Scheren und der metallenen Pfannen; schwindlig drehte sie sich zwischen den tanzenden Reifen, den Rädern aus Stoff und Haar und den kreisenden blutigen Kegeln; die Kerzen wurden blaß und schmal im Tanzeswehen; sie drehte sich an der Seite der Vagabunden, an der Seite des Scherenmanns, an seiner dunklen, feuchten Seite und roch seine Haut, roch die sieben Furien.

Genau dann geschah es, daß der Doktor, die Hebamme und das Kind so leise wie möglich durch die offene Tür in den Raum kamen. Schlafe gut, Pembroke, denn deine Teufel haben dich verlassen. Und Verderben sei Caderhorn, da der schwarze Mann in meinem Hause tanzt. Es hätte nichts weiter an diesem barbarischen Abend geben können, als ein Ende des Bösen. Das Grab war gähnend weit offen gewesen, und der schwarze Atem war emporgestiegen.

Hier tanzten die Metamorphosen dessen, was in Cathmarw Staub gewesen war. Nieder, Menschenasche, denn der Phoenix fliegt davon, wehe Cader, in mein schönes quadratisches Haus. Mrs. Price befingerte ihren Knoblauch, und der Doktor stand trauernd dabei.

Die Sieben sahen sie. Einen Pakt, einen Pakt, riefen sie. Eine, die an ihnen vorbeitanzte, griff nach der Hand des Doktors; eine andere Tanzende faßte ihn um die Taille, und der Doktor, verwirrt vom weißen Fleisch ihrer Arme, tanzte. Wehe, wehe Cader, rief er aus, als er sich inmitten der Mädchen drehte, und seine Schritte wurden schneller. Er hörte, wie seine Stimme immer höher wurde; seine Füße berührten nur eben noch die silbernen Katzenköpfe des Pflasters. Einen Pakt, einen Pakt, rief der tanzende Doktor und neigte sich im Takt, der ihm schlug.

Plötzlich wurde Mrs. Price, die das schwarze Kind an sich gepreßt hielt, am Eingang des Raumes eingekreist. Zwölf Tänzer umdrängten sie, und fremde Hände zogen an dem Kind an ihrer Brust. Seht, seht das Kreuz an dem schwarzen Hals, sagte die Tochter des Doktors. Blut war am Kinn des Kindes, wo ein scharfes Messer ausgerutscht sein mußte und es geschnitten hatte. Der Kater, riefen die Sieben, der Kater, der schwarze Kater. Sie hatten den schwarzen Teufel, gebannt in Katzengestalt, das menschliche Knochengestell vom Fluch entbunden, das Fleisch und das Herz aus der Hölle der Wurzeln des Tales und das Bild der Kreatur, die ihre Wunden dann in den fernen Bächen kühlte. Ihr Zauber war vollendet; sie setzten das Kind auf die Steine, und der Tanz ging weiter. Pembroke, schlafe du gut, flüsterte die tanzende Hebamme. Schlafe still, du leeres Land.

Und so fand der letzte Besucher in jener Nacht die dreizehn Tänzer in den inneren Räumen des Hauses von Cader: einen schwarzen Mann und ein errötendes Mädchen, zwei heruntergekommene Vagabunden, einen Doktor, eine Hebamme und sieben Mädchen vom Land, die Hand in Hand im Kreise sich drehten unter astrologischen Karten, auf denen der Auf- und Untergang der satanischen Jahreszeiten neben den Symbolen schwarzer Künste verzeichnet war. Schwindlig drehten sie sich und erhoben ihre Stimmen über die Dächer, da sie sich vor dem Kreuz verneigten, das verkehrt über dem innersten Eingang hing.

Mr. Griffiths, vom Blick des Mondes halb geblendet, schaute heimlich hinein und sah sie. Er sah das Neugeborene auf den kalten Steinen. Im Schatten der Tür und ungesehen schlich er zu dem Kind und stellte es aufrecht. Das Kind fiel hin. Geduldig half Mr. Griffiths dem Kind auf die Beine. Doch in jener Nacht wollte die kleine Alraune nicht gehen.

Die Maus und die Frau

1

Unter den Dachtraufen der Anstalt saßen Vögel, die pfiffen, daß der Frühling da war. Ein Irrer, der aus der obersten Stube wie ein Hund heulte, konnte sie nicht stören, und ihre Weisen hörten nicht auf, als er seine Hände nahe bei ihren Nestern durch die Gitterstäbe des Fensters streckte und nach dem Himmel krallte. Ein frischer Duft wehte mit den Winden rund um das weiße Gebäude und durch den Garten. Die Anstaltsbäume winkten mit grünen Händen über die Mauer hin der Welt draußen zu.

In den Gartenanlagen saßen die Patienten und sahen die Sonne oben an, oder die Blumen, oder gar nichts, oder gingen gemessenen Schrittes die Wege entlang und hörten den Kies unter ihren Füßen knirschen, mit hartem, vernünftigem Geräusch. Man hätte erwartet, dort auf den Rasenflächen Kinder in bedruckten Kleidchen spielen zu sehen, nicht zu lärmend. Auch das Gebäude sah freundlich aus, als kenne es nur die schönen Dinge des Lebens und die salonfähigen Regungen. In einem der mittleren Zimmer saß ein Kind, das seinen doppelgelenkigen Daumen mit einer Schere abgeschnitten hatte.

Ein wenig abseits des Hauptweges, der vom Haus zum Gartentor führte, hob ein Mädchen die Arme und winkte den Vögeln zu. Sie lockte die Spatzen mit kleinen Bewegungen ihrer Finger, aber es half ihr nichts. »Es muß Frühling sein«, sagte sie. Die Spatzen sangen jubilierend, dann hörten sie auf.

Das Heulen in der obersten Stube fing wieder an. Das Gesicht des Irren war dicht an das Fenstergitter gepreßt. Er riß den Mund weit auf und heulte hinauf zur Sonne, dabei lauschte er mit rücksichtsloser Aufmerksamkeit dem Tonfall seiner eigenen Stimme. Seine Augen stierten blicklos auf den grünen Garten, und als sie sich sachte wieder abwandten, hörte er die Umdrehung der Jahre. Nun gab es keinen Garten. An der Sonne schmolzen die eisernen Gitterstäbe. Wie eine Blume pulsierte ein neuer Raum und tat sich auf.

2

Er wachte auf, als es noch dunkel war, und drehte den Traum auf der Spitze seines Gehirns um und um nach allen Seiten, bis jedes kleine Symbol schwer von einer besonderen Bedeutung wurde. Aber es gab Symbole, deren er sich nicht entsinnen konnte; sie kamen und gingen so rasch unter dem Geraschel der Blätter, unter den Bewegungen einer Frauenhand, die Buchstaben an den Himmel malte, unter dem Fall des Regens und dem Summen des Windes. Er entsann sich des Ovals ihres Gesichtes und der Farbe ihrer Augen. Er entsann sich des Tonfalls ihrer Stimme, aber nicht dessen, was sie gesagt hatte. Sie bewegte sich wieder müde auf und ab, immer längs des gleichen grünen Rasenlineals. Was sie sagte, fiel mit den Blättern und sprach im Wind, dessen Bruder an die Scheiben klopfte wie ein alter Mann.

Sieben Frauen waren das gewesen, in einem irren Stück eines Griechen, und jede mit demselben Gesicht, gekrönt von demselben Reifen aus irrem, schwarzem Haar. Eine nach der andern betraten sie das Rasenlineal, dann verschwanden sie. Sie wandten ihm dasselbe Gesicht zu, unerträglich müde von demselben Leiden.

Der Traum hatte sich verändert. Wo die Frau gewesen war, dort war eine Allee von Bäumen. Und die Bäume neigten sich vor und verschlangen ihre Hände miteinander und wurden zu einem schwarzen Wald. Er hatte sich selbst in die Tiefen dieses Waldes wandern gesehen, lächerlich in seiner Nacktheit. Er trat auf einen toten Zweig und wurde gebissen.

Dann war wieder ihr Gesicht da. Es war nichts in seinem Traum als ihr müdes Gesicht. Und die Veränderung der Einzelheiten des Traumes und die Veränderungen oben am Himmel, die Hebel der Bäume und die Zweige mit ihren Zähnen, das waren die Mechanismen ihrer Raserei. Es war nicht die Krankheit der Sünde, die auf ihrem Gesicht lag. Eher war es die Krankheit, nie gesündigt und nie Gutes getan zu haben.

Er zündete die Kerze auf dem kleinen Fichtenholztisch neben seinem Bett an. Kerzenlicht brachte die Schatten des Zimmers in Verwirrung und hob die verzerrten Schattenmänner aus den Ecken. Zum ersten Mal hörte er die Uhr. Bis dahin war er taub gewesen, taub für alles, außer dem Wind draußen vor dem Fenster und den reinen Wintergeräuschen der Nachtwelt. Aber nun klang das beständige Tack-Tick-Tack wie das Herz jemandes, der in seinem Zimmer versteckt war. Nun konnte er die Nachtvögel nicht hören. Die laute Uhr ertränkte ihr Schreien, oder der Wind war zu kalt für sie und zauste ihre Federn. Er entsann sich des dunklen Haares der Frau in den Bäumen und der sieben Frauen, die über das Rasenlineal gegangen waren.

Er konnte der Vernunft nicht länger zuhören. Der Puls eines neuen Herzens schlug an seiner Seite. Zufrieden ließ er den Traum seinen Rhythmus diktieren. Oft stand er dann auf, wenn die Sonne hinuntergefallen war, und in der irren Schwärze unter den Sternen wanderte er auf dem Hügel und spürte den Wind in seinem Haar und seinen Nasenlöchern herumfingern. Die Ratten und die Kaninchen auf seinem ragenden Hügel kamen in der Dunkelheit heraus, und die Schatten trösteten sie über das

Licht der rauhen Sonne. Auch die dunkle Frau war aus der Dunkelheit aufgestiegen und zog die Sterne zu Hunderten herab und zeigte ihm ein Geheimnis, das in der Nacht des Himmels höher hing und heller leuchtete als all die Planeten, die sich jenseits der Vorhänge drängten.

Er schlief wieder ein und wachte in der Sonne auf. Als er sich anzog, kratzte der Hund an der Tür. Er ließ ihn ein und spürte seine nasse Schnauze in seiner Hand. Das Wetter war heiß für einen Tag mitten im Winter. Der schwache Wind, der wehte, konnte die Schärfe der Hitze nicht lindern. Kaum öffnete er das Schlafzimmerfenster, so verzerrten die ungleichen Sonnenstrahlen seine Bilder zu den harten Linien des Lichtes.

Er versuchte, nicht an die Frau zu denken, während er aß. Sie war aus den Tiefen der Dunkelheit erstanden. Nun war sie wieder verloren. Sie ist ertrunken, tot, tot. Im reinen Glitzern der Küche, zwischen den weißen Brettergestellen, den Öldrucken von alten Frauen, den messingenen Kerzenleuchtern, den Tellern auf den Regalen und den Geräuschen des Kessels und der Uhr, war er eingekeilt zwischen dem Glauben an sie und ihrer Verleugnung. Nun versteifte er sich auf die Linien ihres Halses. Die Wildnis ihres Haares erhob sich über die dunkle Oberfläche. Er sah ihr Fleisch im zerschnittenen Brot; er sah ihr Blut, das immer noch durch die Kanäle ihres geheimnisvollen Körpers floß, im Quellwasser.

Aber eine andere Stimme sagte ihm, daß sie tot war. Sie war eine Frau in einer irren Geschichte. Er zwang sich, die Stimme erzählen zu hören, daß sie tot war. Tot, lebendig, ertrunken, wiedererweckt. Die zwei Stimmen schrien kreuz und quer durch sein Hirn. Er konnte es nicht ertragen, zu denken, daß der letzte Funke in ihr ausgelöscht worden sei. Sie lebt, lebt, schrien die beiden Stimmen zugleich.

Als er seine Bettücher zurechtlegte, sah er einen Notizblock und setzte sich an den Tisch, einen Bleistift bereit in der Hand. Ein Falke flog über den Hügel. Seemöwen, auf ausgebreiteten unbewegten Flügeln, schrillten am Fenster vorbei. Eine Rattenmutter in einem Loch an der Seite des Hügels nahe den Kaninchenlöchern säugte ihre Jungen, während die Sonne höher in die Wolken stieg.

Er legte den Bleistift hin.

3

Eines Wintermorgens, als das letzte Krähen des Hahnes auf den Wegen seines Gartens zu nichts erstorben war, erschien die, die so lange mit ihm gewohnt hatte, ganz im Wunder ihrer Jugend. Sie hatte danach geschrien, freigelassen zu werden und nicht mehr länger in seinen Träumen umzugehen. Wäre nicht sie im Anfang gewesen, so hätte es keinen Anfang gegeben. Sie hatte sich in seinem Bauch bewegt, als er noch ein Knabe war, und hatte sich in seinen Knabenlenden gerührt. Endlich brachte er sie, die von Anfang an mit ihm gewesen war, zur Welt. Und mit ihm wohnten ein Hund, eine Maus und eine dunkle Frau.

4

Das ist keine Kleinigkeit, dachte er, dieses Geschreibe, das da vor mir liegt. Es ist das Erzählen von einer Schöpfung. Es ist die Geschichte der Geburt. Aus ihm heraus war ein anderes gekommen. Ein Wesen war geboren worden, nicht aus dem Schoß, sondern aus der Seele und dem kreisenden Kopf. Er war in das kleine Haus auf dem Hügel gekommen, damit das Wesen in ihm reifen und fern von den Augen der Menschen geboren werden konnte.

Er verstand, was der Wind, der den Schrei der Frau aufnahm, in seinem letzten Traum geschrien hatte. »Laßt mich geboren werden«, hatte der Wind geschrien. Er hatte einer Frau das Sein geschenkt. Sein Fleisch würde auf ihr sein, und das Leben, das er ihr gegeben hatte, würde sie gehen, reden und singen machen. Und er wußte auch, daß es der Block Schreibpapier war, auf dem sie absolut gemacht wurde. Im schwarzen Kern des Bleistifts war ein Orakel.

In der Küche wusch er nach seinem Essen ab. Als er den letzten Teller gewaschen hatte, sah er sich im Raum um. In der Ecke, neben der Tür, war ein Loch, nicht größer als eine große Geldmünze. Er fand ein kleines, viereckiges Stück Blech und nagelte es über das Loch. Nun war er sicher, daß nichts hineingehen oder herauskommen konnte. Dann zog er den Mantel an und ging hinaus, hügelauf und hügelab, zum Meer hin.

Zerbrochenes Wasser von der hereineilenden Flut sprang auf und fiel in die Risse der Felsen, daß zahllose Pfützen entstanden. Er kletterte zum Halbkreis der Küste hinunter, und die Muschelhaufen zerbrachen nicht unter seinem Fuß. Er spürte das Herz an seiner Seite klopfen und wandte sich dorthin, wo die größeren Felsen gefährlich zum Gras hinaufkletterten. Dort, an ihrem Fuß, das Oval ihres Gesichtes ihm zugewendet, stand und lächelte sie. Der Gischt fegte über ihren nackten Körper hin, und der leichte Meeresschaum lief unbeachtet über ihre Füße. Sie hob die Hand. Er ging zu ihr hinüber.

5

In der Kühle des Abends wandelten sie im Garten hinter dem kleinen Haus. Mit dem Bedecken ihrer Blöße hatte sie nichts von ihrer Schönheit verloren. Sie ging mit

Hausschuhen an den Füßen anmutig wie damals, als ihre Füße nackt waren. Es lag Würde in der Haltung ihres Kopfes, und ihre Stimme war rein wie eine Glocke. Er ging neben ihr den schmalen Weg und hörte keinen Mißakkord im Durcheinanderschreien der Möwen. Sie zeigte mit ihrem Finger auf Vogel und Busch und machte ihm eine neue Schönheit in den Flügeln und Blättern sichtbar, im sauren Malmen des Wassers über den Kieselsteinen, und ein neues Leben an den toten Ästen der Bäume.

»Es ist still hier«, sagte sie, als sie dastanden und auf die See hinausblickten und auf die Dunkelheit, die über das Land heraufzog. »Ist es immer so still?«

»Nicht, wenn die Stürme mit der Flut hereinkommen«, sagte er. »Jungen spielen hinter dem Hügel, Liebespaare gehen zur Küste hinunter.«

Der späte Abend wurde so plötzlich zur Nacht, daß dort, wo sie stand, ein Schatten unter dem Mond stand. Er nahm die Hand des Schattens, und sie liefen zusammen ins Haus.

»Es war einsam für dich, bevor ich kam«, sagte sie.

Als eine Schlacke zischend durch den Eisenrost fiel, fuhr er in seinem Sessel zurück und machte eine erstaunte Handbewegung.

»Wie leicht du zu erschrecken bist«, sagte sie. »Mich erschreckt gar nichts.«

Aber sie dachte über ihre Worte nach und sprach wieder, diesmal mit leiser Stimme.

»Eines Tages werde ich vielleicht keine Beine haben, um zu gehen, keine Hände, um etwas zu berühren, und kein Herz unter meinen Brüsten.«

»Sieh die Millionen Sterne an«, sagte er. »Sie bilden ein Muster am Himmel. Es ist ein Muster von Buchstaben, die ein Wort bilden. Eines Nachts werde ich hinaufschauen und das Wort lesen.«

Aber sie küßte ihn und beschwichtigte seine Ängste.

6

Der Irre erinnerte sich an den Tonfall ihrer Stimme, hörte von neuem ihr Kleid rauschen und sah die furchtbare Rundung ihrer Brust. Sein eigener Atem donnerte in seinen Ohren. Das Mädchen auf der Bank winkte den Spatzen. Irgendwo schnurrte ein Kind und streichelte die schwarzen Säulen eines hölzernen Pferdes, das wieherte und sich dann niederlegte.

7

Sie schliefen beisammen in dieser ersten Nacht, Seite an Seite, in der Dunkelheit, die Arme umeinander geschlungen. Die Schatten in der Ecke waren in ihrer Gegenwart zurechtgestutzt und von gefälliger Form und verloren ihre alte Unförmigkeit. Und die Sterne blickten von oben zu ihnen herein und leuchteten in ihren Augen.

»Morgen mußt du mir erzählen, was du träumst«, sagte er.

»Es wird dasselbe sein, was ich immer geträumt habe«, sagte sie, »daß ich auf einem kleinen Streifen Gras auf und ab gehe, auf und ab, bis meine Füße bluten. Siebenfach ich und meine Ebenbilder, und alle gehen sie auf und ab.«

»Das träume ich auch. Sieben ist eine Zahl in der Magie.«

»Magie?« sagte sie.

»Eine Frau macht einen Mann aus Wachs, sticht eine Nadel in seine Brust, und der Mann stirbt. Irgendwer hat einen Teufel und sagt ihm, was er zu tun hat. Ein Mädchen stirbt, du siehst sie herumgehen. Eine Frau verwandelt sich in einen Hügel.«

Sie ließ ihren Kopf an seiner Schulter ruhen und schlief ein.

Er küßte ihren Mund und ließ seine Hand durch ihr Haar gehen.

Sie schlief, aber er schlief nicht. Hellwach starrte er in die Dunkelheit. Nun war er von Entsetzen ertränkt, und die verschlingenden Wasser schlossen sich über seinem Schädel.

»Ich, ich habe einen Teufel«, sagte er.

Sie bewegte sich beim Geräusch seiner Stimme, dann war ihr Kopf wieder unbewegt und ihr Körper hingestreckt auf die Wellen des kühlen Bettes.

»Ich habe einen Teufel, aber ich sage ihm nicht, was er zu tun hat. Er hebt mir die Hand hoch, und ich schreibe. Die Worte kommen ins Leben. Also ist sie eine Frau, die von diesem Teufel kommt.«

Aus ihrem Mund kam ein zufriedenes Geräusch, sie schmiegte sich immer enger an ihn. Ihr Atem war warm an seinem Hals, und ihr Fuß lag auf dem seinen wie eine Maus. Er sah, daß sie schön war in ihrem Schlaf. Ihre Schönheit konnte aus nichts Bösem entsprossen sein. Gott, den er in seiner Einsamkeit gesucht hatte, hatte sie zu seiner Gefährtin geschaffen, wie Eva für Adam aus Adams Rippe.

Er küßte sie wieder und sah sie im Schlaf lächeln.

»Gott an meiner Seite«, sagte er.

8

Ihm war es nicht geschehen, mit Rahel zu schlafen und mit Lea zu erwachen. Die Blässe der Morgendämmerung lag auf ihren Wangen. Er berührte sie leicht mit einem Fingernagel. Sie bewegte sich nicht.

Aber es war keine Frau in seinem Traum gewesen. Nicht einmal ein Faden aus Frauenhaar hatte vom Himmel niedergehangen. Gott war herabgekommen, in einer

Wolke, und die Wolke hatte sich in ein Schlangennest verwandelt. Das giftige Zischen von Schlangen hatte an das Geräusch von Wasser erinnert, und er war ertrunken. Tiefer und tiefer war er gefallen, unter grünes Gewoge und Blasen, die die Fische aus ihren Mäulern blasen, tiefer und immer tiefer hinab auf die knochigen Gründe des Meeres.

Dann hatten sich Leute bewegt, vor einem weißen Vorhang, und hatten sich zu keinem anderen Zweck bewegt, als um irres Zeug zu sagen:

»Was hast du unter dem Baum gefunden?«

»Ich habe einen Flieger gefunden.«

»Nein, nein; unter dem anderen Baum?«

»Ich habe eine Flasche mit einem Embryo gefunden.«

»Nein, nein, unter dem anderen Baum?«

»Ich habe eine Mausefalle gefunden.«

Er war unsichtbar gewesen. Es war nichts gewesen als seine Stimme. Er war quer über die Hintergärten geflogen, und seine Stimme, die sich in ein Gewirr von Radioantennen verfing, hatte geblutet, als wäre sie ein körperliches Ding. Männer in Liegestühlen horchten, wie die Lautsprecher sprachen:

»Was hast du unter dem Baum gefunden?«

»Ich habe einen Mann aus Wachs gefunden.«

»Nein, nein; unter dem anderen Baum?«

Er konnte sich kaum auf mehr als einige lose Fetzen von Sätzen besinnen, die Bewegung einer Schulter, die sich umwandte, die plötzliche Flucht oder den Fall von Silben. Aber langsam bahnte sich die ganze Bedeutung den Weg in sein Hirn. Er konnte jedes Symbol seiner Träume übersetzen, und er hob den Bleistift, daß sie alle hart und klar auf dem Papier stehen sollten. Aber die Worte wollten nicht kommen. Er glaubte das Kratzen von Samtpfoten hinter einer Wandverkleidung zu hören. Aber als er still dasaß und angespannt horchte, gab es keinen Ton.

Sie öffnete die Augen.

»Was tust du?« sagte sie.

Er legte das Papier nieder und küßte sie, ehe sie aufstanden, um sich anzuziehen.

»Was hast du geträumt?« fragte er sie, als sie gegessen hatten.

»Nichts. Ich habe geschlafen, das war alles. Was hast du geträumt?«

»Nichts«, sagte er.

9

Schöpfung kreischte im Dampf des Teekessels im Lichtschein, der Kringel auf das Porzellan warf und auf den Fußboden, den sie fegte, wie ein Kind den Fußboden eines Puppenhauses fegt. Es gab nichts an ihr zu sehen als Ebbe und Flut der Schöpfung, als den quer durch alles hindurchgehenden Schwung des Seins und Lebens im sorglosen Gefäß ihres Fleisches vom Schulterblatt zum Ellenbogen. Nach dem Schrecken, den er beim Übersetzen der Symbole empfunden hatte, konnte er nicht sagen, warum das Meer mit dem Kamm jeder Welle zu den fruchtbaren und unermüdlichen Sternen hinaufzeigte, und warum ein Bild der Fruchtbarkeit den Mond in seinem toten Lauf beunruhigte.

An jenem Abend formte sie seine Ebenbilder. Sie lieh ihm Licht, und die Lampe leuchtete trübe neben ihr, der das Öl des Lebens in jeder Pore ihrer Hand schimmerte.

Und nun im Garten fiel ihnen ein, wie sie zum ersten Mal im Garten gewandelt waren.

»Du warst einsam, bevor ich kam.«

»Wie leicht du zu erschrecken bist!«

Sie hatte mit dem Bedecken ihrer Blöße nichts von ihrer Schönheit verloren. Obwohl er ihr zur Seite geschlafen hatte, war er es zufrieden gewesen, ihre Oberfläche zu kennen. Nun entblößte er sie von ihren Kleidern und legte sie auf ein Bett von Gras.

10

Die Maus hatte auf diese Erfüllung gewartet. Sie verzog die Augen und kroch verstohlen durch den Tunnel hinter der Küchenwand, der mit Fetzen von halbgegessenem Papier bedeckt war. Verstohlen, auf winzigen, gepolsterten Pfoten, tastete sie ihren Weg durch die Dunkelheit. Ihre Nägel scharrten auf dem Holz. Verstohlen bahnte sie sich ihren Weg zwischen den Wänden, schrie das blinde Licht an, das durch die Ritzen brach und durchsägte das Blechquadrat. Der Mondschein fiel langsam in den Raum, wo die Maus bei ihrer Zerstörungsarbeit nach und nach ins Licht vorrückte. Die letzte Schranke brach nieder. Und auf den reinen Steinen des Küchenbodens stand die Maus still.

11

In jener Nacht erzählte er von der Liebe im Garten Eden.

»Ein Garten wurde gepflanzt, im Osten, und Adam wohnte darinnen. Eva wurde für ihn gemacht, aus ihm gemacht, Bein von seinem Bein, Fleisch von seinem Fleisch. Sie waren so nackt wie du am Meerufer, aber so schön wie du kann Eva nicht gewesen sein. Sie aßen mit dem Teufel, und sie sahen, daß sie nackt waren, und sie bedeckten ihre Blöße. In ihren guten Körpern sahen sie zum ersten Mal Böses.«

»Dann hast du Böses in mir gesehen«, sagte sie, »als ich nackt war. Ich wäre genau so gern nackt wie angezogen. Warum hast du meine Nacktheit bekleidet?«

»Es war nicht gut anzusehen«, sagte er.

»Aber es war schön. Du selbst hast gesagt, es war schön«, sagte sie.

»Es war nicht gut anzusehen.«

»Du hast gesagt, Evas Körper war gut. Und doch sagst du, es war nicht gut, mich zu sehen. Warum hast du meine Nacktheit bekleidet?«

»Es war nicht gut anzusehen.«

12

»Willkommen«, sagte der Teufel zum Irren. »Wirf deine Augen auf mich. Ich wachse und wachse. Sieh, wie ich mich vermehre. Sieh meinen traurigen, klassischen, starren Blick. Und die Sehnsucht, geboren zu werden, in meinen dunklen Augen. Ach, das war der beste Spaß von allen!«

»Ich bin ein Irrenhausjunge, der den Vögeln die Flügel zerreißt. Denk an die Löwen, die gekreuzigt wurden. Wer weiß, daß nicht ich es war, der die Grabtür geöffnet hat, damit Christus hinaustorkeln konnte?«

Aber der Irre hatte des Teufels Willkommen wieder und immer wieder gehört. Immer wieder seit dem Abend des zweiten Tages nach ihrer Liebe im Garten, als er ihr gesagt hatte, daß ihre Nacktheit nicht gut anzusehen sei, hatte er den Willkommen aus dem niedergleitenden Regen läuten gehört und die Worte des Willkommens ins Meer eingebrannt gesehen. Beim Läuten der ersten Silbe in seinen Ohren hatte er gewußt, daß nichts auf Erden ihn retten konnte, und daß die Maus herauskommen werde.

Aber die Maus war schon herausgekommen.

Der Irre schrie hinunter zum winkenden Mädchen, dem jetzt auf einem Ast eine Schar von Vögeln langsam näherkam.

13

»Warum hast du meine Nacktheit bekleidet?«

»Es war nicht gut anzusehen.«

»Warum denn dann, nein, nein, unter dem anderen Baum?«

»Es war nicht gut, ich habe ein Kreuz aus Wachs gefunden.«

Und als sie ihm Fragen gestellt hatte, nicht zornig, sondern erstaunt, warum er, den sie liebte, ihre Nacktheit unrein gefunden habe, da hatte er die zerbrochenen Stücke des uralten Klageliedes in ihre Fragen einbrechen gehört.

»Warum denn dann«, hatte sie gesagt, »nein, nein, unter dem anderen Baum?«

Und er hörte sich antworten: »Es war nicht gut, ich fand einen redenden Dorn.«

Wirkliche Dinge tauschten immerzu Platz mit unwirklichen, und als ein Vogel in Gesang ausbrach, hörte er die Federn tief unten in seiner Kehle rasseln.

Sie verließ ihn mit einem Lächeln, das immer noch auf einer Frage kauerte, überquerte den Streifen Hügel und verschwand ins Halbdunkel, wo das kleine Haus stand wie eine zweite Frau. Aber sie kam zehnmal zurück, in zehn verschiedenen Gestalten. Sie atmete an seinem Ohr, fuhr mit dem Rücken ihrer Hand über seinen trockenen Mund und zündete die Lampe im Zimmer des Hauses an, das mehr als eine Meile entfernt war.

Es wurde dunkler, als er die Sterne anstarrte. Wind schnitt durch die neue Nacht. Sehr plötzlich kreischte ein Vogel über den Bäumen, und eine Eule heulte im meilenfernen Wald hungrig nach Mäusen.

Es war ein Widerspruch zwischen seinem Herzschlag und dem grünen Hundsstern Sirius, einem Auge im Osten. Er legte seine Hand auf seine Augen, daß sie den Hundsstern verdeckte, und ging langsam auf die Lampe zu, die weit entfernt im kleinen Haus brannte. Und alle die vereinigten Elemente des Windes, des Meeres und Feuers, der Liebe und des Vergehens der Liebe schlossen sich zu einem Kreis um ihn.

Am Feuer, wo er sie erwartet hatte, sitzend und auf die Falten ihres Kleides niederlächelnd, saß sie nicht. Er rief ihren Namen am Fuß der Treppe. Er sah ins leere Schlafzimmer hinein und rief ihren Namen im Garten. Aber sie war fortgegangen, und das ganze Mysterium ihrer Gegenwart hatte das kleine Haus verlassen. Und die Schatten, von denen er geglaubt hatte, daß sie bei ihrem Kommen entwichen waren, drängten sich in allen Ecken und flüsterten untereinander mit Frauenstimmen. Er drehte den Docht in der Lampe klein. Als er die Treppe hinaufkletterte, hörte er die Eckstimmen lauter und lauter werden, bis das ganze kleine Haus von ihnen widerhallte und der Wind nicht zu hören war.

14

Mit Tränen auf seinen Wangen und mit einem harten Schmerz in seinem Herzen schlief er ein und kam endlich dorthin, wo sein Vater in einem Alkoven saß, der in eine Wolke geschnitzt war.

»Vater«, sagte er, »ich bin durch die Welt gewandert und habe mich nach etwas umgesehen, was wert ist, geliebt zu werden, aber ich habe es weggetrieben und gehe nun von Ort zu Ort, klage über meine Häßlichkeit, höre meine eigene Stimme in den Stimmen der Feldvögel und der Frösche, sehe mein eigenes Gesicht in den durchlöcherten Gesichtern der Tiere.«

Er streckte seine Arme aus und wartete, daß Worte aus jenem alten Mund fallen mögen, der unter einem weißen, tränenvereisten Bart verborgen war. Er flehte den alten Mann an, zu sprechen.

»Sprich zu mir, zu deinem Sohn! Denk daran, wie wir miteinander auf den Terrassen die klassischen Bücher gelesen haben. Oder wie du auf einer irischen Harfe an den Saiten gezupft hast, bis die Gänse schnatternd in die Luft aufflogen, wie die Sieben Gänse des Wandernden Juden. Vater, sprich du zu mir, deinem einzigen Sohn, einem Verlorenen Sohn aus den Grünflächen der kleinen Städte, verloren in den Gerüchen und Geräuschen der großen Stadt, in der dornigen Wüste und im tiefen Meer. Du bist doch ein weiser alter Mann!«

Er flehte den alten Mann an, zu sprechen, aber als er näherkam und ihm ins Gesicht starrte, sah er die Totenflecken auf Mund und Augen und ein Mäusenest im Gewirr des gefrorenen Bartes.

Es war Schwachheit, zu fliegen, aber er flog. Und es war eine Schwäche des Blutes, unsichtbar zu sein, aber er war unsichtbar. Er überlegte, und gleichzeitig träumte er unüberlegt, kannte seine Schwäche und den Wahnsinn des Fliegens, aber hatte keine Kraft, dagegen anzukämpfen. Er flog wie ein Vogel über die Felder. Aber bald verschwand der Körper des Vogels, und er war eine fliegende Stimme. Ein offenes Fenster winkte ihm mit dem Wehen seines Vorhangs, wie eine Vogelscheuche mit ihrem zerfetzten Wehen einem klugen Vogel winkt, und zum offenen Fenster flog er hinein und setzte sich auf ein Bett zu einem schlafenden Mädchen.

»Wach auf, du Mädchen«, sagte er. »Ich bin dein Geliebter, der in der Nacht gekommen ist.«

Seine Stimme weckte sie auf.

»Wer hat mich gerufen?«

»Ich habe dich gerufen.«

»Wo bist du?«

»Ich bin auf dem Kissen neben deinem Kopf und spreche in dein Ohr.«

»Wer bist du?«

»Ich bin eine Stimme.«

»Dann hör auf, mir ins Ohr zu schreien und hüpf mir in die Hand, daß ich dich anrühren und kitzeln kann. Hüpf mir in die Hand, du Stimme.«

Er lag still und warm in ihrer Hand.

»Wo bist du?«

»Ich bin in deiner Hand.«

»In welcher Hand?«

»Die Hand auf deiner Brust, die linke. Mach keine Faust, sonst zerdrückst du mich. Kannst du mich nicht fühlen, warm in deiner Hand? Ich bin ganz nah an den Wurzeln deiner Finger.«

»Sprich zu mir.«

»Ich habe einen Körper gehabt, aber in Wirklichkeit war ich immer eine Stimme. Wie ich wirklich bin, so bin ich in der Nacht zu dir gekommen, eine Stimme auf deinem Kissen.«

»Ich weiß, was du bist! Du bist die stille, kleine Stimme, auf die ich nicht hören darf. Man hat mir gesagt, ich darf auf diese stille, kleine Stimme, die in der Nacht spricht, nicht hören. Es ist böse, auf sie zu hören. Du darfst nicht mehr herkommen. Du mußt weggehen.«

»Aber ich bin dein Geliebter!«

»Ich darf nicht hören«, sagte das Mädchen, und plötzlich ballte sie die Hand zur Faust.

15

Er konnte in den Garten gehen, unbekümmert um den Regen, und sein Gesicht in die nasse Erde graben. Wenn er das Ohr dicht an die Erde legte, dann hörte er unter

Gras und dumpfem Boden das große Herz mühsam rasseln, bevor es brach. In Träumen sagte er zu irgendeiner Gestalt: »Heb mich hoch, ich wiege jetzt nur zehn Pfund. Ich bin leichter, sechs Pfund. Zwei Pfund. Mein Rückgrat schimmert durch meine Brust durch.« Das Geheimnis jener Alchemie, die eine kleine Umdrehung der unbeständigen Sinne in einen Augenblick mit Gold im Mund verwandelt hatte, war verloren, wie ein Schlüssel im dichten Unterholz verlorengeht. Ein Geheimnis war in der Nacht verwirrt worden, und die Verwirrung des letzten Wahnsinns vor dem Grab würde sich wie ein Tier auf das Hirn niederfallen lassen.

Er schrieb auf den Papierblock, ohne zu wissen, was er schrieb, und er fürchtete sich vor den Worten, die zuletzt zu ihm aufblickten und nicht vergessen werden konnten.

16

Und das ist alles, was daran war: Eine Frau war geboren worden, nicht aus dem Schoß, sondern aus der Seele und dem kreisenden Kopf. Und er, der sie aus der Dunkelheit geboren und ausgetragen hatte, liebte seine Schöpfung, und sie liebte ihn. Aber das ist alles, was daran war: Ein Wunder befiel einen Mann. Er verfiel dem Wunder und liebte es, aber konnte es nicht halten, und das Wunder ging vorüber. Und mit ihm wohnten ein Hund, eine Maus und eine dunkle Frau. Die Frau ging fort, und der Hund starb.

17

Er begrub den Hund am Ende des Gartens. »Ruhe in Frieden«, sagte er zu dem toten Hund. Aber das Grab war nicht tief genug, und in der überhängenden Böschung wohnten Ratten, die den Sack zerbissen, der Sarg und Leichentuch war.

18

Auf Gehsteigen der Städte sah er die Frau lose hingehen, ihre Brüste waren fest, unter einem Mantel, auf dem die einzelnen Haare von den Köpfen alter Männer lagen, weiß auf schwarz. Ihr Leben, das wußte er, war nur ein Leben von Tagen. Ihr Frühling war mit ihm vergangen. Nach dem Sommer und dem Herbst, der ungeheiligten Zeit zwischen vollem Leben und Tod, würde Winter sein, der Furchen in ihre Reize riß. Er, der die geringsten Schattierungen aller Ursachen und Gründe kannte und alle vier Grundzeiten und Uhrzeiten des Jahres zusammen in jedem Symbol der Erde spürte, würde die Folge der Jahreszeiten von Grund auf zerstören. Winter durfte es nicht werden.

19

Stellt euch nun das alte Bildnis der Zeit vor, mit seinem langen Bart, den eine ägyptische Sonne weißgebleicht hat, mit bloßen Füßen, die das Sargassomeer gewaschen hat. Seht mir zu, wie ich den alten Tropf bearbeite! Ich habe sein Herz zum Stillstehen gebracht. Es ist zersprungen wie ein Nachttopf. Nein, das ist kein Regen, der da fällt. Das ist das Nasse aus dem gebrochenen Herzen.

Nebensonne und Sonne scheinen am selben Himmelszelt, gemeinsam mit dem zerbrochenen Mond. Schwindlig von der Jagd der Sonne auf den Mond und angeblinzelt von so vielen Sternen laufe ich die Treppe hinauf, um wieder von der Liebe irgendeines Mannes zu einer Frau zu lesen. Ich poltere Hals über Kopf herunter, um das Loch in der Küchenwand zu sehen, groß wie eine Münze, das da aufgestochen ist, und die Abdrücke der Pfoten einer Maus auf dem Boden.

Stellt euch nun die alten Abbilder der Jahreszeiten vor. Schlagt den Rhythmus, in dem sich die alten Figuren bewegen, in Stücke, den Trott des Frühlings, den Sommergalopp, den traurigen Paßgang des Herbstes und das Schlurfen des Winters. Zerbrecht Stück um Stück die unaufhörliche Verwandlung der Bewegung zu einem spindeldürren Gehen.

Stellt euch die Sonne vor, für die ich kein Ebenbild weiß als das alte Ebenbild des durchschossenen Auges, und den zerbrochenen Mond.

20

Nach und nach wurde das Chaos geringer, und die Dinge der Welt rund umher waren nicht mehr aus ihrer eigenen Substanz herausgerissen und in die Formen seiner Gedanken geschmiedet. Eine Art Frieden fiel auf ihn nieder, und wieder war die Musik der Schöpfung hörbar, die aus Kristallwassern zitterte, aus dem heiligen Niederschwung des Himmels zum nassen Rand der Erde, wo ein Meer überfloß. Nacht kam langsam, und der Hügel stieg auf zu den unaufgestiegenen Sternen. Er drehte seinen Papierblock um und schrieb auf die letzte Seite mit deutlicher Hand:

21

»Die Frau starb.«

22

Es war Würde in solch einem Mord. Und der Held in ihm erhob sich in all seiner Heiligkeit und Kraft. Es war weiter nichts, als daß er, der sie aus der Dunkelheit hervorgebracht hatte, sie auch wieder hinwegraffte. Und es war weiter nichts, als daß sie sterben mußte, ohne zu wissen, welche Hand aus dem Himmel den Schlag gegen sie geführt und sie niedergeschmettert hatte.

Er ging hügelabwärts mit langsamen Schritten, wie in einer Prozession, und seine Lippen lächelten dem dunklen Meer zu. Er kletterte zur Küste hinunter und wendete sich, indem er sein Herz an seiner Seite klopfen fühlte, dorthin, wo die größeren Felsen gefährlich zum Gras hinaufkletterten. Dort, an ihrem Fuß, mit dem Gesicht zu ihm, lag sie und lächelte. Meerwasser lief unbeachtet über ihre Nacktheit. Er ging zu ihr hinüber und berührte ihre kalte Wange mit seinen Nägeln.

23

Bekannt geworden mit dem letzten Weh, stand er am offenen Fenster seines Zimmers. Und die Nacht war eine Insel in einem Meer von Geheimnis und Bedeutung. Und die Stimme aus der Nacht war eine Stimme des Hinnehmens.

Und das Gesicht des Mondes war das Gesicht der Demut.

Er kannte das letzte Wunder vor dem Grab, und das

Geheimnis, das die Himmel und die Erde erstaunt und umschließt. Er wußte, daß er vor dem Auge Gottes und vor dem Auge des Hundssternes Sirius versagt hatte, daß er sein Wunder nicht hatte halten können. Die Frau hatte ihm gezeigt, daß es wunderbar war, zu leben. Und nun, da er endlich wußte, wie wunderbar und wie voll Freuden das Blut in den Bäumen und wie tief der Brunnen der Wolken, mußte er seine Augen zumachen und sterben. Er machte seine Augen auf und sah zu den Sternen auf. Es war eine Million von Sternen, die das gleiche Wort buchstabierten, und das Wort der Sterne war deutlich in den Himmel geschrieben.

24

Allein in der Küche, unter den zerbrochenen Stühlen und Porzellanscherben, stand die Maus, die aus dem Loch gekommen war. Ihre Pfoten ruhten leicht auf dem Boden, der über und über mit den grotesken Figuren von Vögeln und Mädchen bemalt war. Verstohlen kroch sie ins Loch zurück. Verstohlen bahnte sie sich ihren Weg durch den Hohlraum der Wand. Es war kein Ton in der Küche, nur der Ton der Nägel der Maus, die auf Holz scharrten.

25

Unter den Dachtraufen der Anstalt pfiffen immer noch die Vögel, und der Irre, der sich an die Gitterstäbe des Fensters in der Nähe ihrer Nester klammerte, heulte zur Sonne auf.

Auf der Bank abseits des Hauptweges winkte das Mädchen den Vögeln zu, und auf einem viereckigen Stück Rasen tanzten drei alte Weiber Hand in Hand, wimmernd im Wind, zur Musik einer italienischen Drehorgel, die von der Außenwelt her über die Mauer kam.

»Der Frühling ist da«, sagten die Wärter.

Ein Blick aufs Meer

Es war Hochsommmer, und der Junge lag im Korn. Er war glücklich, weil er nichts zu tun hatte und weil das Wetter heiß war. Er hörte das Korn über seinem Kopf hin und her schwanken, und das Lärmen der Vögel, ihr Pfeifen aus den Zweigen der Bäume, die das Haus versteckten. Er lag lang auf dem Rücken und starrte hinauf in den ununterbrochen blauen Himmel, der über den Rand des Korns niederfiel. Der Wind nach dem warmen Vormittagsregen roch nach Kaninchen und Kühen. Der Junge dehnte sich wie eine Katze und legte die Arme hinter den Kopf. Jetzt ritt er auf dem Meer, schwamm durch die goldenen Kornwellen, glitt am Himmel entlang wie ein Vogel; in Siebenmeilenstiefeln sprang er über die Felder; er baute ein Nest im sechsten der sieben Bäume, die mit ihren Händen von einem hellen, grünen Hügel herüberwinkten. Und jetzt war er ein Junge mit zerzaustem Haar: Träge stand er auf und wanderte aus dem Korn zum Flußstreifen am Hang. Er steckte die Finger ins Wasser und machte spielend eine Meereswoge, daß die Kieselsteine kollerten und die Gräser zitterten. Seine Finger standen aufrecht wie zehn Turmpfeiler im vergrößernden Wasser, und ein Fisch mit weißem Kopf und schlagendem Schwanz schwamm durch die Turmtore ein und aus. Während der Fisch durch die Tore ein und aus schwamm, zu den Kieseln und auf dem bewegten Flußbett, dachte er sich eine Geschichte aus. Da gab es eine ertrunkene Prinzessin aus einem Weihnachtsbuch; ihre Schultern waren gebrochen und ihre beiden roten Zöpfe wie die Saiten einer Fiedel über ihren gebrochenen Hals gezogen; sie war in einem Fischnetz gefangen, und die Fische zupften an ihrem Haar. Er wußte nicht mehr, wie die Geschichte endete, wenn es überhaupt je ein Ende geben konnte für eine Geschichte, die keinen Anfang hatte. Erwachte die Prinzessin zu neuem Leben und stieg sie wie eine Meerjungfrau aus dem Netz, oder kam ein Prinz aus einer anderen Geschichte und spannte die Zöpfe ihres Haars und bog ihre Schulterknochen zu einer Harfe, auf der er immer und ewig an den Höfen des königlichen Landes die toten, schwarzen Weisen zupfte? Der Junge ließ einen Stein über das grüne Wasser hüpfen. Er sah ein Kaninchen laufen und warf einen Stein nach seinem Schwanz. Ein Fisch sprang nach den Mücken, und eine Lerche schnellte aus der grünen Erde. Es war der beste Sommer seit den ersten Jahreszeiten der Welt. Er glaubte nicht an Gott, aber Gott hatte diesen Sommer gemacht, voll blauer Winde und Hitze und Tauben im Hauswäldchen. Auf den fernen Hügeln ohne Namen gab es keine Schornsteine, nur die Bäume, die dort standen wie Frauen und Männer, die sich an der Sonne freuten; keine Kräne oder Kohlenhalden waren zu sehen, nur die namenlose Ferne und der Hügel mit den sieben Bäumen. Ihm fielen keine Worte ein zu sagen, wie wunderbar der Sommer war, oder das Gurren der Waldtauben, oder das träge wehende Korn im halben Wind vom Meer am Ende des Flusses. Es gab keine Worte für den Himmel und die Sonne und das Sommerland: Die Vögel waren gut, und auch das Korn war gut.

Er ging quer durch das gute Feld und kletterte den Hügel hinauf. Unter dem unschuldigen Grün der Bäume, aus dem heraus Amseln der Sonne zuflogen, starb die Geschichte von der Prinzessin. An diesem Nachmittag gab es kein Meer, das sie ertränken und an den Zöpfen ziehen konnte; das Meer hatte gewogt und war verschwunden, und es hatte einen Hügel zurückgelassen, ein Kornfeld und ein verstecktes Haus. Groß wie der erste niedrige

Baum kletterte sie aus dem siebenten Baum herunter und stand vor ihm in einem zerrissenen Kattunrock. Ihre nackten, braunen Beine waren über und über zerkratzt, um ihren Mund waren Beerenflecken, ihre Fingernägel waren schwarz und abgebrochen, und ihre Zehen guckten durch die Gummischuhe. Sie stand auf einem Hügel, der war nicht größer als ein Haus; aber das Feld unten und der glänzende Flußstreifen waren so klein, als wäre der Hügel ein Berg gewesen, der über einem einzigen Halm, über einem einzigen Wassertropfen aufstieg. Die Bäume um das Bauernhaus waren Späne zum Feuermachen, und die Jarvisgipfel und der hohe Cader dahinter bis an den Rand von England waren Maulwurfshügel und Steinschatten in der stillen, sechs Spannen langen Ferne. Aus dem ersten Schatten starrte der Junge hinab auf den verschwindenden Fluß, auf das Korn, das in den Boden zurückgeweht wurde, auf die hundert Hausbäume, die zu einem einzigen Stengel zusammenschrumpften, und auf die vier Ecken des gelben Feldes, die sich zu einem Quadrat schlossen, das er mit seiner Hand bedecken konnte. Er sah das vielfarbige Land einlaufen wie einen Rock in der Wäsche. Dann sprang ein neuer Wind von dem bißchen Wasser am Ende des Flußtropfens auf und blähte das Hügelfeld zu seiner vollen Größe, und der eine Stengel, der das Haus verdeckte, wurde in hundert Bäume gespalten. Das geschah in einer halben Sekunde.

Amseln flogen wieder aus den höchsten Ästen, in einer Wolke wie ein Kegel: kein Ende nahm der schwarze dreieckige Vogelzug zur Sonne; von Hügel zu Sonne stieg lautlos die geflügelte Brücke; dann erhob sich wieder ein Wind, und diesmal vom richtigen, endlosen Meer herauf, und brach der Brücke das Rückgrat. Wie Rebhühner fielen die ganz gewöhnlichen Vögel in einem Schauer zur Erde.

Alles geschah in einer halben Sekunde. Das Mädchen

in dem zerrissenen Kattunrock setzte sich ins Gras und kreuzte die Beine, ein wirklicher Wind von nirgendwoher hob ihr den Rock, und bis zur Hüfte war sie braun wie eine Haselnuß. Der Junge, der immer noch zaghaft im ersten Schatten stand, sah die zerbrochene Ferienprinzessin zum zweiten Mal sterben, und an ihrer Statt saß ein Landmädchen auf dem lebendigen Hügel. Wer hatte Angst gehabt vor ein paar Vögeln, die aus den Bäumen flogen, und vor einem plötzlichen Glanz der Sonne, der Fluß und Feld und die Ferne zu Füßen des Hügels so klein gemacht hatte? Wer hatte ihm erzählt, daß das Mädchen so groß wie ein Baum war? Sie war nicht größer und nicht seltsamer als die blumigen Mädchen, die sonntags im Hundetal Picknick machten.

»Was hast du oben im Baum gemacht?« fragte er sie, verlegen, daß er angesichts ihres Lächelns geschwiegen hatte, und plötzlich schüchtern, als sie sich bewegte, daß sich das Gras unter ihr geknickt und grün zwischen ihren braunen Beinen aufrichtete. »Hast du Nester gesucht?« sagte er und setzte sich zu ihr. Aber auf dem geknickten Gras im siebenten Schatten sprang sein erster Schrecken vor ihr wieder auf wie eine Sonne, die aus dem Meer zurückkommt, das sie versenkt hatte, und verbrannte seine Augen bis auf den hohläugigen Schädel und sträubte ihm das Haar. Der Fleck auf ihren Lippen war Blut, nicht Beerensaft, und ihre Nägel waren nicht abgebrochen, sondern seitlich geschärft: zehn schwarze Scherenklingen, bereit, ihm die Zunge abzuschneiden. Wenn er laut nach seinen Onkels in dem versteckten Haus rief, dann würde sie neue Tiere erschaffen, die ersten Tiger in Wales; und sie würde sie aus dem nur eine Viertelstunde entfernten Wald herwinken, damit sie ihn umsprangen und ihn in die Hände bissen; in der Luft würde sie neue Vögel erschaffen, die würden pfeifen und seine Hilferufe wegzwitschern. Er saß sehr still zu ihrer Linken und hörte, wie das Herz in ihrer Brust jeden Sommerton ertränkte. Da wuchs jedes Blatt des Baumes, der sie überschattete, und wurde so groß wie ein Mann; die Rillen der Baumrinde waren Kanäle und Flüsse, so breit wie ein großes Schiff; und das Moos auf dem Baum und der scharfe Kreis von Gras unten um seinen Stamm waren plötzlich die Samtdecken aller grünen Wiesen des ganzen Landes, die es zusammengeweht hatte, dicht an dicht, Hecke an Hecke. Auf dem Hügel, der so groß war wie die Welt, und dessen Bäume den Himmeln gleich die Wetter hochhielten, neigte sie sich jetzt im großgewordenen Sommerwetter zu ihm hin, daß er nur ihr dichtes rotes Haar und nicht das Kornfeld und auch nicht das Haus seiner Onkels sehen konnte; und Himmel und ferner Hügelkamm waren Lichtpunkte in den Pupillen ihrer Augen.

Das ist der Tod, sagte der Junge zu sich selbst, die Schwindsucht und der Keuchhusten und die Steine in einem drin... und wie einem das Gesicht stehenbleibt, wenn man im Spiegel zu viele Gesichter schneidet. Ihr Mund war ganz nahe bei seinem. Ihre langen Zeigefinger berührten seine Augenlider. Das ist eine Geschichte, sagte er zu sich selbst, von einem Jungen, der in den Ferien von einer, die auf einem Besen ritt, geküßt wurde; die flog von einem Baum auf einen Hügel, der seine Größe veränderte wie ein Frosch, wenn er wütend wird; die streichelte seine Augen und legte ihre Brust an die seine; und als sie ihn geliebt hatte, bis er starb, da trug sie ihn in ihrem Inneren fort zu einer Höhle in einem Wald. Aber wie alle Geschichten mußte auch diese sterben, als sie, die gekommen war, ihn küßte; jetzt war er ein Junge in den Armen eines Mädchens, und der Hügel erhob sich über einen wirklichen Fluß, und die Gipfel mit ihren Bäumen nach England zu waren so, wie sie einst Jarvis gekannt hatte, als er vor einem Jahrhundert ein halbes Jahrhundert lang mit seinen Geliebten und seinen Pferden dort umherzog.

Wer hatte Angst gehabt vor einem Wind, der aus dem Licht kam, das nun das kleine Land schwellte? Das Stückchen Wind in der Sonne war wie Wind in einem leeren Haus; aus den Stubenecken machte er Berge und füllte den Dachboden mit einem Gedränge von Schatten, die durch das Dach brachen; durch die Landkorridore raste er mit hundert Stimmen, jede neue Stimme lauter als die vorige, bis die letzte Stimme zu Boden polterte und das Haus von Geflüster erfüllt war.

»Woher bist du?« flüsterte sie ihm ins Ohr. Sie nahm ihre Arme weg, saß aber immer noch eng bei ihm, ihr Knie zwischen seinen Beinen, ihre Hand auf seinen Händen. Wer hatte Angst gehabt vor einem sonnenverbrannten Mädchen, das nicht größer war und auch nicht seltsamer als die blassen Mädchen daheim, die Babys bekamen, bevor sie verheiratet waren?

»Ich bin aus dem Amman-Tal«, sagte der Junge.

»Ich habe eine Schwester in Ägypten«, sagte sie, »die wohnt in einer Pyramide...« Sie zog ihn näher an sich heran.

»Man ruft mich ins Haus zum Tee«, sagte er.

Sie hob ihren Rock bis zur Hüfte.

Wenn sie mich liebt, bis ich sterbe, sagte der Junge zu sich selbst unter dem siebenten Baum auf dem Hügel, der nicht drei Minuten lang gleich blieb, dann wird sie mich in ihrem Inneren forttragen; sie wird davonlaufen, so schnell, daß ich in ihr klappere, zu einer Höhle in einem Wald, zu einer Höhlung in einem Baum, wo mich mein Onkel nie mehr findet. Das ist die Geschichte von einem Jungen, der gestohlen worden ist. Sie hat ein Messer in meinen Bauch gerannt und mir den Magen umgedreht.

Sie flüsterte ihm ins Ohr: »Ich werde auf jedem Hügel ein Baby haben; wie heißt du, Amman?«

Der Nachmittag lag im Sterben; träge, namenlos trieb er gen Westen durch die Insektenschwärme im Schatten;

über Hügel und Baum und Fluß und Korn und Gras zum Abend hin, der im Meer Gestalt annahm; er wehte davon; er wurde weggeweht aus Wales, in einem Wind, in den langsamen, blauen Körnern, wie ein Wind voller Träume und Arzneien; mit der Ebbe der Sonne hinunter zur grauen, singenden Küste, wo die Vögel der Arche Noah mit Büschen im Schnabel vorübersegeln und sich über die rissigen Sandburgen ein Morgen und ein Morgen türmt.

So strich sie ihre Kleider zurecht und schob sich das Haar aus der Stirn, als der Tag zu sterben begann; sie drehte sich auf die linke Seite, unbekümmert um die tiefe Sonne und die dunkler werdenden Fernen. Der Junge erwachte vorsichtig zu einem noch eigenartigeren Traum, einer Sommervision, breiter als die einzige schwarze Wolke, die in der unversehrten Mitte auf einem Turmpfeiler aus Licht schwebte. Er trat hervor aus der Liebe durch einen Wind voll wühlender Messer und einer Grotte voll fleischweißer Vögel, hinaus auf einen neuen Gipfel: Dort stand er wie ein Stein, der dem Wehen der Sterne die Stirne bietet und das feierliche Gehaben des Meerwindes von sich abgleiten läßt; ein harter, zorniger Junge auf einem Erdhügel inmitten eines Landabends; er reckte die Brust vor und sprach harte Worte zur Welt. Aus der Liebe heraus kam er marschiert, mit hocherhobenem Kopf durch eine Höhle zwischen zwei Türen, in einen Aussichtssaal mit einem eisernen Blick über die Erde. Er trat ans letzte Geländer vor dem pechschwarzen Raum; wenn auch die Erde schnell im Kreis rollte, so sah er doch jede Ackerfurche, Tierfährte und Menschenspur, jeden einzelnen Wassertropfen, jeden Kamm, jede Krone und Federzier, jeden Krähenfuß und jede Unterschrift von Staub und Tod, und jeden Zeitschatten: von Eisfeld zu Eisfeld sah er, von den Meeresrändern zu den Meeresmitten, sah den ganzen apfelförmigen Ball unter dem metallenen Geländer jenseits der lebendigen Türen. Er sah durch den schwarzen Daumenabdruck einer Menschenstadt hindurch bis zu dem versteinerten Daumen eines einstmals lebendigen Wiesenmenschen; durch die Gras- und Kleeversteinerung des Landabdrucks sah er hindurch zur ganzen Hand einer vergessenen, unter Europa ertrunkenen Stadt; durch den Handabdruck sah er hindurch zum Arm eines Reiches, das zerbrochen war wie Venus; durch den Arm zur Brust, von der Geschichte zum Schenkel, durch den Schenkel im Dunkel zur ersten Fußspur des Westens zwischen dem Dunkel und dem grünen Eden; und der Garten stand unertrunken, diese nächste Minute lang und in alle Ewigkeit, stand aufrecht unter Asien in der Erde, die im beginnenden Abend ihrer eigenen Musik dahinrollte. Als Gott schlief, da hatte er eine Leiter erklettert, und der Raum drei Sprünge über der letzten Sprosse war gedeckt und gedielt mit den lebendigen Seiten des Buches aller Tage; die Seiten waren Gärten, und die gebauten Worte waren Bäume, und Eden wuchs über ihm auf zu Eden, und Eden wuchs durch die untere Erde hinab nach Eden, ein endloser Gang aus Ästen und Vögeln und Blättern. Der Junge stand auf einem Hang, der war nicht breiter als der Spielraum der Liebe in der Welt, und hinter seinen Schultern küßten sich die beiden Pole. Er stolperte vorwärts wie Atlas, setzte sich langbeinig über die eiserne Aussicht hinweg, lief durch die Höhle der Messer und die gekenterten Riesenauswüchse der Zeit zum Hügel auf dem Feld hin, das unter dem Raum in den Wolken über den Gärten, die immer mehr wurden, nur ein kleines Strichlein gewesen war.

»Wach auf«, sagte das Mädchen in sein Ohr; die eisernen Schriftzeichen waren in ihrem Lächeln zerbrochen, und Eden schrumpfte in den siebenten Schatten ein. Sie sagte ihm, er solle ihr in die Augen sehen. Er hatte gedacht, ihre Augen seien braun oder grün, aber sie waren meerblau mit schwarzen Wimpern, und ihr dichtes Haar war schwarz. Sie fuhr ihm durchs Haar und legte seine Hand tief in ihre Brust, so daß er wußte, die Spitze ihres Herzens war rot. Er sah in ihre Augen, aber die machten aus der Sonne einen runden Spiegel, und als er rasch wegrückte, sah er durch die durchsichtigen Bäume hindurch; sie konnte aus jedem Baum einen langen Kristall machen und das Hauswäldchen in einen Schleierflor verwandeln. Sie sagte ihm ihren Namen, aber noch während sie sprach, hatte er ihn schon vergessen; sie sagte ihm ihr Alter, und das war eine neue Zahl. »Sieh mir in die Augen«, sagte sie. Es war nur eine Stunde bis zur wirklichen Nacht, die Sterne kamen heraus, und der Mond war bereit. Sie nahm seine Hand und führte ihn im Lauf zwischen den Bäumen hindurch über den Kamm des taubenetzten Hügels, über die blühenden Nesseln und die geschlossenen Strohblumen, über die Stille ins Sonnenlicht und in das Getöse eines Meeres, das an Sand und Steine brandete.

Der Hügel in seinem Schirm von Bäumen: zwischen den Feldern landeinwärts und dem landwärts rollenden Meer, zwischen der Nacht auf dem Wald und dem fleckigen Strand, der gelb in der Sonne lag; zwischen dem verschwindenden Korn auf zehn trockenen Meilen Ackerlandes und den goldenen Einöden, wo der gespaltene Sand über Felsen leckte, da stand der Hügel in zwei Scheinwerferkegeln: von hinten schien der Mond auf sieben Bäume, und die Sonne eines seltsamen Tages wanderte im sprudelnden Vordergrund über das Wasser. Der Hügel zwischen einer Eule und einer Seemöwe: der Junge hörte zwei Vogelstimmen, als braune Flügel durch die Zweige kletterten und die weißen Flügel vor ihm auf den Meereswellen flatterten. »Schuhuh, schuhuh! Geh nicht auf Abenteuer aus!« Jetzt befahlen ihm die Möwen, die im Himmel schwammen, weiterzulaufen über den warmen Sand, bis das Wasser ihn in seine Wellen nahm und der Gischt rundum an ihm zerrte wie ein Wind und eine Kette. Sie hatte ihre Hand in der seinen, und sie rieb ihre Wange an seiner Schulter. Er war froh über ihre Nähe, denn die Prinzessin war zerbrochen, und das ungeheuerliche Mädchen war in einen Baum verwandelt, und das beängstigende Mädchen, das das Land in einen Taumel von Größer und Kleiner stürzte und ihn aus der Liebe hinaus in das wolkige Haus trieb, blieb allein zurück im Kreis des Mondes und in den sieben Schatten hinter dem Schirm von Bäumen.

Es war heiß an jenem Morgen im unerwarteten Sonnenschein. Ein Mädchen in einem Kattunrock legte ihren Mund an sein Ohr. »Wer von uns läuft schneller zum Meer?« sagte sie, und ihre Brüste hüpften auf und nieder, als sie mit wild fliegendem Haar vor ihm hinrannte bis an den Rand des Meeres, das nicht aus Wasser gemacht war, und bis zu den kleinen donnernden Kieseln, die in millionen Stücke zerbrachen, als das trockene Meer höher stieg. Entlang der glänzenden Schwemmlinie, vom Horizont her, wo die gewaltigen Vögel segelten wie Boote, aus den vier Ecken der Windrose, heraufschwellend durch die Unkrautbeete, heranschmelzend vom Orient her und von den Tropen, aufsteigend durch die Eishügel und Walfischgefilde, durch die Gänge des Sonnenuntergangs und Sonnenaufgangs, durch die Salzgärten und Heringsfelder, die Wasserwirbel und Felsstrudel, aus den Rinnsalen in den Bergen, herab über die Wasserfälle – so kam es heran: ein weißgesichtiges Menschenmeer, die furchtbare, tödliche Zahl der Wellen, die See aller Jahrhunderte, auf die der Hagel vor Christi Geburt niedergeprasselt war, die den Sturmwind von morgen erlitt – – mit den Stimmen der ganzen Welt brach sie herein über den endlosen Strand.

»Komm zurück! Komm zurück!« rief der Junge das Mädchen.

Sie lief achtlos weiter über den Sand und ging im Meer verloren. Nun war ihr Gesicht ein weißer Wassertropfen im waagrechten Regenfall, und ihre Glieder waren weiß wie Schnee, verloren in der weißen, wandelnden Flut. Nun war das Herz in ihrer Brust eine kleine rote Glocke, die in einer Woge läutete, ihr farbloses Haar war ein Saum auf dem Schaum, und ihre Stimme leckte über das Fleisch- und Beinwasser.

Wieder rief er, aber sie hatte sich unter die ein- und ausströmenden Leute gemengt. Deren Flut wurde von einem schweren Mond angezogen, der nie seine Rundung verlor. Die langen Meergebärden der Leute waren bedächtig, die flachen Hände winkten, die Köpfe waren erhoben, die Augen in den Maskengesichtern starr nach einer Richtung gewandt. Ach, wo im Meer war sie jetzt?

Unter den Weißlichen wanderte sie, und unter den Korallenäugigen. »Komm zurück! Komm zurück, Liebste! Lauf heraus aus dem Meer!« Unter den wallfahrenden Wellen. Die Glocke in ihrer Brust läutete über dem Sand.

Er rannte zum gelben Fuß der Dünen hin und rief dabei über seine Schulter: »Lauf heraus aus dem Meer!« In dem einst grünen Wasser, wo die Fische schwammen, wo die Möwen ruhten, wo die leuchtenden Steine auf der Waage des grünen Meerbodens gewetzt und gewiegt wurden, wenn Schiffe schwer über die Handelsstraßen dahindampften und die irren, namenlosen Tiere hinunterkamen, um das Salz zu trinken. Unter den messenden Menschen. Ach wo war sie jetzt? Das Meer war verloren hinter den Dünen. Er stolperte weiter über Sand und Sandblumen, wie ein blinder Junge in der Sonne stolpert. Die Sonne entwischte und hielt sich hinter seinen Schultern.

Es war einmal vor langer Zeit eine Geschichte, die hatte die Wasserstimme geflüstert; die wehte das Echo heraus aus den Bäumen in den goldenen Mulden hinter der Küste, die scharrte am Holz, bis die Vögel mit ihrem feinen Gehör und alle die Tiere gesprungen kamen. Aus einem Fenster in der Flut flog ein Rabe an ihm vorbei zum blinden Windturm, der im Zorn von morgen erbebte wie eine aus Unwettern und Wolkenfetzen gemachte Vogelscheuche.

»Es war einmal«, sagte die Wasserstimme.

»Geh nicht mehr auf Abenteuer aus«, sagte das Echo.

»Sie läutet im Meer eine Glocke für dich.«

»Ich bin die Eule und das Echo: du gehst nie mehr zurück!«

Auf einem Hügel am Horizont stand ein alter Mann und baute ein Schiff, und das schräge, vom Meer gespiegelte Licht warf einen heiligen Berg aus Schatten auf die dreistöckigen Verdecke und auf die Bretter aus dem Morgenland. Und durch den Himmel, aus den Beeten und Gärten, über den weißen Absturz aus Federn hinab, über die lauten Kämme und Mulden und aus den Höhlen im Hügel trieben die wolkigen Gestalten von Vögeln und Tieren und Insekten in das behauene Tor. Eine Taube mit einem grünen Blütenblatt folgte dem Flug des Raben. Kühler Regen begann zu fallen.

Die Sechs Heiligen

Die Sechs Heiligen von Wales saßen und schwiegen. Der Tag ging zu Ende, und die Hitze des ersten Gesprächs nahm ab mit der untergehenden Sonne. Den ganzen Nachmittag lang hatten sie von nichts anderem gesprochen als dem Verschwinden des Pfarrers von Llareggub, und jetzt, da das erste nachlassende Licht in einer sichtbaren Form und Farbe durch den Raum wanderte und ihre Zungen müde waren und sie die Stimmen in ihren Nerven hörten, da warteten sie nur noch, bis die erste Dunkelheit einsetzte. Beim ersten Zeichen der Nacht würden sie sich vom Tisch erheben, Hüte und Lächeln zurechtrücken und auf die sündigen Straßen gehen. Wo die Frau unter den Lampen lächelte und das Versprechen des alten Übels sich in den Fingerspitzen der Mädchen in den dunklen Türen rührte, da würden die sechs vorübergehen, und während ihre Stiefel auf dem Gehsteig scharrten, von den Frauen träumen, die in der ganzen Stadt lächelten und die Liebe fälschten. Die Frauen trieben in einem Knäuel Haare zu Mr. Stul heran und berührten ihn an einer empfindlichen Stelle. Die Frauen trieben um Mr. Edger. Er zog sie dicht an sich heran und drängte ihre dunstigen Glieder ohne Liebe oder Feuer fest an die eigenen. Die Frauen bewegten sich weiter, graziös wie Katzen, und rückten in den dunklen Gassen vor, wo Mr. Vyne aus Neid auf die Schönheit ihrer schräg geschnittenen Augen Kratzefuß und Bückling machte. Für Mr. Rafe waren ihre in Blut gewaschenen Schönheiten die Feinde der flatternden Augen. Vollbrüstig und pelzfüßig rührten sie sich nach beliebigen Bildern in einem Gemetzel des Fleisches. Er sah die roten Nägel und zitterte.

Die formenden Schöße besaßen keinen Zweck, außer das Fleisch, das sie formten, wieder zu töten, und er zuckte vor der Berührung des Todes zurück, und einzig zerrte es am männlichen Nerv. Mr. Lucytre zog und zwickte, er streute Salz auf die alten Liebesschmisse, und in der Phantasie führte er einen Angriff auf die Jungfernhäutchen. Einmal hier, einmal dort stach er auf die Frauen ein, er küßte sie, er biß sie in die Lippen. Voller Gehässigkeit schaute Mr. Stipe ihm zu. Die Frauen stürzten auf die scharfe Klinge nieder, und das Herz lächelte ihm im Leibe, als sie aufstanden, um ihre Wunden zu verbinden.

Das heilige Leben war den sechs Herren eine ständige Erhebung. Miss Myfanwy trat mit einem Brief ein.

Mr. Edger öffnete den Umschlag. Er enthielt ein quadratisches Stück Papier, ähnlich einem Geldschein. Es war ein Brief von Mrs. Amabel Owen, in einer linkischen Handschrift.

Sie hatte Bösartigkeiten in die Bögen und Schleifen der Buchstaben gelegt, einen gespaltenen Fuß, eine Gabelung und den Biß einer Schlange, der mit Eigenleben aus den Wörtern hervortrat, und die Wörter beugten sich auf den Zeilen zurück, schwindlig von Mrs. Owens kreisender Feder.

Wie Peter, der Dichter, schrieb sie über das Jarvistal. Aber während sie bei jedem nackten Baum einen nackteren Geist erblickte und den Geist des vergangenen Frühlings und Sommers, sah er das Standbild des Baumes und keinen Geist außer dem eigenen, der aus dem Krankenbett herauszischte und durch meerwärtige Felder raste.

Hier im Tal, schrieb Mrs. Owen, wohnen mein Mann und ich so friedlich wie zwei Mäuschen.

Während sie schreibt, dachte Mr. Stul, spürt sie das Gewicht ihrer Brüste auf ihrem tintenschwarzen Arm.

Glauben die heiligen Herren an Geister?

Ketten aus Wolke und Eisen hängen von ihren Gliedern, dachte Mr. Rafe, da würden sie mir den schwarzen Nachtschatten ins Ohr träufeln.

Möge sie das Kind eines Vampirs gebären, sagte Mr. Stipe. Hochwürden Mr. Davies aus Llareggub ist auf unbestimmte Zeit unser Gast, schrieb sie in ihrer heimlichen Handschrift.

Über die weniger holprige Straße durch die flacheren Berge reisten die Sechs Heiligen in einem Zuckelwagen, vor den ein schwitzendes Pony gespannt war, auf der Suche nach Mrs. Owen. Miss Myfanwy, unbequem zwischen Mr. Stul und Mr. Lucytre eingekeilt, spürte die Blöße ihrer Wade und den Druck von Mr. Lucytres Hand an ihrer Taille und betete, der Mond möge nicht verschwinden. Dort im vollbesetzten Wagen würde die Dunkelheit das Wandern der heiligen Hände verbergen und Mr. Stuls Entzücken mehren.

Die Räder des Wagens stießen gegen einen Felsen.

Hopp und hinüber, sagte Mr. Rafe, viel zu ängstlich, um über die Auflösung seines zarten Leibes zu brüten, als er den Abhang hinunterpurzelte.

Hopp und hinüber, sagte Mr. Vyne und dachte bei sich, wie schlimm, daß der Tod alleine kommt, wo das gemeine Fleisch von Miss Myfanwy doch so nahe bei ihm saß.

Während der Wagen auf einem Rad das Gleichgewicht hielt und das Pony sein ganzes Gewicht auf einem Hinterbein trug und mit den hängenden Hufen in der Luft zappelte, schob Mr. Stul seine Hand hoch hinauf unter Miss Myfanwys Rock, und fuhr Mr. Lucytre, den die Zerstörung freute, mit den Fingern in ihren Rücken, bis ihm die Knöchel prickelten und das unsichtbare Fleisch vor Schmerz sich rötete. Mr. Edger umarmte alles in Reichweite, seinen phallischen Hut hielt er fest. Mr. Stipe lehnte sich plötzlich zur Seite. Das Pony rutschte auf dem nassen Gras, wieherte und fiel. Gott ist gütig, sprach

Vole, der alte Fuhrmann, und schoß hinab, immer schneller, ein weißhaariger Felsbrocken, bis er fünfzig Fuß tiefer auf die steinige Wiese stürzte. Die restliche Gesellschaft rollte in einer einzigen dichten schwarzen Kugel über den Hang. Blutopfer? Blutopfer? schrie Miss Myfanwy, als sie fielen. Mr. Stul lächelte und legte den Arm noch fester um sie.

Unter ihnen im Gras lag der alte Vole reglos auf seinem Rücken. Er blickte auf den Wintermond, der nicht gerutscht war, und sah den Frieden auf dem Felde. Als sechs geistliche Hüte und eine verdreckte Haube bei seinen Füßen niedergingen, drehte er sich auf die Seite und sah die Körper seiner Passagiere wie knochiges Manna auf ihn herabprasseln.

Zum zweiten Mal kam die Dunkelheit. Jetzt, da sich der Mond verbarg, erreichten die Sechs Heiligen den Fuß der Berge, die das Jarvistal von den Feldern des wilden Landes trennten. Die Bäume auf den Kuppen waren höher als alle, die sie zuvor auf ihrer Reise von der tödlichen Wiese gesehen hatten, grüner und gerader als die Bäume in den städtischen Parks. In jedem Baum saß ein Wahnsinniger. Dies aber wußten sie nicht, denn sie sahen nur den Verstand der Bäume auf dem breiten Rücken des hochgelegenen Grases. Die Berge, die den ganzen Tag lang im Lichtbogen gekreist waren, zogen sich nun vorm Himmel gerade, stiegen in hundert geraden Linien bis zu den Wolken und deckten den Mond in einem dichten Schatten ab. Wie die Eigenschaften des Bodens, so änderte sich des Menschen Blutchemie, die der streitende Wind aus ihm sog, und vermischte sich mit dem Staub, den die heiligen Herren, wie sechs alte Gäule, zu einer Wolke stampften. Der Staub lag dicht auf ihren schwarzen Stiefeln; er kratzte grau wie Wasser auf dem Bart des alten Vole zwischen karottenrot und weiß; er rieselte über Miss Myfanwys Lacklederstiefel und verlor sich in den

Rissen ihrer Füße. Einen Augenblick lang standen sie zitternd auf der Höhe der Berge. Dann rückten sie ihre Hüte zurecht.

Einer hinter dem anderen kletterten sie hinauf, sehr weit von den Sternen. Die Wurzeln unter ihren Füßen riefen mit den Stimmen der aufstrebenden Bäume. Es hörte jedes Mitglied der Expedition eine fremde und eine andere Stimme die Äste entlangtönen. Sie erreichten den Gipfel des Berges, und das Jarvistal lag vor ihnen. Miss Myfanwy roch den Klee im Gras, aber Mr. Lucytre roch nur die toten Vögel. Sechs Vokale gab es in der Sprache der Zweige. Der alte Vole hörte die Blätter. Ihre sentimentale Stimme, als sie so zusammenhingen, sprach von der Zeit der Störche und von den Kindern unter den Büschen. Die Sechs Heiligen gingen den Berg hinunter, und der Fuhrmann folgte den dunklen Fersen.

Aber ehe sie wußten, wo sie waren, und ehe das zehnte Jarvisfeld unter ihnen gestöhnt hatte, und ehe Mrs. Owen in der großen Kugel auf ihrem Tisch ihrer aller Fleisch und Bein entziffert hatte, kam der Morgen plötzlich nieder; die Wiesen waren eichengesäumt, standen grüner als ein Meer, als das frühe Licht innehielt; lagen im Wind, als der Südwest aufging; auf den uralten Ästen saßen die ganzen Vögel von Wales, und von den Bauernhöfen zwischen den Bäumen und den Feldern auf den ungesehenen Bergen krähten die Hähne, und riefen die Schafe. Der Wald vor ihnen, der aus einer blutigen Mitte glühte, brannte wie Kanthariden, ein Büschel aufgerichteter, halbgeöffneter Blüten und Zweige, das bis zu den Gipfeln der Berge hinaufspritzte, engelsgleich herab, durch gerippte Blumenhälse und aufsteigende Gifte, ins Herz des Landes hinein. Das tauschwere Gras, wenn auch die Kristalle auf jedem Halm schwerelos brachen, lag unbewegt, als sie darübergingen, unbewegt wie eine Frau unter stoßendem Mann, im weckenden Stechginster und im Rücken der ruhenden Rippen der Halbheide auf dem Berg gebettet, und die Hälften aus Gold und Grün an den Hangsteinbrüchen färbten ein reiches Land und die Erde aller. Und es war früher Morgen, und die Welt war feucht, als der Mann der Hellseherin, eine Mißgeburt in Kniebundhosen, mit offenem Hemd und einem Feiertagsregenschirm, den heiligen Reisenden über die Steine vor seinem Haus entgegenkam.

Sein Bart wackelte, als er sich verbeugte. Eure Heiligkeit, sprach Mr. Owen die sechs Wanderer an. Fromm dankten die Sechs, die geschunden und zerschlagen waren, und ihre gestiefelten Füße wie schwarze und schmutzige Flügel über den Boden nachzogen. Mr. Owen verbeugte sich vor Miss Myfanwy, die einen tiefen Knicks tat und errötete, als sein Hemd aus seiner offenen Hose wie ein Bart hervorwackelte.

Im Wohnzimmer, wo Mrs. Owen die blutige Wiederkunft angekündigt hatte, drängten sich die Sechs frierend um das Feuer, und zwei Kessel sangen. Ein alter, zerlumpter Mann schleppte einen Bottich herein. Wo ist der Senf, Mr. Davies? fragte die Hellseherin aus ihrem Stuhl in der dunkelsten Ecke. Da erst bemerkten die Sechs Heiligen ihre Anwesenheit, wirbelten herum und sahen die große Kristallkugel sich inwendig drehen, sahen das unerträgliche Haupt des Bösen, grün wie die Augen der Frau und schwärzer als die Schatten, die unter ihren Augen hingen, sich über die feucht angedeuteten Berge am Rand der Kugel schlängeln. Sie war ein fesches Frauchen, mit runden Händen und Füßen, und auf ihrer Stirn glänzte eine Liebeslocke; in sonntäglich kaltes und glänzendes Schwarz gekleidet, mit einer Brosche aus mütterlichem Elfenbein und einem knochenweißen Armreif sah sie in ihrer Kugel die Sechs Heiligen als sechs massive Stümpfe, als die amputierten Glieder des Tödlichen, der in ihr faulte, während sie vor seinen

Augen schwankte, vor seinen zwölf hellen Augen und der Kraft der starrenden Sechs.

Ihr Schoß und ihr Hals und ihr Haar.

Ihre grünen Hexenaugen.

Ihr teurer Armreif.

Die Male auf ihrer Wange.

Ihr junges Gesicht.

Ihre Daumen, ihre Nägel, die Knochen ihrer Beine.

Die Sechs standen vor ihr und berührten sie kundig, wie die alten Männer die Susannah, und starrten auf sie, dorthin wo das Ungeborene sich mannhaft im achten Monat bewegte.

Der alte Mann brachte Senf.

Dies ist Hochwürden Mr. Davies aus Llareggub, sagte Mrs. Owen.

Die Sechs Heiligen rieben sich die Hände.

Mr. Davies verbeugte sich, nahm die Kessel vom Feuer, füllte den Bottich zur Hälfte und goß den Senf auf das kochende Wasser. Mr. Owen erschien plötzlich neben ihm und reichte ihm einen gelben Schwamm. Verwirrt vom gelben Wasser, das am Löffel sog, vom triefenden Schwamm in seinen Fingern und vom Schweigen in der Stube, wandte sich Mr. Davies bebend an die heiligen Herren. Eine zeitlose Stimme sprach ihm ins Ohr, und eine Hand auf seiner verhüllten Schulter schnitt ihm durchs Schlüsselbein; eine Hand ruhte auf seinem Herzen, und die unerträgliche Bluthitze schlug auf einen starken Schatten. Er kniete nieder in der Wildnis der winzigen Stube, und schon wurden die heiligen Socken und Stiefel ausgezogen. Ich, Davies, wusch ihre Füße, murmelte der graue Geistliche. Damit er es auch nicht vergäße, sprach der alte, verrückte Mann zu sich: Ich, Davies, der arme Geist, wusch die sechs Sünder in Wasser und Senf.

Licht war im Zimmer, die Welt des Lichts, und das heilige jüdische Wort. Auf der Uhr und auf dem schwarzen Feuer schuf das Licht die innere Welt, und die Form nach seinem Bilde, die sich wandelte, so wie sich die Formen des Lichts stumm verwandelten, verdrehte sein letztes Manneswort. Das Wort wuchs wie Licht. Er liebte und begehrte das letzte, dunkle Licht und wandte sich ab von seinen Erinnerungen und hin zum gelben Meer und dem stolzgeschwungenen Schnabel des Löffels. Durch seine ertrinkenden Erinnerungen hindurch geriet er in die Welt der Liebe und rückte das Lächeln des einen Liebenden zum Mund eines ungezogenen Liebenden, der grausam verfahren war mit den beigeschlafenen Toten, die noch vor dem Ankleiden starben. Langsam wandte er sich zum erleuchteten Gesicht und zum Totenflämmer. Er berührte Mr. Stul am Knöchel, und da sprang sein kämpferischer Geist hinaus – er war jetzt zu drei Teilen Geist, und seine Männlichkeit schrumpfte wie der Saft in einem Stock unter den Lumpen einer Vogelscheuche – um Maria zum Weib zu nehmen; ganz geschlechtlich und nichts, unfaßbarer Hermaphrodit zu Rosse auf den geschlechtslosen Toten, bestieg der Prediger Gottes in grauem Abbild die tote Maria. Mrs. Owen, bewandert in den gottlosen Systemen, erkannte durch das innere Auge, daß die runde doch unbegrenzte Erde faulte, während sie noch reifte; ein Kreis, den nicht ihre Hexenkunst erschaffen hatte, wuchs um sie herum; der makellose Kreis weitete sich, nahm die Form einer Generation an. Mr. Davies berührte die Ränder der Generation; ein menschenjagender Samen erhob sich; und der Kreis zerbrach. Es war Mr. Stul, der geile Mann, der Vater der Bastarde von Aberystwyth, der über den zerbrochenen Kreis hinwegsprang und Hand in Hand mit dem grauen Geist dem Göttlichen seine Küsse aufdrückte, bis die Himmel schmolzen.

Die fünf Heiligen nahmen das nicht wahr.

Der dürrbeinige Mr. Edger streckte den rechten Fuß,

und Mr. Davies wusch ihn; achtsam ob der Temperatur des Wassers, das sich um die gläserne Haut kräuselte, wusch der Prediger Gottes den linken Fuß; er gedachte des armen Davies, des armen geisterhaften Davies, des Mannes aus Knochen und Kragen, der von einem frommen Berg aus über die Unendlichkeit der gerundeten Materie und über den Klang des ungesprochenen Wortes klagte. Er erinnerte sich Llareggubs, des Dorfes mit dem faulenden Haus, er griff nach den fetten Erinnerungen, den Relikten des Fleisches, das schäbig an ihm herunterhing, und nach den unleugbaren Begierden. Er griff nach dem letzten senilen Haar auf dem Schädel, als Davies tosend von der Welt in Stücke gebrochen wurde, und der Geist, da er weder Gier noch Begehr kannte, trat untot aus den Partikeln hervor.

Auch das nahmen die fünf Heiligen nicht wahr.

Es war der fuchsbärtige Mr. Vyne, der aus der Dunkelheit zu Davies, dem Geist, sprach: Wunderschön ist Mrs. Amabel Owen, die Fast-Mutter, die Generationsbäuchige, von ihren Zähnen bis zu ihren zehn Zehen. Mein Lächeln ist ein rotes Loch, und meine Zehen sind wie Finger. Er seufzte hinter Maria und hielt am Samenrand des Kreises den Atem an, so schön war sie anzuschaun, wenn sie in der mütterlichen Erdmitte um ihn ging. Und aus den Wurzeln der Erde, mager wie Bäume und weißer als der Schaum des Frühlings, stieg ihr hochgewachsenes Gefolge auf. Als die Hellseherin und die Jungfrau in einem einzigen Zauber über ihr doppeltes Grab hinweggingen, riefen der tote Davies und der tote Vyne voller Neid: Wunderschön ist Amabel Maria, die geraubte Jungfrau, von ihrem Schädel bis zu ihren grabgewohnten Füßen.

Wo noch vor einer Stunde ein ferner Wind vom Meer die Sonne umhergeweht hatte, fiel die schwarze Nacht. Nach der Uhr leugnete die Zeit die schwarze Wiederkunft.

Mr. Rafe fürchtete sich vor dem Dunkeln mehr als vor sonst etwas auf der Welt. Mit weit aufgerissenen weißen Augen sah er zu, wie die Wohnzimmerlampe angezündet wurde. Was würde die rote Lampe offenbaren? In einer Ecke eine Maus, die mit einem Zahn aus Elfenbein spielte, ein kleiner Vampir, der seiner Schulter zublinzelte, in einem Nest voll Spinnen eine lange Frau.

Wäre die schöne Mrs. Owen plötzlich ein Skelett, und in ihr ein Wurm? Ach, möge der Zorn Gottes solch kleines Getier treffen, und die daumengroßen Hunde. Mr. Owen drehte den Docht hoch.

Und draußen im Dunkeln, heimlich Hand in Hand in der Stunde zwischen den Sekunden, im Leben, das keine Zeit für die Zeit hat, gingen Mr. Rafe und Davies der Geist. War das Gras über Nacht gestorben, und ist der Geist des Grases, grüner als der Teufel von Niagara, durch das schwarze Wetter gesprossen wie Blumen durch die Ritzen eines Sarges? Nichts, das nicht halbwegs die Gestalt eines Geistes hatte, bewegte sich die Meilen hinauf. Und wie der Pfarrer gesehen hatte, wie seine beerdigten Herren aus dem System der Toten entschwirrt waren und mit einer gesünderen Gesichtsfarbe denn je zuvor auf der Kreisbahn einer Blume im letzten langen Gottesacker von Llareggub tanzten, so sah er nun das beerdigte Gras durch die neue Nacht schießen und im Bergwind schwanken. Waren die Schauseiten der westlichen Sterne die Kehrseiten der Sterne des Ostens? fragte er seine toten Gemeindemitglieder. Die Rache Gottes, rief Mr. Rafe mit schattenhafter Stimme, und nichts, das nicht halbwegs menschliche Substanz hatte, zuckte in seinem Schatten, als er schräg auf den Hügel fiel, möge die doppeldäumigen Elfen um mich treffen. Platz, Platz – er hieb auf die Halme ein – Platz, ihr kahlen Mädchen aus Merthyr. Er hieb ein auf ein wanderndes Echo. Ah, ah, oh, ah, rief die Stimme Jerusalems, und vom Bogen des

Mondes über dem Berg stürmte Maria wie ein Wolf auf die jammernden Prediger.

Mitternacht, vermutete Mrs. Owen. Die Stunden waren im Wind vergangen.

Mr. Stipe streckte den rechten Fuß und peinigte das Wasser mit dem linken. Er kroch mit dem Geist Davies durch eine enge Welt; in seinem Haar hing Vogeldreck aus den Zweigen der gemeinen Bäume; er führte den Geist durch dunkle Senken, er drängte die stachligen Büsche zurück und pißte gegen den Wind. Er zischte die durstigen Toten an, die sich auf die Lippen bissen, und gab ihnen ein trockenes Pfläumchen; er pfiff auf den Fingern, und schon stand Lazarus auf aus seinem Grab, wieselflink. Und als die Jungfrau auf einem weißen Esel an seinem Grab vorüberkam, da streckte er eine zerlumpte Hand aus und kitzelte den Bauch des Esels, bis er schrie und Maria unter die Leichenfresser und die keifenden Krähen warf.

Mr. Lucytre nahm das nicht wahr.

Was ihn betraf, so schaukelte die Welt auf einem zerbrochenen Fuß; das zerschmetterte und in Klingen gebettete Meer, der grüne aufgespießte Rumpf mit einer Fülle aus Augen, die rote Meereshöhle selbst und die toten Schiffe, die um seinen Rand krochen, sie schmerzten durch die Knorpel und Knochen hindurch, durch die angefressene Stelle, durch die schuppigen, brodelnden Menses, durch die elastischen Ausgänge der Tiefe, durch das stachelbewehrte, verfleckte und zerschnittene, das schleimverklebte, zersägte und dornige Fleisch, sie schmerzten in einem nimmer endenden Schmerz. Wie auf einem Kruzifix, auf ihren Nägeln kreisend, hing die klapperdünne Erde, jedes ihrer Länder bis auf die Blase durchbohrt, jedes gequälte Meer auf der Fahrt zerrissen, verzweifelnd im schlaffen Raum. Was sollte der grausame Lucytre, der den Geist Davies durch eine endlose Qual schleift, auf ihre Wunden streichen? Rost und Salz und Essig und Alkohol, den Saft des Upas-Baumes, die Salbe des Skorpions und einen in Wassersucht getauchten Schwamm.

Die Sechs Heiligen erhoben sich.

Sie nahmen die sechs Gläser Milch von Mr. Owens Tablett.

Und wollen die heiligen Herren uns heute nacht beehren?

In Mrs. Owen rührte sich ein Leben hinter der behaglichen kleinen Wand. Sie lächelte Mr. Davies zu, diesmal mit einem vertrauten Fältchen im Mundwinkel; Mr. Owen lächelte über seine Schulter, und gefangen zwischen zwei Lächeln, die er beide nicht begriff, spürte er, wie sich seine eigenen Lippen verzogen. Sie teilten sich ein geheimnisvolles Lächeln, und hinter ihnen standen stumm die Sechs Heiligen.

Mein Kind, sagte Mrs. Owen aus ihrer Ecke, soll mächtiger sein als alle Mächtigen.

Dein Kind ist mein Kind, sagte Mr. Owen.

Und Mr. Davies beugte sich ebenso plötzlich, wie er in seiner ersten Verwirrung zum Beten sich gekniet hatte, nach vorne und tätschelte die Hand der Frau. Er hätte seine Hände auf die von Hüfte zu Hüfte sich ziehende Falte ihres Rocks gelegt und das Ungeborene unter der Baumwollhülle gesegnet, wenn nicht die Angst vor der Macht ihrer Augen seine Hand zurückgehalten hätte.

Dein Kind ist mein Kind, sagte Mr. Davies.

Der Geist, der in ihm wohnte, hatte sich mit der Jungfrau gepaart, mit dem jungfräulichen Geist, den all die gewaltigen Liebesregungen ihres Gatten ebenso heil gelassen hatten wie eine Blüte in einem Becher Milch.

Aber heftiges Gelächter brach aus Mr. Owen; er warf den Kopf zurück und lachte die verfilzten Schatten aus und das Öl in dem klaren Vorratsglas der Lampe. Daß es in den Drüsen des alten Mannes noch Samen geben sollte, schlurfend im Frühling der Brunst. Daß es noch Leben geben sollte in den alten Lenden. Mr. Davies, Vater von Eselkiefernknochen und pelzbeinigen Kamelflöhen, schwankte vor ihm in einem Nebel von Gelächter. Mit einem einzigen Lungenstoß könnte er den alten Mann in den Himmel pusten.

Er ist dein Kind, sagte Mrs. Owen.

Sie lächelte den Schatten zwischen ihnen an, den Eunuchenschatten eines Mannes, der zwischen die Rundungen der Schattenschultern paßte.

Da lächelte Mr. Davies wieder, denn er erkannte den Schatten als den eigenen. Und Mr. Owen, dem jeder Schatten gleichgültig war, ausgenommen der Schatten, den das Aufgehen und Untergehen des Blutes auf die eigenen Adern warf, lächelte ihnen beiden zu.

Die heiligen Herren wollten ihnen für diese Nacht die Ehre geben.

Und die Sechs umkreisten die drei.

Vorspiel zu einem Abenteuer

Da ich wanderte durch die Wildnis dieser Welt, da ich wanderte durch die Wildnis, da ich wanderte durch die Stadt der lauten elektrischen Gesichter und der drängelnden Patrouillen der Benzinwinde, die mich überwältigten und ertränkten an jenem Winterabend, bevor der Westen starb, da erinnerte ich mich an die Winde der hohen weißen Welt, die mich gebar, und an die Gesichter geräuschloser Millionen in der Geschäftigkeit des Himmels im Starren auf die Nachgeburt. Sie, die mich durch das alphabetisierte Licht der Stadt schoben, sie stießen mich mit Schultern und Ellenbogen und spießten meinen Filzhut mit den Speichen ihrer Schirme, sie boten mir Feuer und Musik und machten in ihren Menschenaugen mich zum wandelnden Umriß eines Menschen. Aber nehmt doch, sagte ich wortlos, den Flanell und die Baumwolle fort, ich bin das nackteste und kahlste Nichts vom Scheitel bis zur Sohle, ein Ratsherr der Geister, der sich an Uhrkette und Brieftasche auf dem nassen Pflaster hält, ein Erzähler von Echos, der sich in eines Menschen Zeit bewegt. Ich habe den Leibhaftigen beim Bart, und die Neuigkeiten der Welt sind keiner Welt Neuigkeit, des Himmels Geschwätz und die gefallenen Gerüchte genügen und sind schon zuviel für einen Schatten, der keinen Schatten wirft. So sagte ich den blinden Bettlern und den Zeitungsjungen, die hinausriefen in den Regen. Sie, die auf den engen Botengängen der Welt an mir vorbeihasteten, die Zeit um die Handgelenke geschnallt oder blind in den Taschen, sie erkundigten sich nach der Zeit, die an einen heiligen Turm gebunden war, sie wichen Motorhauben und Rädern aus und hörten in den Schritten meines

Kameraden den zeitlosen Tonfall eines anderen Wanderers. Auf dem gleißenden Pflaster unter einem rauchigen Mond, während sich ihre Menschenwelt zum rollenden Baß des Verkehrs drehte, da sahen sie in meines Kameraden Gestalt einen anderen unter den bleichen Lidern starren, und sie hörten die Bewegung der Sphären, da er sprach. Dies ist eine fremde Stadt, ihr alleinstehenden Herren, ihr Herren, die ihr Arm in Arm geübt euch grüßt, ihr Herren in Damenbegleitung, meine Damen, dies ist eine befremdliche Stadt. Für jene in den freundlosen Häusern in den Straßen der Groschen und Freuden drehten sich Millionen Damen und Herren im Bett, die Zeit bewegte sich in jener Nacht mit dem erfahrenen Mond über Millionen Dächer, und grimmige Polizisten standen an jeder Ecke im schwarzen Wind. O Herr Einsam, sagten die alleinstehenden Damen, nackt wie neugeborene Mäuse werden wir sein und lang dich lieben in den kurzen Funken der Nacht. Wir sind nicht die Damen mit Federn zwischen den Brüsten, die Eier auf die Flickendecke legen. Als ich durch das wolkenkratzende Zentrum wanderte, wo die Lampen wie Menschen unter Spannung oder die Bäume einer neuen Schrift neben mir gingen, rempelte ich den Teufel an meiner Seite, aber die Lust in den Schatten seiner Stadt verfolgte mich unter den Torbögen und schwarze blinde Straßen hinab. Einmal in Form eines kahlen lächelnden Mädchens, als eine heulende Schlampe mit Handschellen als Ohrringe, oder als magere Mädchen, die vom Aufgeklaubten lebten; einmal in Gestalt einer zerlumpten Frau mit einem Abfallbesen, die mitten im Schleim ihren Knicks machte, da flüsterte mir der Versucher der Engel über die Schulter: Nackt werden wir sein bis auf das Strumpfband und die schwarzen Strümpfe, und lang werden wir dich lieben auf einem Bett aus Erdbeeren und Sahne, und das Band, das die Brustwarzen deckt, wird um so nackter uns machen. Wir sind nicht die Damen, die sich hinter dem Ohr ins Gehirn fressen oder vom Fett des Herzens leben. Ich erinnerte mich an die geschlechtslosen glänzenden Frauen in den ersten Stunden der Welt, die mich gebar, und an die goldenen geschlechtslosen Männer, die Gepriesen in die Klänge der Gestalt riefen. Indem ich Kraft aus einem plötzlichen Glanz gewann, rief ich laut aus: Ich habe den Leibhaftigen beim Bart. Aber die huschenden Gestalten folgten noch immer, und ein Ratgeber, der ungeheiligte Nacktheit empfahl, zeterte auf meinen Hacken. Nein, nicht umsonst traten mir die vollgepackten Durchgangsstraßen an jeder Kreuzung und jeder Windung des Pflasters mit diesen Klanggestalten entgegen, den von Lampen kreidigen Silhouetten und den wandernden Umrissen von Träumen, die aus einer dunkleren Allegorie kamen, als irdische Fiktionen sie im Zeitraum von zwölf Sonnen umrunden konnten. Es war mehr als menschliche Bedeutung in den menschenschädligen Schreckgestalten, die in ihren Nasenskeletten bohrten, in den markerschütterten Hanswursten, die im Tavernenlicht ihre Achselhöhlen kratzten. Es war mehr an dem toten Mann, der durch seine Verbände lächelte, seine Hand auf meinen Ärmel legte und in keines Menschen Stimme sagte: Es ist mehr als menschliche Bedeutung, wenn ein ausgestopfter Mann spricht, der vom Nabel bis zum Arschloch gespalten ist, und mehr an den gehörnten Damen auf deinen Hacken als eine Prise teufelsfüßiger Freuden und ein Schwefelhauch. Himmel und Hölle bewegen sich in der Stadt auf und ab. Mir ist der Gott Israel im Bilde eines geschminkten Jungen eigen, und Luzifer pißt im Hemde einer Frau aus einem Fenster in der Transvestitengasse. Schaut her, ihr Strahlenden, wie der Harfenstimmer gefallen ist, und der Maler der Winde wie ein Beutel Henna im Rinnstein liegt. Die hehren Hoffnungen liegen zerbrochen bei den Flaschen und Strumpfhaltern, der weiße

Schlamm fällt wie Federn. Und dort aus dem Pessarhof, wie ein Rattenfänger gekleidet, kommt der Bischof von Popennien, im Leckmarstall schärft eine heilige Schwester ihren Mittelzahn auf einem Blutstein, zwei Wiesel kopulieren auf dem Altar von St. Allesamt. Es war eine ungöttliche Bedeutung oder in der Absicht der gefallenen Götter, deren Heiligenscheine die mit falschen Kreuzen besetzten Turmhörner auf den spitzen Köpfen vergrößerten, mich furzend zu lehren, wie der Mensch hier unten wandelt. Und da ich den toten und verbundenen und wie einen Kohlkopf gespaltenen Feind auf meine rechte Seite stieß, da schlängelten sich meine fingerhutkleinen Freunde an die nackte linke. Er, der den Zauberer spielte, erschien zugleich in einem Dutzend schwefeliger Verlokkungen und sprach aus einem Dutzend Münder: Wir werden nackt sein wie die schlitzschenkeligen asiatischen Königinnen deiner Träume. Er war ein Symbol in der Geschichte von eines Menschen Reise durch die symbolisierte Stadt. Und das, was mit dem geölten Blitz einer Schlange aus den Nistlöchern in den Basen der Kathedralensäulen sich bewegte und die Ränder der vier kohlenstaubigen Winde umfuhr, auch das war Symbol auf jener Reise durch die Stadt. In Form einer mäuseschwänzigen Frau und einer heiligen Schlange wanden sich vor mir die Symbole der Stadt. Aber ich erwischte das Doppelbild bei einem roten Horn und riß ab die felligen Korsettstangen und die lederne Jacke. Wir werden nackt sein, sagte der in verschiedenen Formen erscheinende Leibhaftige, wie ein Judenmädchen, das an Bettpfosten gekreuzigt wird. Wir alle sind Metaphern des Klanges der Gestalt und der Gestalt des Klanges. Zerbrecht ihr uns, so nehmen wir eine andere Gestalt an. Seitwärts strichen die Schlange und die Frau ein Kreuz in die Luft. Ich sah den Sternenfall, der eine Wolke zerbrach, und ich tauchte zwischen Motorhauben und Rädern hindurch zu den schlechter beleuchteten Straßen, wo ich Daniel Dom sah, der einem geschminkten Schatten hinterherwankte.

Wir betraten die Sieben Sünden. Zwei kleine Mädchen tanzten barfuß im Sägemehl, und eine Flasche zersplitterte an ihren Beinen. Eine Negerin löste die Träger ihres gelben Kleides und entblößte eine Brust, während sie einen Teller unter das schwarze Fleisch hielt. Kauf ein Pfund, sagte sie, und schob Daniel ihre Brust ins Gesicht. Er wandte sein Gesicht den Frauen zu, die als ein gelbes lärmendes Meer uns entgegenkamen, und er packte eine halbnackte Negerin am Handgelenk. Sie war wie eine Frau, die sich einem Turm gegenüber sieht. Sie sagte: Du bist so stark, mein Schatz, und sie küßte ihn mitten auf den Mund. Doch bevor noch das Meer uns umschlingen konnte, waren wir durch die Schwingtüren hinaus wieder auf der Straße und in der Mittwinternacht, wo das Mondlicht, salzweiß nicht mehr, windlos über der Stadt hing. Sie waren die Feinde der Nacht, die eine Lampe aus dem Auge des Teufels machten; wir aber folgten einem Mitternachtsglanz um die Ecke. Wie zwei verzauberte Brüder stapften wir in glitzernden Rotationsspuren. Die Leute mit ihren feuchten Hüten und Regenmänteln im gleißenden Licht der Schaufenster rempelten uns an auf dem Pflaster, und ein Gassenjunge packte mich am Ärmel. Kaufen Sie einen Almanach, sagte er. Es war das bittere Ende des Jahres. Jetzt war das Ende des Sternenfalls, der Himmel war ein Loch im Weltenraum. Wie lange, wie lange noch, Herr des Hagels, soll meine Stadt weiterschaukeln, und wie lange noch sollen die sieben tödlichen Meere ohne Ebbe und Flut unermüdlich den Mond erwarten, das bittere Ende als letzte Tidenbewegung des ganzen Zyklus. Daniel klagte, als er dem Mitternachtsglanz zur Tür der Tödlichen Tugend folgte, wo das Licht erlosch und die sieben Drucke verblichen. Auf ewig erklommen wir die Stufen eines Meeresturmes und riefen laut von den Erkern, damit wir auf der Hut wären, als wir stiegen, vor dem rostigen Folterbett und der eisernen Jungfrau in den Ecken des Turmes. Platz für Mister Dom und seinen Freund. Da wir in die Tödliche Tugend traten, hörten wir unsere Namen aus dem Lautsprechertrichter des hölzernen Götzenbildes über dem mittleren Spiegel, und als wir, da das Orakel fortfuhr, in den Spiegel starrten, sahen wir durch den Rauch zwei verzerrte Gesichter grinsen. Platz da, trompetete der Trichter, für Daniel, das Zerstörungs-As, für Dom, den Trinker aus Teufelsküche, und für den Ratsherren der Geister. Ist der Übersetzer des Manuskripts der Menschen seine wandelnden Kapitel, sagte der Trichtergesichtige, ein Mitglied meiner Tödlichen Tugend? Was ist die Farbe des Erzählerblutes? Setzt ihm einen Blutegel an den Unterarm. Platz da, rief das Götzenbild, für Herrn Träumer, den kahlen und nackten, er hat die blauesten Venen diesseits des blutfarbenen Meeres. Als das Gesichtermeer sich teilte, die Damen mit den entblößten Rücken sich scharrend von der Theke entfernten und die Stelzenmänner, jene mit den Streichholztaillen im fest geschnürten Korsett und Brüsten wie Frauen, sich in die dunkleren Ecken des Barraums verzogen, da stolperten wir auf die feurigen Flaschen zu. Schnaps für den Träumer und den Pilger, sagte die hölzerne Stimme. Meine Herren, meine Ansage, sagte der lebendige Lautsprecher, Tod diesem Haus. Dann geschah es, in den verwirrten Stunden eines neuen Morgens, als wir umgeben waren von den toten Gesichtern der Trinker, dem Heulen verlorener Stimmen und den Worten des einen elektrischen Bildes, daß Daniel, dem die Haare zu Berge standen, mir zum ersten Mal vom Tod über der Stadt und dem verlorenen Herzenshelden klagte. Es darf keinen Waffenstillstand für die geschlechtslosen goldenen Sänger und die schwefeligen Hermaphroditen geben, für das fliegende Tier und den wandernden Vogel, die um uns kämpfen, für das Horn und den Flügel. Ich könnte beim Blinzeln in mein Glas die Stimmen der feurigen Jungfrauen entzünden, das branntweinbraune Tier und den Vogel fangen, da sie in Schwaden vor meinen Augen waren, und den Engel mit dem Doppelgeweih küssen. Nein, nicht vergeblich flankierten diese zwei ungreifbaren Schnapsmaiden Daniel, der mit der Spritze in der Hand ausrief: Öffnet eure koksweißen Beine, ihr Damen der Nadel, Donner Daniel Dom ist die Blitzmedizin und der Arzt zugleich.

Jetzt fuhr von der toten Straße ein Wind durch den Raum; vom gemarterten Turm, wo zwei Männer in Ketten lagen und ein Loch die Wand durchbrach, hörten wir unsere eigenen Schreie die Schnapsschwaden und die Musik des Lautsprechers durchdringen. In unserem Turmesschmerz grapschten wir nach den tanzenden Kreuzkartenschatten, nach den von der Schulter bis zur Brustwarze mit einer tanzenden weißen Gestalt tätowierten schwarzen Mädchen, die mit schneckenköpfigen Binsen bekleidet waren und wie Geweihe den höchsten Stich aufgesetzt bekamen. Doch sie entschlüpften uns in die Ekken, wo ihre unsichtbaren schwarzen Liebhaber präsent waren für eine neue Partie. Und die Musik wurde lauter, bis sich der Schrei vom Turm in ihr verlor, und noch einmal taumelte Daniel einem geschminkten Schatten hinterher, der ihn auf einem gewundenen Weg durch Rauch und Tänzer an das farbfleckige Fenster führte.

Unter ihm lag schlafend die Stadt, eingerollt in ihre Straßen und Häuser, beleuchtet von ihren eigenen wachsroten und eisernen Sternen, darüber ein Mondgebäude und spitze Türme, die über dem Bett sich kreuzten. Schwankend an seiner Seite starrte ich hinunter auf die rauchlosen Dächer und die abgebrannten Kerzen. Die Zerstörung schlief. Der Raum hinter uns floß, wie vier Wasser, langsam durch die sieben Abflüsse der Stadt in ein schwarzes Meer. Eine Welle fing mit ihrem Mund den lebenden Lautsprecher und saugte auf das Holz und die Musik. Zum letzten Mal kreiste eine berghohe Welle die Trinker ein und zog sie hinab aus der Welt des Lichts auf ein krabbelndes Meeresbett; wir sahen eine Flut springen und die letzten hellen Augen versinken, sahen den letzten bloßen Kopf, abgeschnitten wie ein Strohhalm, weinend ins zerstörende Wasser fallen. Daniel und ich standen allein in der Stadt. Wir sahen den Sternenfall, der die Nacht verstreute. Die gläsernen Lichter auf dem Eisen erloschen, und die Wellen verrannen im Straßenpflaster.

Die Landkarte der Liebe

Hier«, sagte Sam Rippe, »hausen die Tiere mit zwei Rücken.« Er zeigte auf seine Landkarte der Liebe, ein Viereck von Meeren und Inseln und seltsamen Erdteilen, mit einem Wald der Finsternis an jedem Rand. Die Insel mit zwei Rücken auf der Linie des Äquators wich vor seiner Berührung zurück wie die Haut eines Aussätzigen, und das Blutmeer rundum fand in seinen Gewässern neue Bewegung. Hier brach sich am äußersten Rande der brandenden Flut der Samen an den kochenden Küsten, die Sandkörner vermehrten sich, die Jahreszeiten vergingen; der Sommer ging in väterlicher Hitze zum Herbst und zu den ersten stichelnden Schärfen des Winters hinab und ließ die Insel aus ihren Höhlungen die vier Winde formen.

»Hier«, sagte Sam Rippe und grub seine Finger in die Hügel einer kleinen Insel ein, »wohnen die ersten Tiere der Liebe.« Und hier, das wußte er, vermischte sich die Ausgeburt der ersten Liebe mit allerlei Gras, das ihr grünes Aufkeimen ölte und mit seinem eigenen Wind und Saft das erste Röcheln der Liebe nährte, das nie die Antwort seiner Nerven in den Gefährtenhalmen fand, ehe der Frühling kam.

Beth Rippe und Reuben merkten sich das grüne Meer rund um die Inseln. Es lief durch die Landrisse wie ein Junge durch seine ersten Höhlen. Unter dem Meer merkten sie die in Skelettfarbe gemalten Kanäle, die die Insel der ersten Tiere mit den Sumpfgegenden verbanden. Aus Scham vor den halbflüssigen Pflanzen, die aus dem Sumpf aufwucherten, vor den federgezeichneten Giften, von denen es im Gras wimmelte, und vor der Paarung im zweiten Schlamm erröteten die Kinder.

»Hier«, sagte Sam Rippe, »ziehen zwei Wetter.« Er zog mit dem Finger die leichteingezeichneten Dreiecke von zwei Winden nach und die Münder von zwei in die Ecke gedrängten Blasengeln. Die Wetter bewegten sich nach einer Richtung. Einzeln krochen sie über die Abscheulichkeit des Sumpfes hin, zufrieden im Schatten ihrer eigenen Regen oder Schneegestöber, im Lärm ihrer eigenen Seufzer, in den Freuden ihrer eigenen grünenden Schmerzen. Die Wetter zogen wie ein Mädchen und ein Junge durch die wogende Welt, durch den Meersturm, der unter ihnen zog und dessen Wolken sich in viele Wutausbrüche von Bewegung teilten, als sie die ungefüge Wand von Wind anstarrten.

»Kehret zurück, synthetische Verlorene Söhne und Töchter, zu eures Vaters Laboratorium und zu dem gemästeten Kalb im Probierglas!« deklamierte Sam Rippe. Er deutete die Ortsveränderung an, die Federstriche der beiden verschiedenen Wetter, die über die tiefe See zogen, und das zweite Auseinanderklaffen der Welten der Liebenden. Die Blasengel bliesen stärker, der Wind der beiden wendischen Wetter und die Schaumspritzer des einen einzigen Meeres wehten und trieben weiter und immer weiter; auf dem einzigen Strand der beiden gepaarten Länder standen die Wetter still. Sie vermischten sich untereinander als zwei nackte Türme über den zwei in zwei Körnern aus einer Million Sandkörner zusammengewachsenen Liebesleuten zu einer einzigen Kraft. Das sagten die Landkartenpfeile. Aber die Pfeile der Tinte schossen sie zurück. Zwei geschwächte Türme, naß von Liebe, zitterten sie über den Schreck ihrer ersten Vermischung, und zwei blasse Schatten wehten über das Land.

Beth Rippe und Reuben erkletterten den Hügel, der ein Auge aus Stein auf das gestreifte Tal warf. Hand in Hand liefen sie den Hügel hinab, sie sangen im Gehen und nahmen ihre Gamaschen ab, als sie das nasse Gras des ersten der zwanzig Felder erreichten. Es war ein Geist in dem Tal, der weiterrollen würde, wenn all die Hügel und Bäume, Felsen und Bäche unter dem Westtod begraben sein würden.

Hier war das erste Feld, in dem der tolle Jarvis vor hundert Jahren seinen Samen in den Bauch eines kahlköpfigen Mädchens gesät hatte, die zu Fuß aus einem fernen Land gekommen war und mit ihm in den Wehen der Liebe gelegen hatte.

Hier war das vierte Feld, ein Ort des Staunens, wo selbst die Toten ganz benebelt mit trunkenen Beinen aus ihren trockenen Gräbern aufwirbeln konnten oder wo die gefallenen Engel auf den Wassern der Ströme miteinander kämpften.

Tiefer in den Boden des Tales eingepflanzt als die blinden Wurzeln ihren Gefährten nachwühlen konnten, erhob sich aus Finsternis der Geist des vierten Feldes und zog das Tiefe und das Finstere aus den Herzen aller, deren Füße den Boden des Tales betraten, zwanzig Meilen weit und noch weiter vor den Grenzen des gebirgigen Landes.

Im zehnten und mittleren Feld klopften Beth Rippe und Reuben an die Türen der ebenerdigen Häuser und fragten nach der Lage der ersten Insel, die von liebenden Hügeln umgeben sei. Sie klopften an die Hintertüre und empfingen eine gespenstige Mahnpredigt.

Barfuß und Hand in Hand liefen sie durch die zehn übrigen Felder, bis an den Rand des Idriswassers, wo der Wind nach Seetang roch und der Geist des Tales immer voll Meerregen war. Aber die Nacht kam herab, die Hand auf die Hüfte gestemmt, und Gestalten in den weiter entfernten Läuften des nunmehr nebligen Flusses zeichneten eine neue Gestalt ganz in ihre Nähe. Eine Inselgestalt, ummauert von Finsternis, eine halbe Meile flußauf. Sie sahen die Gestalt wachsen, ließen ihre Hände, die sich mit den Fingern ineinander verklammert hatten, los, zogen ihre Sommerkleider aus und liefen nackt in den Fluß hinein.

»Flußauf, flußauf«, flüsterte sie.

»Flußauf«, sagte er.

Sie trieben flußauf, und eine Strömung zerrte an ihren Beinen, aber sie kämpften gegen die Strömung an und schwammen auf die immer noch wachsende Insel zu. Dann stieg Schlamm vom Flußbett auf und zog an Beths Füßen.

»Flußab, flußab«, rief sie und kämpfte gegen den Schlamm.

Reuben kämpfte, in die Binsen verstrickt, gegen die grauen Röhrichtköpfe, die gegen seine Hände ankämpften, und folgte ihr zurück zum Rande des meerwärts verlaufenden Tales.

Aber als Beth schwamm, kitzelte das Wasser sie, das Wasser legte sich an ihre Seite.

»Meine Geliebte«, rief Reuben, erregt vom Kitzel des Wassers und von den Händen der Binsen.

Und als sie nackt auf dem zwanzigsten Feld standen, flüsterte sie: »Mein Geliebter.«

Zuerst warf die Angst sie zurück.

Naß, wie sie waren, zogen sie ihre Kleider an.

»Über die Felder«, sagte sie.

Über die Felder, auf die Hügel und auf das Hügelhaus von Sam Rippe zu liefen die Kinder wie schwach gewordene Türme, nicht mehr Hand in Hand, sondern aus der Fassung gebracht vom Schlamm und errötet über das erste Kitzeln des nebligen Inselwassers.

»Hier«, sagte Sam Rippe, »hausen die ersten Tiere der Liebe.«

In der Kühle eines neuen Morgens hörten die Kinder zu, zu verängstigt, um einander an der Hand zu halten. Wiederum berührte er den nachgiebigen Hügel oberhalb der Insel und zeigte auf die fortschreitenden Skelettkanäle, die Schlamm mit Schlamm verbanden, grünes Meer mit dunklerem, und alle Hügel und Inseln der Liebe zu einem einzigen Gebiet verbanden. »Hier paart sich das Gras, hier paart sich das Grün, und die Körper«, sagte Sam Rippe, »und die trennenden Gewässer paaren sich und werden gepaart. Die Sonne mit dem Gras und dem Grün, der Sand mit dem Wasser und das Wasser mit dem grünen Gras, sie alle paaren sich und werden gepaart, um den Erdball zu tragen und zu ernähren.« Sam Rippe hatte sich mit einer grünen Frau gepaart, wie Großonkel Jarvis mit seinem kahlköpfigen Mädchen; er hatte sich mit einem weiblichen Wasser gepaart, daß es das Kind tragen und nähren sollte, das da neben ihm errötete. Er zeigte auf die Sumpfflächen, die so nahe am ersten Tier lagen, das seinen Rücken doppelt machte, und auf die Runde der doppelten Tiere unter einem Hügel, der so hoch war wie des Großonkels Hügel, der am gestrigen Abend die Stirne gerunzelt und sich in Steine gehüllt hatte. Des Großonkels Hügel hatte den Kindern die Füße zerschnitten, denn die Laufschuhe und die Gamaschen lagen für immer verloren im Gras des ersten Feldes.

Beth Rippe und Reuben dachten an den Hügel und saßen still da. Sie hörten Sam sagen, daß der Hügel der ersten Insel beim Abstieg weich wie Wolle werde oder glatt wie Eis zum Schlittenfahren. Sie erinnerten sich an den zahmen Abstieg gestern abend.

»Zahmer Hügel«, sagte Sam Rippe, »wird wild für die, die hinaufsteigen.« Den Hügel der Heranwachsenden säumte ein weißer Wegrand von Steinen und Eis, der die Zeichen von gleitenden Füßen oder Schlitten der Kinder trug, die ihren Weg hinabnahmen. Ein anderer Weg kletterte vom Fuß aus hinauf, mit einer Linie von rotem Stein und Blut, die die Zeichen der zerrissenen Fußabdrücke der hinaufsteigenden Kinder trug. Der Abstieg war weich wie Wolle. Wenn man auf der ersten Insel versagte, dann hüllte sich der aufsteigende Hügel in ein scharfes Etwas aus Steinen.

Beth Rippe und Reuben vergaßen keinen Augenblick die buckligen Felssteine und Feuersteinsplitter im Gras, und sie wandten sich zum ersten Mal an jenem Tag einander zu. Sam Rippe hatte ihn gemacht und würde auch ihr ihre Gestalt geben, würde den Knaben und das Mädchen zusammen zu einem doppelten Kletterer machen und formen, der die Insel suchte und dort zu einer einzigen Kraft verschmolz. Wieder erzählte er ihnen vom Schlamm, aber er versetzte sie nicht in Schrecken. Und die grauen Köpfe der Binsen waren zerbrochen, so daß sie in den Händen des Schwimmers nie wieder aufquellen würden. Der Tag des Aufstiegs war vorüber. Der erste Abstieg blieb, ein Hügel auf der Landkarte der Liebe, zwei Zweige aus Stein und Oliven in den Händen der Kinder.

Synthetischer Verlorener Sohn und Tochter, so kehrten sie in jener Nacht zum Zimmer des Hügels zurück, durch Höhlen und Kammern, die zum Dach hinaufliefen, sahen das Dach der Sterne und waren glücklich im Halt ihrer Hände ineinander. Dort vor ihnen lag das gestreifte Tal, und das Gras der zwanzig Felder fütterte das Vieh; das Nachtvieh bewegte sich längs der Hecken oder schlabberte das warme Idriswasser. Beth Rippe und Reuben rannten den Hügel hinab, und die zarten Steine lagen still unter ihren Füßen; rascher rannten sie die Flanke des Jarvis hinab, den Wind in ihren Haaren, den Meergeruch in ihre bebenden Nüstern geweht, vom Norden her und vom Süden, wo kein Meer war; und sie liefen langsamer und erreichten das erste Feld und den Rand des Tales und fanden ihre Gamaschen säuberlich in einem von Kühen ausgetretenen Fleck im Gras.

Sie knöpften ihre Gamaschen an und liefen durch die fallenden Halme.

»Hier ist das erste Feld«, sagte Beth Rippe zu Reuben.

Die Kinder blieben stehen, die mondbeschienene Nacht ging weiter, und eine Stimme sprach aus dem Hekkendunkel.

Die Stimme sagte: »Ihr seid die Kinder der Liebe.«

»Wer bist du?«

»Ich bin Jarvis.«

»Wo bist du?«

»Hier, meine Lieben, hier in der Hecke mit einer weisen Frau.«

Aber die Kinder liefen vor der Stimme in der Hecke davon.

»Hier im zweiten Feld.«

Sie blieben stehen, um Atem zu holen. Und ein Wiesel lief quiekend über ihre Füße.

»Halt fester.«

»Ja, ich halte dich fester.«

Da sprach die Stimme: »Haltet euch fest, ihr Kinder der Liebe.«

»Wer bist du?«

»Ich bin Jarvis.«

»Wo bist du?«

»Hier, hier, ich liege bei einer Jungfrau aus Dolgelley.«

Im dritten Feld lag der Jarvismann und liebte ein grünes Mädchen, und während er sie die Kinder der Liebe nannte, lag er und liebte ihren Geist und den Geruch der Buttermilch in ihrem Atem.

Er liebte ein Krüppelweib im vierten Feld, denn ihre verrenkten Glieder ließen die Liebe länger dauern, und er verfluchte die geradegewachsenen Kinder, die ihn mit einer geradegliedrigen Geliebten im fünften Feld fanden, das das Viertel begrenzte.

Ein Mädchen von der Tigerbucht hielt Jarvis fest, und ihre Lippen zeichneten ein rotes, zersprungenes Herz auf seine Kehle; das war das sechste, wetterzerrissene Feld, wo er sich ihren beißenden Händen entwand und dabei deren Unschuld sah, zwei Blumen, die im Ohr einer Sau schwankten. »Meine Rose«, sagte Jarvis, aber die siebente Liebe roch in seinen Händen, seinen fingernden Händen, die Glamorgans Geschwür unter der achten Hecke festhielten. Eine heilige Frau aus dem Kloster von Bethels Herz diente ihm beim neunten Mal.

Und die Kinder im mittleren Feld schrien, als zehn Stimmen aufstiegen, aufstiegen und niederstiegen aus den zehn Räumen der Halbnacht und der umheckenden Welt.

Es war ganz und gar Nacht, als sie antworteten, als die Stimmen der einen Stimme leidenschaftlich auf die zweistimmige Frage antworteten, die unter den Schlägen der höher und höher steigenden und tiefer fallenden Luft läutete.

»Wir«, sagten sie, »sind Jarvis, Jarvis unter der Hecke, in den Armen einer Frau, einer grünen Frau, einer Frau so kahl wie ein Dachs, Jarvis auf den Lenden einer Nonne.«

Sie zählten die Zahl ihrer Lieben vor den Ohren der Kinder. Beth Rippe und Reuben hörten die zehn Orakel, und scheu fügten sie sich. Über die übrigen Felder, beim Geflüster der letzten zehn Geliebten, zur Stimme des alternden Jarvis, grauhaarig in den letzten Schatten, eilten sie den Wellen des Idris zu. Die Insel leuchtete, das Wasser babbelte, es war eine Bewegung von Gliedern in jedem Streich des Windes, der auf den flachen Fluß einschlug. Er zog ihr die Sommerkleider aus, und sie hielt ihre Arme, daß sie aussahen wie ein Schwan. Der nackte Knabe stand neben ihrer Schulter, und sie drehte sich um und sah ihn in die kleinen Wellen tauchen, die sie aufgepflügt hatte. Hinter ihnen entglitten die Stimmen ihrer Väter außer Hörweite.

»Flußauf«, rief Beth, »flußauf.«

»Flußauf«, antwortete er.

Nur die auf der Landkarte verzeichneten warmen Wasser liefen in jener Nacht über die Ränder der Insel der ersten Tiere, die weiß unter einem neuen Mond lag.

In der Richtung zum Anfang hin

Im leichten Zelt im schwingenden Feld im großen Frühlingsabend, nahe der See, und dem strandkiesgesteinigten Boot mit dem Mast aus Zedernholz, dem Heck voller Säbel und Muscheln, einem gefalteten lachsfarbenen Segel und zwei breitflossigen Rudern; unter den Möwen, die hoch oben vorbeiflogen, im gleichen Schwarm mit Storch, Pelikan und Sperling auf dem Flug zum Ende des Ozeans und zum ersten Samenkorn eines zeitlosen Landes, das auf dem Kopf einer Sanduhr wirbelt: ein Reifen aus Federn hinab ins Dunkel des Frühlings in einem Drunterunddrüberjahr; als die Felsen in der Geschichte mit jedem Zug und gekritzelten Glied, jedem Nadelöhr, mit jedem Schatten eines Nervs und jedem Schnitt ins Herz, mit gespaltener Faser und tönernem Faden für den Wortschwall der Odyssee verzeichneten, wie das Lorbeerblatt fiel und die Eiche stürzte und der Mondstein an meuchlerischen fleischgewordenen untoten gezählten Wellen zersplitterte, wurde in der Richtung zum Anfang hin ein Mensch geboren. Und aus dem Schlaf, in dem die Mondscheibe ihn mit den Bergen in ihren Augen und mit den starken, äugigen Armen hochgehoben hatte, die hinter ihr voller Gezeiten und Finger zur umwehten See niederfallen, rappelte er sich hoch über den Rand des Abends, schwang sich in den Anfang wie eine Wildgans in den Himmel und rief seine Furien nach dem vom Wind gezeichneten Register des Grabes und der Wasser beim Namen. Wer war diese Fremde, die daherkam wie eine Hagelschloße, in Eis geschnitten, einen schneeblättrigen Seebusch als Haar und größer als ein Zedernmast; sie, um die der nordweiße Regen niederströmte und die walfischgepeitschte See von einer Fischerstadt auf der schwimmenden Insel hochgeworfen wurde bis zu den Höhlen ihres Auges? Sie war Salz und war weiß und unterwegs wie das Feld, das mit seinen Vögeln auf einem einzigen Halm um sie geschlungen war, wie der Abend, dessen Mittelpunkt im nie stillen Herzen lag; er hörte ihre Hände in den Baumwipfeln – eine Feder tauchte nieder, ihre Finger flossen über die Stimmen –, und die Welt durchlief im Ertrinken die Geschichte einer Sirenenfremden von Gras und Wassertieren und Schnee. Die Welt wurde eingesaugt bis auf den letzten Tropfen des letzten Sees; der Wasserfall des letzten Teilchens hetzte als Schaum zu Boden, als hätte der Regen vom Himmel seine Wolken kielkenternd fallen lassen wie Manna aus den weichen Bäuchen der Jahreszeiten, und der harte Hagel fiel und verbreitete und verwirrte sich in einer Wolke, halb Blume, halb Asche, oder der kammfüßige Wind der Aasvögel, der eine aus Schlamm aufgetürmte Pyramide durchwehte, oder das sanfte, sachte Treiben von mit Blättern vermengtem Dunst. Genau in der Mitte des kreisenden Zaubers war er ein Küstenmann in tiefer See, mit seinem Haar an das Auge auf dem Zyklopenbusen gebunden und mit den Saiten seiner umspülten Schenkel unter die Bänder ihrer Stimme gespannt. Weiße Bären schwammen, und Matrosen ertranken beim Glasklang der Musik, die sie mit Händen und Fabeln aus seinem aufrechten Haar hämmerte und zupfte; sie zerrte sein Entsetzen an den Ohren und brachte ihn singend ans Licht durch den Wald der schlangenhaarigen, versteinernden Stimme. Über ihre eigene erstarrte Schulter zurück starrte die Offenbarung. Was war ihre Schöpfungsgeschichte: der letzte Funke des Gerichtes oder die Springflut des ersten Walfisches aus dem Wasserland? Die Brunst des Feuers am Ende vor der Aschenurne, ein hochauftanzender Totenbrand, einer versprühten Rakete noch heißer Stumpf, oder eine verlöschende Wassermütze über dem Kerzengipfel, wo der erste Frühling und seine Torheit die Schranken des Meeres überkletterten und die Schleusen und Schlösser des Gartens waren? Wer war sie, deren Bild im Wind, deren Spur auf der Klippe war, deren Echo auf Antwort pochte? Sie hatte einen Golddrosselglorienschein und Schlangenhaare. Sie regte sich im verschlingenden salzigen Feld, in der Chronik und in den Felsen, in den dunklen Anatomien und selbst im Grunde der verankerten See. Sie wütete im Schoß des Maultiers. Sie stolperte in der galoppierenden Dynastie. Sie war laut im alten Grab und hielt in der Sonne einen stillen, lebhaften Mund. Er nahm ihr ausgestoßenes Ebenbild wahr, mit eines Nachtmahrs Fuß in Gift abgedruckt und in den Wind gerahmt; den Abdruck ihres Daumens, der sich vor ihrer Hand mit einem schwimmhäutigen Schatten krümmte; die Befragung des vertrauten Echos: »Was ist die Geschichte meiner Schöpfung; die Springflut aus Granit, die dort, wo die erste Flamme in die gemeißelte Welt geworfen ist, löscht und ertränkt, oder das Freudenfeuer mit seiner Löwenmähne jenseits der Schwelle der letzten Gruft?« So fuhr an jenem Abend eine einzige Stimme auf den Wellen des Lichtes und des Wassers dahin, ein einziger Gesichtszug nahm die gleitenden, wechselnden Launen an. Von dort, wo die grüngoldene Spanische Fliege der See die Spur des Tintenfisches färbt, kroch ein einziges Gift durch den Schaum, und aus allen vier Ecken der Weltkarte pustete ein einziger Blasengel in Gestalt einer Insel die Wolken hinaus auf die See.

II
Kritik

Wilfred Owen

Dies ist kein Buch von Helden. Die Dichtung Englands
ist noch nicht
fähig, von ihnen zu sprechen. Es ist auch kein Buch von
Taten oder Ländern,
und auch nicht von Ruhm, Ehre, Herrschaft oder Macht,
nur vom Krieg.

Vor allem geht es diesem Buch nicht um Dichtung.
Sein Thema ist der Krieg und der Jammer des Krieges.
Die Dichtung liegt im Jammer.
Und doch richten sich diese Elegien an diese Generation,
und es ist keineswegs als Trost gemeint.

Vielleicht richten sie sich an die nächste.
Alles was der Dichter heute tun kann, ist warnen.
Darum müssen die wahren Dichter die Wahrheit sagen.

Und das ist Wilfred Owens Vorwort zu einem Band seiner Gedichte, der England und der unduldsamen Welt die Dummheit, Unnatur, Entsetzlichkeit, Unmenschlichkeit und Ununterstützbarkeit des Krieges zeigen und die heroischen Lügen entlarven sollte, so daß alle sie erleiden und sehen konnten, die Bereitwilligkeit der Alten, die Jungen zu opfern, die Gleichgültigkeit, die Trauer, die Seele der Soldaten.

Dieser Band, wie er Wilfred Owen im Schützengraben, Granattrichter und Lazarett vorschwebte, im irren Mittelpunkt der Schlacht, in der zusammengesackten und ahnungsvollen Stille des Krankenurlaubs, ist nie erschienen. Aber viele der Gedichte, die in diesen Band aufgenommen werden sollten, sind geblieben, mit all ihrer Angst, wie damals, mit ihrer fortdauernden Schönheit, ihrer offenbaren Wahrheit und ihrer unbeachteten Warnung.

Wilfred Owen wurde 1893 geboren und 1918 getötet. Mit fünfundzwanzig Jahren war er der größte Dichter des ersten großen Krieges. Vielleicht wird er in Zukunft, wenn es dann noch Menschen gibt, die lesen – und damit will ich sagen, wenn es dann überhaupt noch Menschen gibt –, als einer der großen Dichter aller Kriege betrachtet werden. Aber nur der Krieg selbst kann das Problem der endgültigen Wahrheit seiner Dichtung oder der Dichtung irgendeines anderen wirklich lösen, der Krieg oder das Aufhören der Kriege.

Und dieses Mal, da, nach den Worten eines amerikanischen Kritikers, das Weltpublikum Zeuge dessen ist, was sehr wohl der letzte Akt seiner eigenen Tragödie sein könnte, und auf Hauptdarstellern besteht, die unsinnig genug sind, einen Weltuntergang zu inszenieren, spricht die Stimme der Dichtung Wilfred Owens zu uns von den kreisenden Bühnen dreier Jahrzehnte herab mit furchtbarer neuer Bedeutung und Stärke. Wir hatten seine Dichtung nicht vergessen, aber vielleicht hatten wir uns gestattet, ihrer nur als der Stimme *einer* ganz besonderen Zeit, *eines* Ortes, *eines* Krieges zu gedenken. Nun, am Anfang dessen, was in Zukunft Geschichtsschreibern vielleicht niemals als das Atomzeitalter bekannt sein wird – aus dem einfachen Grund, daß es vielleicht keine Geschichtsschreiber geben wird –, können wir beim Wiederlesen Owens sehen, daß er ein Dichter aller Zeiten, aller Orte und aller Kriege ist. Es gibt nur einen Krieg: den Krieg von Menschen gegen Menschen.

Owen hat uns weniger als sechzig Gedichte hinterlassen, viele davon vollendete Kunstwerke, manche davon Fragmente, manche in einigen Fassungen und Korrekturen; und das letzte von all seinen Gedichten erstirbt mitten in einer Zeile: »Laß uns nun schlafen...« Ich werde nicht versuchen, seinen kurzen Lebenslauf nachzuzeichnen, von den ersten Nachahmungen seines geliebten Keats bis zum letzten überströmenden Flüstern »Schlafen« unten in den tiefen und widerhallenden Tunnels seiner »Seltsamen Begegnung«. Das hat schon Edmund Blunden getan, mit Geschick und Liebe, in der Einführung zu seiner wahrscheinlich endgültigen Ausgabe der Gedichte. Seine gesammelten Gedichte sind ein kleines, gewaltiges Buch. Die Arbeit – und gearbeitet hat er immer an seinen Gedichten wie ein Besessener oder wie eben ein Dichter – schritt von einer schwellenden Verzierung der Sprache, von einer blendenden, aber nur geborgten Melodie und einem ehrlichen Gefühl fort zu dunklen, schweren Assonanzen und Rhythmen, zu geläuterten und ineinander verwachsenen Worten, zu zürnendem Mitleid und prophetischem Ausspruch.

Aber das alles sind nur Worte, nur meine Worte. Wir wollen ihn hören, bevor wir versuchen ihn zu sehen, zu sehen auf irgendeiner flammenerhellten Lichtung auf den Schlachtfeldern Frankreichs und der Erde. Dieses Gedicht heißt *»Ausgesetzt«*.

I.

Unsere Hirne schmerzen in mitleidlos eisiger Ostwinde
Klammern...
Müd halten wir uns wach, denn die Nacht ist voll Stille...
Leuchtkugeln verwirren unseren Sinn für die Stelle.
Die Posten, bestürzt von der Ruhe, flüstern, klamm und
Doch nichts geschieht. [beklommen...

Wir wachen und hören den irren Wind am Stacheldraht
zerrn,

Wie Männer, die zuckend verrecken in seinen Dornen-
hecken.
Im Norden der Artillerie endloses Flackern und Hacken,
Wie eines anderen Krieges ferner, gedämpfter Zorn,
Was tun wir hier?

Des Tagesanbruchs Elend wird langsam bitter und groß...
Wir wissen: Krieg geht weiter, Regen näßt, Wolken
tropfen.
Im Osten sammelt der Morgen seine traurigen trüben
Truppen,
Greift wieder an in Reihen um Reihen zitternden Graus,
Doch nichts geschieht.

Auf einmal streichen Kugeln da und dort durch die Stille,
Nicht tödlicher als die Luft, die schaudert schwarz vor
Schnee,
Im Fluß der Flocken, die fliegen dort und da
Und tanzen im Wind und bleiben an keiner Stelle...
Doch nichts geschieht.

II.

Blasse Flocken, verzagt und heimlich, tasten nach
unserm Gesicht
Wir hocken in Löchern, gelehnt an vergessne Träume,
vom Schnee gestellt
Und schauen tief in Gräben voll Gras. So dösen wir,
sonnegestillt
Von Blütenblättern bedeckt, dorthin, wo die Amsel uns
Ist's, daß wir sterben? [sucht.

Unsre Geister ziehn langsam heim, dort flackert Kamin-
feuerbrunst,
Dunkelrot Schlackenjuwelen, und Heimchen zirpen und
tönen,

Die harmlosen Mäuse freun sich viele Stunden: das Haus
gehört ihnen.
Läden und Türen sind alle geschlossen: geschlossen für
uns –
Wir kehren zurück zu unserem Sterben.

Weil wir glauben, sonst könnten freundliche Feuer nicht
brennen,
Noch Sonnen je scheinen gut auf Kind oder Feld oder
Frucht.
Dem unbesiegbaren Frühling Gottes gilt unsere Furcht:
Dazu sind wir geboren, dazu liegen wir hier bei den
Würmern.
Denn Gottes Liebe scheint zu sterben.

Heut nacht breitet sich Sein Frost auf den Schlamm und
uns selber aus.
Runzelt Stirnen stier und läßt Hände erstarren zu Fängen.
Die Totengräber-Patrouille, Spaten in zittrigen Fingern,
Hält vor halbbekannten Gesichten. All ihre Augen sind
Doch nichts geschieht. [Eis. –

Wer hat das geschrieben? Ein Junge von 23 oder 24 Jahren, in bequemen Verhältnissen geboren und erzogen, ernsthaft, literaturbeflissen, scheu, nie zuvor etwas Rauherem »ausgesetzt« als einer Überfahrt über den Ärmelkanal, mit einer Vorliebe für Endymion und frische Luft, bisher Tutor an der Universität. Kurz zuvor, in Briefen an seine Mutter von der Somme im Jahre 1917, in jenem höllischen Winter, hat er noch geschrieben: »Es ist ein großes heldisches Gefühl, in Frankreich zu sein, und ich bin durchaus guten Mutes.«... Oder er schrieb von seinen Kameraden: »Die rauheste Gesellschaft hartgesottener Sünder, in die ich je gepfercht wurde.« Als er zum ersten Mal die Kanonen hörte, schrieb er: »Es war ein Ton nicht ohne etwas Erhebendes.«

Und *dieser* junge Mann, der zuerst so konventionell, so sehr im Einklang mit seinen vorgefaßten Ideen von »Kampfesruhm« und ähnlichem Zeug reagiert hatte – Ideen, die er sehr bald darauf zerfetzen und zu Schlacken verbrennen sollte –, war es, der dieses Gedicht geschrieben hat. Es war dieser junge Mann in Stahlhelm und Lederwams, in Fausthandschuhen, Gummistiefeln, im frierenden Regen der überfluteten Schützengräben, im Schlamm, der kein Schlamm war, sondern ein Riesenkrake aus saugendem Lehm, der die *»Hymne für die todgeweihte Jugend«* schrieb:

Die sterben wie das Vieh. Was Totenglocken!?
Nur der Kanonen ungeheurer Zorn,
Nur stotternde Gewehre ohne Stocken
Stammeln ihr hastiges Stoßgebet dort vorn.

Kein Spott für sie, kein Läuten und kein Beter
Und keine Trauerstimme. Chöre nur:
Granatenchor: schrill jaulendes Gezeter,
Und dann Trompetenruf von trüber Flur.

Wer hält auf ihrem Weg der Kerzen Schein?
Nicht Knabenhände. Nein, in euren Blicken
Soll heiliges Licht zum Abschied ihnen nicken.

Der Mädchenstirnen Weiß soll ihnen Bahrtuch sein,
Statt Blumen soll man zärtlich an sie denken,
Und jede Dämmerung soll Schleier für sie senken.

Darin liegt kein Widerspruch. Der lerneifrige, gesunde junge Mann mit seiner Liebe zur Dichtung, wie wir ihn gegen den sicheren Hintergrund der Schule, der Universität und seiner Aufgaben als Tutor sehen, ist genau derselbe, wie der düstere aber strahlende, selbstlose, entlarvende aber auch erhebende, unendlich zarte, demütige, aufgewühlte Seher und Verkünder der Hymne für die todgeweihte Jugend und für sich selbst. Es ist kein Unterschied, nur daß ihm die Welt geschehen ist. Und, wie Yeats einmal gesagt hat, alles geschieht in einem Lodern von Licht.

Die Welt war ihm geschehen. All ihr Leiden bewegte sich um ihn her und in ihm. Und sein intensives Mitgefühl für alle menschliche Furcht, für alle Angst und allen Schmerz und alles Leid erhielt die Stimme einer Posaune. Er wußte, so sicher, als wären ihm die Worte mit lauter Stimme verkündet worden, und das waren sie auch, obwohl sie die Worte der Wunden waren, von der Gestalt der Toten und von der Farbe des Blutes; er wußte, daß er allein unter den Menschen stand, um ihr Fürsprecher zu werden in ihrem Todeskampf, um die Mauern der Unwissenheit, des Hochmuts, der Kanzel und des Staats zu zerbrechen. Er stand da wie jedermann im Niemandsland:

Es ist wie der ewige Ort des Zähneklapperns; der Pfuhl der Verzweiflung konnte nicht Platz finden in einem seiner Kraterlöcher, die Feuer von Sodom und Gomorra könnten ihm keine Kerze entzünden – kein Licht, um einen Weg nach Babylon, der Gefallenen, zu finden.

Und aus diesem Erlebnis heraus schrieb er das Gedicht *»Größere Liebe«*.

Rote Lippen sind nicht so rot
Wie diese Stellen an Steinen, die die Engländer küßten im [Tod.
Der Liebenden zartes Beisammensein
Scheint Schande neben dieser Liebe rein.
Liebste, dein Auge ladet nicht mehr ein
Wenn ich die Augen seh, an meiner Statt verloht.

Dein Körper, der zart sprießt,
Zittert nicht zart, wie Glieder dolchgespießt
Die rollen, rollen außer Rand und Band
Von Gott nicht mehr erkannt,
Bis ihrer Liebe Brand
In letzter Brüchigkeit des Todes schließt.

Dein Mund singt nicht so schön,
Ob er auch raunt wie Wind in Giebelhöhn,
Er ist nicht wunderbar
Nicht zart und abendklar
Wie ihre Lippen (uns nun unhörbar)
Seit Erde stopft der Münder Notgestöhn.

Herz, du warst niemals heiß,
Nicht groß, voll, wie ein Herz voll heißen Bleis.
Ist blaß auch deine Hand:
Blasser ich fand
Sie, die dein Kreuz durch Hagel ziehn und Brand.
Wein, du darfst weinen, denn du rührst nicht ihren Kreis.

Es war unmöglich für ihn, die Austeilung des Leides an sich vorübergehen zu lassen. Er konnte von keiner Wunde aussagen, die nicht seine eigene war. Er hatte so viele Tode zu sterben, und nur ein so kurzes Leben, in dem er sie alle erleiden mußte. Es hat keinen Sinn, sich vorzustellen, was aus Owen geworden wäre, wenn er weitergelebt hätte. Owen mit 26 oder 27 Jahren, ausgesetzt der Hysterie und den explodierten Werten eines falschen Friedens. Oder Owen heute, 53 Jahre alt, und die halbe Welt hungernd. Über Lebensalter und über Gedichte kann man nicht verallgemeinern. Die Gedichte eines Menschen, wenn sie gut sind, sind immer älter als er selbst, und manchmal sind sie alterslos. Wir wissen, daß die Form und die Struktur seiner Gedichte sich immer rastlos verändert hätte, wenn auch der Zweck hinter Struktur und Form sicher unabänderlich geblieben wäre. Owen hätte immer technische Experimente gemacht, wäre immer tiefer und tiefer zur endgültigen Intensität der Sprache vorgestoßen: zu den Worten hinter den Worten. Dichtung ist ihrer Natur nach ein Experiment. Alle dichterischen Antriebe treiben zur Schaffung eines Abenteuers. Und Abenteuer ist Bewegung. Und das Ende jedes Abenteuers ist ein neuer Antrieb, wieder zur Schöpfung vorzudringen. Wenn Owen weitergelebt hätte, hätte er niemals aufgehört zu experimentieren; und so mächtig war der Antrieb hinter seinem Werk, und so verwoben seltsam seine ständig wachsende Meisterschaft der Worte, daß er nie aufgehört hätte, das Werk seiner Zeitgenossen zu beeinflussen. Wäre er am Leben geblieben, so wäre die englische Dichtung heute anders. Die Entwicklung der Dichtung ist von Zufällen diktiert. Doch auch so ist er einer der vier Größten mit den tiefsten Einflüssen auf die Dichter, die nach ihm kamen. Die drei anderen sind Gerard Manley Hopkins, W.B. Yeats mit seinem Spätwerk und T.S. Eliot.

Aber wir müssen zurückkehren, zurück von unseren Vermutungen, Verallgemeinerungen und Abstraktionen, zu Owens Dichtung selbst. Zum kurzen tapferen Leben, und zu den bleibenden Worten. Im Lazarett, wo er als »Fall von Neurasthenie« geführt wurden, beobachtete und erfuhr er die Martern der lebendig Toten, und er hat ihre »Philosophie« in dem furchtbaren Gedicht *»A Terre«*, festgehalten.

(Die Philosophie vieler Soldaten)

Setz dich aufs Bett. Bin voll Schrapnell und blind.
Vorsicht! Nein, ich geb keinem mehr die Hand.
Meine Arme meutern gegen mich – die Schlingel.

Die Finger zappeln wie zehn faule Bengel.
Soldatisch wollt ich draufgehn; doch nein, danke!
Man stirbt am Krieg wie an 'ner andern Kränke.
Verband liegt auf den Augen mir wie Münzen.
Meine Medaillen? Ja, daß sie nicht blinzeln!
Die bunten Orden? Meine eigene Haut
Geschunden rot vom Buckel. (Reim drauf heut!)

Kurz leben, aber lustig!? – Liebe Zeit!
Wir sagten früher: Nicht alt und zittrig sein...
Doch nun? ... Auch kahl und fett sein, wär noch schön!
Wenn ich auch nur ein Spott der Kinder blieb,
So hört' ich ihre Witze doch! ... Ich glaub,
Ein eigenes Kind könnt ich nur dreinhaun lehren,
Krieg, Schießen, Jagd, nur wehtun und vertieren...
Ja, das hab ich gelernt, – und Geld verdienen!
Hätt ich doch fünfzig Jahr noch, wie die deinen!
Sag mir, wie lang? Gott! Wärs doch nur *ein* Jahr,
Nur *ein* Jahr Luft, ich wollt sonst gar nichts mehr.
Ein Frühling nur, ist das zu viel? zu lange?
Der Frühlingswind, er fände meine Lunge
Mir wüchsen Beine, neu wie Flieder, bald!
Mein Bursch ist lahm, doch hör, wie fest der brüllt!
Wenn ich schon weg bin, kann er das noch lang!
Hier in dem Mumiensarg wünsch ich: wenns ging,
Möcht ich ihm später gern die Dielen fegen.
Auch ohne freien Tag wärs ein Vergnügen:
Auch Schmutz ist schön und ist mir nicht zuwider.
Schmutzhand ist besser als die Hand aus Moder,
Toter als hier die Sonnenstäubchen heut,
Kälter als Staub auf sonnenbrauner Haut.
Wär ich doch Schornsteinfeger, schwarz wie Stadt!
Trüg ich doch Mist, anstatt es selbst zu sein.
O Leben, Leben! Luft! Ratte im Graben,
Nicht schlimmer als unsres ist ein Rattenleben!

Wie die sich nachts im Keller sicher fühlen...
Die schießt man nicht zu Krüppeln, eh sie faulen!
Tote Menschen beneiden die lebenden Milben im Käs'
Oder gute Bakterien sogar um ihren Genuß,
Die teilen sich und finden nie den Tod.
Am besten habens Blumen, in der Tat:
»Ich werd Natur sein, eins mit Pflanzen, Steinen«
Sagt Shelley ... Shelley könnt nicht einmal stöhnen!
Der dümmste Tommy liebt schon den Vergleich;
Du kennst das Wort: »Wir stemmen Blumen hoch!«
So werde Korn mein Fett, mein Saft soll blühn,
Auch Totenseife nützt des Lebens Plan.
Wird wohl der Boche je Menschensuppe brau'n?

Auch das einmal, wenn...
Freund, mir ist gewiß
Viel wohler bei den Blumen, die ihr Gras
Friedlicher teilen – und den Regenguß.
Sanft wie vor Zeiten streichelt mich das Wasser
Und nichts als Sonne kann mich mehr berühren.
Schrapnells krepieren? Ich werd sie nicht hören,
Und zuck ich auch, so werd ichs doch nicht wissen.
Verlach nicht meiner Seele armen Trost!
Ich weiß, Soldaten wächst die Seele meist
Erst wieder, wenn sie grün sind: Gras und Baum...
Sonst läßt man sie hier lieber doch daheim...

Sie ist ein Schmerzlein, langt nach deiner Brust,
Steigt schluchzend auf zur Kehle, leicht verweht
Von andern Seufzern und von frischern Winden.

Trag meinen weinenden Geist, bis ihm der Durst vergeht
Nach Blut, das übrig blieb in diesen Wunden.

Ihn zu sehen, in seiner flammenerhellten Umgebung, gegen den Hintergrund der zernarbten und kraterzerklüfteten Kriegslandschaft, zitternd im Schnee unter dem schneidenden Wind, gefangen in einer gefrorenen Wüste, oder in einem Schlammofen weinend, daß seine »Sinne verkohlt sind«, das heißt einen Mann sehen, der zu redender Einmauerung verurteilt ist. Er begräbt seinen zerschmetterten Kopf in seine eigenen versengten Hände und ist selbst der Priester, der den Klagegesang leitet, der Selbstmörder, der Sonnenuntergang. Er ist das, was alle anrührt. Er ist die Glocke der Kirche des zerbrochenen Leibes. Er schreibt Liebesbriefe nach Hause, für die Toten, die nicht lesen und schreiben können. Unwissend, unbekümmert, unglücklich wie alle anderen blutbedeckten Soldaten ist er ihr Wortführer, von den Granaten zur Rede aufgerüttelt, obwohl vielleicht niemand versteht. Er ist es zufrieden, der Prophet zu sein, der nichts gilt in des Todes eigenem Land: Denn Ruhm war, wie er gesagt hat, das letzte Gebrechen, nach dem ihn gelüstete.

Keines von den Gedichten, die Sie hier gehört haben, wurde zu Owens Lebzeiten veröffentlicht. Er sah wenig oder nichts von seinen Werken in Druck. Aber ich will nicht den Eindruck erwecken, als habe er immer in intellektueller Einsamkeit geschrieben, oder als habe er seine Gedichte mit sich herumgetragen wie dunkle Geheimnisse, die man nicht mitteilen kann. Siegfried Sassoon hat beschrieben, wie eines Tages, in einem Sanatorium für »Granatenschockfälle«, wie man sie damals nannte, Owen, den er nicht kannte, in sein Zimmer kam, mit einem Exemplar von Sassoons eben veröffentlichten Gedichten, und ihn schüchtern um sein Autogramm bat. Und Sassoon und Owen sprachen über Gedichte. Sassoon dozierte einigermaßen, wie er selbst berichtet, und sprach etwas gönnerhaft zu diesem bescheidenen schüchternen jungen Mann. Und Owen gab ihm, als er ging, einige Gedichte und bat ihn, ob er sie nicht ansehen und ihm sagen wolle, ob sie brauchbar seien. Und Sassoon sah, daß sie gut waren. Und das sahen auch einige andere Dichter und Literaturkenner, an die Sassoon sie schickte. Und so wurden Vorbereitungen getroffen, sie als Buch zu veröffentlichen. Owen hat dieses Buch nie gesehen.

Es gibt viele Aspekte von Owens Leben und Arbeit, die ich überhaupt nicht berührt habe. In diesen Gedanken und Notizen zwischen seinen Gedichten habe ich mich nur um eines bemüht, und das steht auch in den Gedichten selbst. Owens Worte haben mir, und ich hoffe und weiß, auch Ihnen, gezeigt, was die Haltung im Unglück war, die er wählte, ohne deswegen erst eine intellektuelle Wahl zu treffen. Aber bedenken Sie, Owen war nicht ein »weiser Mann«, wenn man darunter einen versteht, der für sich seinen eigenen wahren Glauben entdeckt hat, den einzig richtigen Weg. Er glaubte, daß es keinen einzig richtigen Weg gibt, weil alle Wege von Abzweigungen und Furchen und Fallgruben der Unwissenheit und Ungerechtigkeit und Gleichgültigkeit zerrissen sind. Er selbst war nicht zuversichtlich, und er mißtraute sich selbst. Er mußte im Unrecht sein: ungeschickt, oft manieriert, unklar, ratlos. Wie zuletzt jeder einzelne Mensch, mußte er den ganzen Krieg ganz allein auskämpfen. Er verlor, und er gewann. In einem Brief gegen Ende seines Lebens und seiner vielen Tode zitierte er Rabindranath Tagore: »Wenn ich von hier gehe, soll dies mein Scheidewort sein, daß das, was ich gesehen habe, unüberbietbar ist.«

Er wurde am 4. November 1918 getötet. Dies ist sein letztes, unvollendetes Gedicht, das nach seinem Tod unter seinen Papieren gefunden wurde:

»Seltsame Begegnung«

Mir war, als hätt mich's aus der Schlacht geholt
In einen alten Schacht, tief, längst gehöhlt
Aus vom Titanenkampf zerfetzten Steinen.
Doch dort auch fand ich sie im Schlaf schwer stöhnen
Oder im Tod? ... zu tief, daß man sie störte.
Dann stieß ich sie. Einer sprang auf und starrte,
Erkennen jämmerlich in stieren Augen,
Die Hände hoch, die armen, wie zum Segen.
Sein Lächeln zeigte mir die ganze Halle:
Sein totes Lächeln zeigte mir die Hölle.
Von Qual war sein Gesicht verätzt, gebläht,
Doch floß von oben hier herab kein Blut,
In diesen Schlund drang kein Geschützlärm her...
»Freund«, sagt' ich. »'s ist kein Grund zur Klage hier.«
»Nein«, sprach er, »nur die Jahre weggerafft,
Das Hoffnungslossein: was in dir noch hofft,
War auch *mein* Leben: ich ging jagen, wild,
Und nach der wildesten Schönheit der Welt,
Die nicht im Aug still liegt, im Flechtenhaar,
Sondern die Zeit verhöhnt, die fließt daher,
Und trauert, wenn sie trauert, mehr als hier!
Denn viele hätten sonst mit mir gelacht,
Und meine Tränen hätten ihre Frucht
Getragen, die nun stirbt: Die Wahrheit, ungesagt,
Vom Jammer des Krieges, vom Jammer, den Krieg zeugt,
Wenn Menschen zufrieden mit unserem Abfall darben
Oder unzufrieden blutig aufbrausend verderben.
Sie werden springen, wie die Tigerin anspringt,
Schritt halten, wo ein Volk vom Fortschritt abschwenkt...
Mut war mein, und ich hatte Heiligkeit
Weisheit war mein, ich hatte Herrlichkeit:
Nicht mitzugehn den Rückschritt dieser Welt
In eitle Burgen mit Gräben, doch nicht umwallt.

Hätt' dann viel Blut der Kriegswagen Räder verklebt,
Ich hätte sie aus reinem Quell gelabt
Mit Wahrheiten zu tief für Alltagsschmutz:
Freigebig vergossen hätt' ich meinen Schatz:
Doch nicht aus Wunden, nicht in Krieges Kot.
Auch ohne Wunden stand auf Stirnen Blut!...
Ich bin der Feind, den du erschlugst, mein Freund.
Wie hier im Dunkel sahst du gestern fremd
Durch mich hindurch und stachst mich durch die Kehle...
Ich wehrte mich, doch ich war klamm vor Kälte...
Laß uns nun schlafen...«

Walter de la Mare als Prosaschriftsteller

Ich sag halt immer: Solang du kannst, bleib auf dieser Seite vom Grab! Laß dieses Loch in Frieden. Und warum? Denn es ist zwar schon so, daß du eines schönen Tages dort hinunter mußt, aber solang du hier oben bist, kannst du niemals so ganz sicher sein, was da nicht alles von dort herauskommen könnte.

Dort wird es keine Trennungen geben – hab ich sie leiern gehört bei ihren Gottesdiensten, wie die Misteldrosseln im Frühling. Ich glaub nur, sie vergessen dabei, daß es dort vielleicht die eine oder andere gewaltig unangenehme *Begegnung* geben könnte. Und wie ist es denn überhaupt mit diesem anderen Ufer? Ich glaub immer, es gibt so eine Art Fähre, die auf diesem Fluß hin- und herfährt. Und das Zurückkommen, ja, das hängt davon ab, *wozu du zurückkommen willst*.«

So brummt ein alter, ziemlich kleiner Mann, eingehüllt in einen sehr achtunggebietenden Mantel, der mindestens zwei Nummern zu groß für ihn ist, in einem dunklen Winkel des nur von einem Kaminfeuer erhellten Stationswartezimmers in Walter de la Mares unbehaglicher Geschichte *Crewe*.

Wie viele von dem Heer der unangenehmen Gespenster, von der anderen Seite der rasiermesserscharfen Schneide, aus dem falschen Zimmer, aus dem vollgepfropften Grab, aus dem herumvagabundierenden Hernach, aus ihren schlauen Löchern, kriechen herüber und in die schäbigen Wartezimmer, die kribbelnden Eisenbahnzüge, die gaslampenerhellten spätviktorianischen Teelokale, die selbst die Farbe von gesottenem Tee haben, wo auf die Seele heruntergekommene Fremde ihre Geschichten aneinanderstückeln, und lassen Tropfen um Tropfen die Schatten ihrer grauen oder schwarzen, verlorenen und verschwommenen unterweltlichen Geheimnisse fallen. Die Gespenster Mr. Walter de la Mares verbreiten zwar ihren Dunst und reißen aus und sind manchmal in alten Häusern zur dafür bestimmten üblen Stunde bei ihrem ansteckenden Treiben zu hören, aber zu sehen bekommst du sie nicht. Nur besteht keine Sicherheit, daß nicht sie dich sehen.

Und erinnerst du dich in einer seiner Geschichten der Vogelscheuche, die mit einem Mal auftaucht, in einem Kornfeld hinter einem Haus, wo sich vor kurzem ein Mann erhängt hat:

»›Kommt Ihnen die Luft um diese Vogelscheuche herum nicht irgendwie komisch vor?‹ fragte ich ihn. ›Sonderbar komisch, sozusagen als ob sie zitterte?‹ ›Das ist die Hitze‹, sagte er, aber seine Lippen zitterten.«

Und die entsetzliche Vision der Maske eines Gesichtes und Kopfes, die auf Mr. Blooms Kissen liegt. Und die besudelten unsichtbaren Anwesenheiten, die durch das Schlachthaus von Seatons aufgedunsener gräberentleerender Tante sickern. Hier in diesem Haus und in all den anderen durchtränkten, von Totengeschichten erfüllten Häusern, über deren Korridore und Treppen die Vergangenheit pfeift und in deren großen Spiegeln du hinter dir einen langen Gang angedeuteter Gesichter siehst, und in deren hohen Betten du Laken und Alptraum mit einem unberührbaren, verschrobenen Bettgenossen teilst, oder mit dem stotternden Echo eines Geräusches, von dem du wünschst, daß es nie angefangen hätte, sind die meisten Dinge, die geschehen, ganz alltäglich, oder doch *fast* ganz alltäglich, und außerdem schäbig. Es sind Häuser, die in der Zeit aufgehängt sind und in denen die Zeitlosigkeit ausbricht.

Walter de la Mares *erste* Kindheitswelt ist gerade so

»phantasmagorisch« und »einsam« wie die Hans Andersens, aber selten so grausam – oder so lebendig. Wir kommen zu der Erkenntnis, daß eine gewaltige mythologische Entfernung diese Welt, wo Kay und Gerda für immer atmen, von jener trennt, in der die Einsamskinder von de la Mares großen Geschichten ihren Träumen, ihrer Liebe und ihren Überraschungen nachgehen. Das Land, dessen Behausungen, dessen große schläfrige Wiesen, von Märzmorgen blau und bedrängt und trübe, dessen ferne kalte Türme und Turmspitzen von Wolken oder Hügeln, dessen Täler und gebannte Bannwälder, dessen graugrüne Talschluchten und mistelverzweigte und mit tiefer Brunnenkresse bewachsene Alleen die Kinder seiner ersten Geschichten bevölkern, unsicher machen und begleitet von schwerer Musik bei Nacht durchgleiten und durchirren, ist ein Land der Bücher. Hans Andersens Gestalten bewegen sich in einer Magie, die bis dahin noch nicht zusammengereimt, geschildert oder niedergeschrieben war, sondern die erst in diesem Augenblick durch ihre eigene liebliche Bewegung geschaffen wird und nur dazu da ist, von ihnen selbst bewohnt zu werden. Dagegen ist die Welt, zum Beispiel in *Henry Brocken*, der ersten von de la Mares langen Geschichten, durch die der bezauberte Knabe auf seiner sanften Rosinante streift, aus den Bäumen und Wettern, aus den Mooren, Morgen und Abenden, Hainen, Hügeln, Sonnen, Sternen und Gärten geschriebener, erinnerter Worte zusammengesetzt, aus Bunyans Allegorie und Swifts Satire, aus der Dichtung eines Wordsworth, Herrick, Shakespeare, Poe und Keats. Hier trifft der verliebte Henry Brocken im Bibliotheksland, tief verschlungen in die Umstrickungen des Nekromantischen Balls, seine Lucy Gray, Jane Eyre, Julia, Elektra, Dianame, Anthea, Nick Bottom, Dornröschen, Gulliver, die Schöne Dame ohne Gnade, und Annabell Lee. Aber überreich verziert, entfernt und verwurzelt in »Grübelgespinste«, dieses verschwommene Lieblingswort, bleibt das Abenteuer nichts als Schatten. Henry Brocken ist ein sternäugiges Märchenbuchlied, gesungen auf einem geborgten Gaul. Die Fabelerde besteht aus Wolken. Die Wolken sind Spiegelungen und Echos von Meereswogen, die sich wieder auf andere Worte reimen. Zwar selten nur niedlich oder erkünstelt, ist diese Geschichte doch zu oft traurig-süß und monoton.

Als aber Walter de la Mare fortfuhr zu schreiben, fuhren auch seine Kinder fort zu wachsen. Sie wuchsen nicht zu jungen Leuten heran, sondern zu Kindern. Sie verloren jenes verloren taufeuchte Staunen, und wenn sie sich bewegten, obwohl immer noch auf seltsamen Wegen, so raschelten sie nicht mehr wie die Seiten eines alten Buches, die in einer von einer Lampe erhellten braunen Bücherstube von einer blassen, fast gebrechlichen, aber tintenfleckigen Hand umgeblättert werden. »Heimwehkrank«, »weltverloren«, »verirrt und schweigend« – diese Worte wurden seltener gebraucht, wenn auch die Sehnsucht nach der »traurigen Heiterkeit« der Vergangenheit, die Einsamkeit, die Stille und der Wahn immer noch blieben.

Es war Walter de la Mares Sinn für die ganz natürliche Sonderbarkeit und Unmittelbarkeit der Kindheit zu verdanken, daß aus der tapetenschweren und *unnatürlichen* »Ferne« eines *Henry Brocken* eine Geschichte wie *Der Mandelbaum* auftauchte, zutiefst bewegt und bewegend.

Nicholas im *Mandelbaum* ist, um Forrest Reid zu zitieren, »der erste eines ganzen Geschlechtes von seltsamen, launischen, intelligenten, gefährlich sensitiven und unendlich lebendigen kleinen Jungen.« In späteren Geschichten trägt er einen anderen Namen, ist älter oder jünger, trauriger oder lustiger, von dunklerer List oder kälterer Unschuld getragen, einmal verstrickt und verfangen in Dornenhecken der Liebe, ein andermal kritisch und distanziert, von einem leichten Lächeln umspielt, trotz Furcht und bösen Fährnissen; aber immer sind seine Augen die gleichen. Durch diese Augen sehen wir die erstaunlichen Systeme, die unvorhersagbare Ordnung eines Lebens am Rande seiner eigenen Antwort, oder bebend auf giftiger Schwelle.

Nur bei unwesentlichen Anlässen kommen Walter de la Mares Kinder miteinander in Berührung. Fast immer sehen wir sie in ihren Beziehungen zu ungewöhnlichen, abseitigen Männern und Frauen. Und auch von diesen Kindern sind es nur die kleinen Jungen, die wirklich werden. Die kleinen Mädchen leben in einer entfernten und noch gebrechlicheren Vergangenheit.

Eine »*noch* gebrechlichere« Vergangenheit; denn der Vergangenheit, den alten Tagen, dem alten Eisen und den alten Weisen, hält er immer die Treue, alten Häusern und Landschaften, alten Sitten, Düften und Farben. Seine Kinder lungern, staunen und nehmen wahr. Seine Männer und Frauen leiden, lieben und werden von Geistern verfolgt, seine Wetter brechen herein, seine Toten hinter der Täfelung verwehen und entgleiten, und alles in einer Zeit und an einem Ort vor seiner eigenen Geburt. Sein ländliches Leben ist das, von dem seine Mutter noch wußte, daß ihre Mutter ihr davon erzählt hatte, und von dem sie ihm erzählte, als er ein Kind war. Die Kindheitserinnerungen seiner Phantasie gehören alle einer zeitlosen Vergangenheit an, die vor seiner eigenen liegt.

Walter de la Mares Geschichten erschienen zuerst um 1900. Einer der ersten Kritiker, der den erwachenden Genius erkannte, war Francis Thompson. In all den Jahren seither hat de la Mare lange und kurze Geschichten geschrieben, für Kinder, über Kinder, für erwachsene Männer und für tote Männer, für die Ungeborenen und für seinen Lebensunterhalt, für nichts, und für die beste Belohnung, unschuldig und mit großem und tiefem Können, zum Vergnügen und zum Spaß, für das Leid und für sich selbst.

Seine Einflüsse? Sir Thomas Browne, de Quincey, *Ecclesiastes*, Henry James, Emily Brontë, Stevenson, Poe, Traherne. Und dann später vielleicht Julien Green. Sein Stil? Der zeigt sich in seinen Geschichten. Ganz im Anfang war er, glaube ich, blumenreichen und überschwenglichen Worten zugetan; er verwendete viele Schablonen, aber es waren immer die rechten. Es war eine Spur von Altjüngferlichkeit, sogar für einen jungen Mann, in seiner Haltung zur Liebe von Mann und Frau. Das ländliche Grauen war ein klein wenig zu idyllisch, so daß man nicht das Gefühl hatte, draußen im Holzverschlag sei irgendwas faul, sondern nur, daß unter den Wollkörbchen in der guten Stube fürwahr der Teufel los sei. Zeit und Schauplatz seiner Geschichten? Irgendwo im ländlichen England, sagen wir irgendwann nach 1830 und knapp vor dem nächsten Leben. In seinen reiferen dramatischen Geschichten über erwachsene menschliche Beziehungen bedient er sich oft einer Art von zusammengerolltem Monolog, der zuweilen an den Geist eines auf dem Festland gestrandeten Joseph Conrad erinnert, der hinter einem Blumentopf mit Farnen hervorspricht. Eine Schwäche seines Prosastils, die sich in seinen Gedichten nie zeigt, war eine gewisse Verdickung des Gefüges wie dicke Tunke. Und seine kultivierte Sprache, die, gerade wenn sie einfach schien, reicher denn je an Kunstmitteln und Anklängen war, paßte meines Erachtens nicht gut zur mehr oder minder einfachen Geschichte, oder zu grotesken Märchen. Seine wirklichen Feen sind etwa so liebenswürdig wie der Vampir Dracula. Und sein Thema ist immer das unmittelbare Drohen seelischer Gefahr.

Sir Philip Sidney

Unter den Argumenten der *Verteidigung der Poesie* steht, daß der Dichter der größte Lehrmeister des Wissens ist, denn er lehrt kraft einer göttlichen Ergötzlichkeit.

»Denn«, schrieb Sir Philip Sidney, »nicht nur zeigt er den Weg, sondern er eröffnet auch einen so süßen Ausblick auf diesen Weg, daß er männiglich verlocken wird, denselben zu betreten. Gibt er dir doch, gleich als führte deine Reise durch einen anmutigen Weinberg, von Anfang an eine volle Traube voll von solchem Vorgeschmack, daß du begierig wirst weiterzuschreiten. Er fängt nicht mit dunklen Definitionen an, die den Rand mit Glossen verunzieren und das Gedächtnis mit Zweifel beladen, sondern er naht sich dir mit Worten, in ergötzliche Maße gefügt, und entweder von der bezaubernden Kunst der Musik begleitet, oder doch für sie bereit; und zudem kommt er fürwahr mit einer Geschichte zu dir, mit einer Geschichte, welche die Kinder vom Spiele fernhält und die alten Männer von ihrem Winkel am Kamin.«

Die *Defence of Poesie* – die Verteidigung der Poesie, ist eine Verteidigung des Lebens zur Phantasie, eine Verteidigung der Pflicht und der Freude des einzelnen Dichters, der unter den Menschen inmitten der kreisenden Welt lebt, die zu seinen Lebzeiten so wenig Zeit für ihn hat. Manchmal melancholisch, oft Abstand wahrend, stolz und diplomatisch, oft zart und leidenschaftlich, unabdingbar ehrlich, übte er auf alle, die ihm begegneten, seinen gewichtigen Zauber aus. Er sann ernstlich über sich nach und fand sich erfreulich oder anrüchig, je nachdem, wie der Wind der Liebe wehte und das Leben am Hof Königin Elisabeths gefährlich wurde oder schlaff, flatterhaft oder degradiert, je nachdem, wie eine seichte Justiz erbebte, wie Abenteurer mit falschen Karten rund um die wirkliche reiche brüllende Welt segelten.

Schon als er ein Kind war, in Penshurst oder in Wales, merkten seine Eltern, wie ernst ihr Knabe sei, und »ermahnten ihn, guter Dinge zu sein.« Schon als Kind, rühmt Fulke Greville ihm nach, sei er »von solcher Festigkeit des Sinnes, von so lieblichem und anmutigem Ernst gewesen, daß seine Anmut und seine Achtung viel reiferen Jahren voraus war.« Sir Philip Sidneys Mutter war die Tochter John Dudleys, des Herzogs von Northumberland, der für seinen Anteil daran, daß Lady Jane Grey den Thron von England bestiegen hatte, enthauptet wurde. Diese kurze Episode brachte Tod und Verheerung über seine gesamte mütterliche Verwandtschaft. Sidney kann nie vergessen haben, was ihm seine Mutter erzählt haben muß: Jene Lady Mary Sidney, die Königin Elisabeth pflegte, als sie an den Blattern darniederlag, und die dabei selbst an der Seuche erkrankte, so furchtbar, daß sie selbst zu Hause immer eine Maske trug. Er kann nie vergessen haben, daß Guildford Dudley, der Bruder seiner Mutter, Jane Grey geheiratet hatte, daß sie, auf dem Weg als Königin ausgerufen zu werden, in ihrem Kleid aus grünem Samt so zart und klein war, daß man sie auf sehr hohe Kothurne stellte, damit sie größer aussehen solle. »Sie war 16, Guildford war ein sehr großer, starker Junge mit hellem Haar, der ihr viel Aufmerksamkeit erzeigte.« Auf dem Weg zum Schafott hielt sie ein Gebetbuch in der Hand und trug ein schwarzes Kleid.

Sidneys Vater, Sir Henry, war der tüchtigste Gouverneur von Irland unter Königin Elisabeth. Er schrieb an seinen kleinen Sohn, der damals die Schule zu Shrewsbury besuchte, folgende kluge Ratschläge:

»Nur selten trink Wein, zuweilen aber doch, auf daß

Du nicht, so Du einmal plötzlich trinken mußt, unversehens in Glut geratest.

Sei höflich an Gebärden und freundlich gegen alle, und erzeige jedem Deinen Respekt nach Maß der Würde der Person; denn nichts gewinnt so viel um so geringen Preis.

Erzeige Dich fröhlich, denn Du schlägst aus Deines Vaters Art, so Du Dich nicht an Körper und Geist in bester Verfassung und fähig zu jedwedem Tun findest, just wenn Du am fröhlichsten bist. Laß aber Deine Fröhlichkeit frei sein von aller Verschrobenheit und von beißenden Worten gegen andere.«

Drei wichtige Ereignisse aus Sidneys Knabenzeit gehören zu dem wenigen, was wir von ihm wissen: Er und Fulke Greville, der später so viel und so ergreifend über ihn schrieb, kamen am gleichen Tag auf die Schule zu Shrewsbury. Das war im Jahr 1564.

1566, mit zwölf Jahren, erhielt er Virgils Gedichte geschenkt. Und im Sommer jenes Jahres wurde er von seinem Onkel, dem Earl von Leicester und Kanzler der Universität, von Shrewsbury nach Oxford entboten. Dort sah er zum ersten Mal Königin Elisabeth in ihrem für seine jungen Augen unkomplizierten Glanz. Sidney war als Kind von charmanter und anmutiger Erscheinung, wie Thomas Moffett in seinen kürzlich entdeckten und übersetzten *Nobilis* und *Lessus Lugubris* bezeugt.

Er war »ausgestattet mit reichen Gaben der Natur, mit einer starken und fast männlichen Stimme, und in jeder Hinsicht mit einer umfassenden, absoluten Vollkommenheit des Geistes wie auch des Körpers. Wenn er als Dreijähriger den Mond erblickte, mit reinen Händen und bedecktem Kopf, so pflegte er zu ihm zu beten und ihm andächtige Ehrfurcht zu erweisen.« Davon handelt Sir Philip Sidneys Sonett:

Wie traurigen Schritts du, Mond, zum Himmel ziehst,
Wie schweigend, mit wie bleichem Antlitz dort?
Was mag es sein, daß selbst am Himmelsort
Der Schütze prüfend scharfe Pfeile schießt?

Ja! wenn mein liebeskundig Aug erschließt,
Was dein Blick sagt, so weiß ich es sofort:
Ich seh in dir schmachtender Liebe Hort,
Ich fühl wie du, der gleiches Los genießt.

Drum sag mir, Mond, da wir Gefährten sind,
Gilt auch bei euch Treu nur als Torheit noch?
Sind dort die Schönen stolz, wie hier man's findt?
Sehn sie sich gern geliebt und schmähen doch

Die Liebenden, wenn die ihr Herz verzehrt?
Wird Undank auch als Tugend dort geehrt?

Der Earl von Leicester, damals der Günstling der Königin, sorgte dafür, daß sein Neffe vorteilhaft gekleidet sein solle, wenn er der Königin begegne. Er kaufte ihm einen Damastmantel mit Samtbesatz, ein Wams aus purpurnem und grünem Taft, ein blaues Lederkoller, nelkenfarbene Beinkleider und weiß-grün-blaue Schuhe. Und so sah er Elisabeth in Oxford einziehen, gekleidet in scharlachrote Seide und Gold, mit einem Kopftuch von gesponnenem Gold. Und nach einigen Geschichtsschreibern saß sie auf einem hohen goldenen Sitz, auf einem offenen Karren, den Maultiere zogen.

Im Jahre 1572, mit 18 Jahren, erhielt er die Bewilligung der Königin zu einer zweijährigen Reise nach dem Kontinent.

Im Gefolge des Earls von Lincoln ging er zuerst nach Paris. »Ein ernsthafter, zarter und wohlgestalter Junge.« Oder, wie sein Onkel Leicester in einem Brief an Walsingham, den Botschafter in Frankreich, schrieb: »Jung und ungeschliffen.« Nach Geburt, Erziehung und Neigung ein überzeugter und eifriger Protestant, war er bei dem anarchischen Vorabend der Bartholomäusnacht zugegen, als – man weiß nicht wieviel – Tausende von Protestanten den Tod fanden. In Frankfurt wohnte er in der Werkstätte des vielbelesenen Druckers Andreas Wechel, wo er den gelehrten protestantischen Streitredner Hubert Languer traf. Ihm verdankte er, wie er gestand, all seine Kenntnisse der Literatur und des rechten Glaubens. Er besuchte Straßburg, Wien, Venedig, Genua, Florenz, Padua (wo er Astronomie, Geometrie, Physik und Griechisch lernte), er unternahm eine Reise nach Polen und kehrte wieder heim. Leicester brachte ihn sogleich an den Hof, nach Greenwich, wo Elisabeth damals im Alter von 42 Jahren, wie Sidney schrieb, »schon etwas vorgerückt an Jahren« war. Er wurde in den Künsten eines Höflings unterwiesen. Er war in Kenilworth, im blendenden, wellenschlagenden, musikerfüllten Sommer des Jahres 1575, wo unvergeßliche Feste für die Königin gefeiert, Maskeraden und Feuerwerke, Laute und Zither und Spinett gespielt sowie Zweikämpfe und Lanzenstechen ausgetragen wurden, wo Bärenhetzen und Rauhnachtstänze, Turniere und Wasserspiele stattfanden, und wo man aus großen silbernen wappengezierten Humpen Claret und Weißwein trank.

1576 fuhr er mit dem Earl von Essex zu seinem Vater nach Irland und kämpfte gegen die sumpfigen und widerborstigen Iren, die nicht wie er der Meinung waren, daß das englische Gesetz das gerechteste und angenehmste in aller Welt sei.

Dort starb Essex und hinterließ für Sidney diese Nachricht: »Sagt ihm, ich war in keiner Sache gegen ihn, sondern wünsche ihm alles Gute und dies so sehr, daß ich wünsche, er möge meine Tochter ehelichen, wenn Gott ihrer beider Herzen also bewegt. Ich nenne ihn Sohn; er ist so weise, so tugendhaft und so gottesfürchtig, daß er, so er auf dem eingeschlagenen Weg beharrt, so berühmt und würdig sein wird, wie nur je ein Edelmann, den England hervorgebracht.«

Die Tochter von Essex war Penelope Devereux, die *Stella* der Sonette. Das Leben bei Hof daheim in England erwies sich als kostspielig und erniedrigend. Dann kam seine Entsendung als Botschafter an den kaiserlichen Hof in Österreich, prunkvoll und unwichtig. Was er vor allem wollte, war, der Sache der protestantischen Religion zu dienen. Die Königin bot ihm keine Gelegenheit dazu. Sein Onkel, Leicester, fiel in fast tödliche Ungnade, als die Königin seine geheime Ehe entdeckte. Die Königin selbst stand im Begriff, einen unseligen Ehebund mit dem Hause Anjou einzugehen. Sidney schrieb für sie seinen charmanten »Diskurs an Ihre Königliche Majestät«, in dem er an die heikle Angelegenheit rührte und artig versuchte, ihr davon abzuraten. Dafür erhielt er keinen Dank. Er forderte den widerwärtigen Earl von Oxford zum Zweikampf heraus. John Stubbs, der eine Flugschrift verfaßt hatte, in der die Gefühle der einfachen Leute gegen Elisabeths Ehepläne ausgesprochen wurden, wurde verurteilt, die rechte Hand, die diese Schrift geschrieben hatte, unter dem Holzhammer und Metzgerbeil des Henkers zu lassen. Und Sidney war glücklicherweise so deprimiert vom Leben in London, daß er sich von der Arbeitslosigkeit bei Hofe in die Gesellschaft seiner Schwester nach Wilton House zurückzog, in den Bereich von Zweigicht und Tal, nach Wiltshire, um dort sein *Arcadia* zu schreiben.

Wilton war zur Zeit Heinrich VIII. unter Anleitung Hans Holbeins begonnen worden und wurde in der Zeit Edward VI. für den ersten Earl von Pembroke vollendet. Der Garten von Wilton, wie Sir Philip Sidney ihn kannte und liebte, ist auf einem alten Druck zu sehen. Da sieht man die Beete mit ihren Blumenbordüren und mit ihren vier Fontänen, die großen Blumenbeete, und jenseits die kleine Terrasse. Da sind die Baumgruppen, durch die der Fluß Nader fließt, die Statuen des Bacchus und der Flora und schattige Haine und große Teiche mit Springbrunnen und Säulen und zwei Kronen, die oben auf dem sprühenden Wasser tanzen; und ein Garten mit Gemüse und Obstbäumen; und das große Oval mit dem Messinggladiator, und noch mehr Haine und grüne Wandelgänge, Säulenhallen, und eine Terrasse, deren Treppen Meerungeheuer sind. Dies war das vollkommenste Haus, der vollendetste Garten, um eine arkadische Romanze zu schreiben, voll von Zauberkünsten und vermummten Prinzen, voll von Morden, Schäfern, Lustbarkeiten, Elixieren und mancherlei Arten der Liebe. Diese ungeheuer komplizierte Geschichte in Prosa, unterbrochen von Liedern und Zwiegesprächen in gebundener Rede, trägt die Widmung »Für meine teure Frau und Schwester, die Gräfin von Pembroke«. »Hier hast Du nun (teuerste aller Frauen, und Würdigste, die Teuerste zu sein!) dieses mein müßiges Werk, das, fürchte ich (wie der Spinne Gewebe), tauglicher erscheinen wird, hinweggefegt als zu irgendeinem anderen Ende getragen zu werden.«

Doch sein *Arcadia* war kein Filigrangewebe von Worten, sondern eine gewaltige Tapete, ein Gobelin, gewoben um zu verblüffen und das Licht abzuschalten. Da ist alles Ornament, Schauer, Schauspiel und Glanz, Festzug und Prunk und verschwenderische Vielfalt, Rüschen, Spitzenwerk, Gold und Juwelen, Paradox, Wortgeklingel, Personifizierung. Da wimmelt es von Beschreibungen, von Naturszenerien und ethischen Reflexionen, von Schlachten und Turnieren und den Schafsgesängen trauriger Schäfer, und alles verschwimmt schön ineinander und ertrinkt in triumphierender Länge.

Er hatte eine Theorie der Dichtung geschrieben, und nun versuchte er sich im poetischen Experiment; er ließ sich »freie Bahn im Sternkreis seines eigenen Witzes«.

Die Girlanden lassen ihre allzu windigen Köpfe hängen, die Farben laufen und verfließen, das Füllhorn ist voller Löcher; Reime hängen überreich an der Stirne des schmelzenden Monuments. Wie selten gibt es klare ruhige Augenblicke in dieser reichen Wüste von stillstehender Zeit. Diese Zeilen vielleicht, oder sind auch sie zu zierlich?

> »Der Bote sputete sich und fand Argalus in einem Schlosse, das sein eigen war, in einem Gemach mit der schönen Parthenia sitzen. Er las in einem Buch die Geschichten von Herkules, sie bei ihm, wie um ihn lesen zu hören. Dieweil aber seine Augen auf das Buch blickten, blickte sie auf seine Augen und hielt ihn zuweilen mit einer artigen Zwischenfrage an, nicht sowohl, um von einem Zweifel befreit zu werden, als um ihm Anlaß zu geben, sie anzublicken. Ein glückliches Paar, er voller Freude an ihr, sie voller Freude an sich, aber an sich nur, weil sie sich seiner erfreute.«

Und die berühmte Beschreibung des Wasserspaniels. Und die überaus boshafte Zeile, die von einigen Kritikern als Ausspruch ritterlicher Loyalität erklärt wurde:

> »Denn sie war Königin, und deshalb schön.«

Aber nur in seiner Sonettfolge *Astrophel und Stella* ist er als großer Dichter zu sehen. Diese Sonette wurden 1591 veröffentlicht, fünf Jahre vor seinem Tode. Nash sagt von ihnen: »Diese Tragikomödie der Liebe ist bei Sternenlicht aufgeführt.«

Die Sonette sind an Penelope Devereux gerichtet, deren Vater wollte, daß Sidney sie heiraten solle. Sie beginnen mit Eleganz und Schaustellung von Gefühl; Gedichte mit dem Gehaben von Höflingen, die die Livree der Liebe tragen. Es sind Gedichte *über* Liebe, aber die Liebe ist nicht *in* ihnen. Sie richten Ansprachen *an* die Liebe, aber sie sprechen nicht *aus ihr heraus*. Die Entzükkungen sind fast leichthin erarbeitet, die Verzweiflung ist fast ebenso leicht wieder abgetan. Es sind die vollendetsten Übungen für einen Mann, der im Begriff steht zu lieben. Und dann heiratete Penelope, und Sidney hatte sie verloren, und die Sonette waren nicht mehr Übungen für einen dichterischen Anlaß, sondern Dichtung selbst, gellend und brennend.

Ich konnte! – Unheilswort – ich konnte (weh!)
Ich wollte nicht und mocht mein Glück nicht sehn;
Bis höllennacht-umhüllt ich jetzt ihn seh,
Den Himmels-Tag, den blind ich ließ entgehn.

Zerreiß dich, Herz, daß dir nur Recht gescheh!
Kein Paris raubte dir deine Helen',
Nicht List noch Macht stahl deine Freude jäh,
Kein höheres Los ließ dir dein Los geschehn.

Nein, nur mir selbst, mir selbst schlug ich den Schlag!
Und zuviel Einsicht nun verurteilt mich,
Daß ichs um unser beider Willen trag:
Was merkte nicht am steigenden Morgen ich
(Gestraftes Aug!) so schönen Tag zuvor?!
Wär ich gewesen klug, oder ein Tor!

In diesen Sonetten sehen wir, für uns mitten in der Bewegung angehalten, eine ganze Prozession der Leidenschaften, körperlich und geistig, die ihren Lauf durch Wut und Verzweiflung nimmt, durch Mitleid mit sich selbst, erneuerte Hoffnung, Verzückung, Mondscheinträume, schwarze Angst und blendendhelle Gewißheit des endgültigen Verlustes.

Es gibt einige Lieder unter den Sonetten. Im achten Lied tötet Stella sachte seine Hoffnung, sie zu besitzen,

In einem Hain von Schatten weich,
Wo Vögel sangen freudenreich,
Zeigt junger Mai sich bunt und grün,
Mit neuem Duft die Blumen blühn...

Beim Sturm auf Zutphen in den Niederlanden, am 2. Oktober 1586, wurde Sir Philip Sidney von einer Musketenkugel in die Hüfte getroffen. Von seinem qualvollen Weg zurück ins Lager wird berichtet: »Durstig vom übermäßigen Verluste seines Blutes rief er nach einem Trunk, welcher ihm sogleich dargereicht ward. Als er aber die Flasche an den Mund führte, sah er einen armen Soldaten, den sie dahintrugen, und der auf dem gleichen Feste seine letzte Mahlzeit genommen hatte, die Augen entsetzlich nach der Flasche verdrehen. Sir Philip, der dessen inneward, setzte die Flasche wieder vom Munde ab, ohne zu trinken, und reichte sie dem armen Mann mit den Worten: ›Deine Not ist größer als meine.‹«

Die Operationen an seiner Wunde waren langwierig und schmerzhaft. »Als sie anfingen, seine Wunde zu verbinden, gab er ihnen diesen Auftrag und Rat: Nämlich daß sie, solange er bei Kräften sei, sein Leib frei von Fieber und sein Geist noch fähig, es zu ertragen, ohne Zögern ihre Kunst walten lassen mögen, und schneiden, und bis auf den Grund suchen.«

Sie ließen ihre Kunst walten, und er wurde nach Arnheim gebracht. Dort litt er. Er magerte zum Skelett ab. Die Schulterknochen brachen durch die Haut.

»Eines Morgens, da er die Laken aufhob, um seinem Leib Erfrischung und Erleichterung zu gönnen, nahm er einen gar üblen Geruch wahr, der ihm anders dünkte als der der Öle und Salben.« Fäule hatte eingesetzt.

Acht Tage nach seiner Verwundung sandte er nach Geistlichen vieler Nationalitäten, und sie beteten mit ihm.

Er forderte Musik.

Er diktierte sein Testament.

Er schrieb einen langen lateinischen Brief.

Er verabschiedete sich von seinem Bruder.

Ganz nahe dem Tode sagte er: »Ich würde die Freude meines Gemüts nicht geben, und sei es auch um die Herrschaft dieser Welt.«

Der Mangel an komischen Schriftstellern

(Auszug aus einer Funkdiskussion)

Der heutige Zustand der Welt läßt die meisten Schriftsteller empfinden, daß sie ehrlicherweise nicht »komisch« über sie schreiben können. (War die Welt schon je so, daß man das konnte?) Vielleicht sagen sie: Können wir die angenehm komischen kleinen Eigenschaften einzelner Menschen herausgreifen, das Lachhafte und Linkische, das ungewollt Ungeschickte, das Liebe und Läppische und Täppische, den einfaltsgepinselten Tölpel, den Schnösel, den Schnickschnack, den unsinnigen alten Adam, wenn wir doch täglich als gesellschaftliche Wesen dem Ungeschlacht, dem Griesgram und Geizkragen gegenüberstehen, dem Kujon, dem wahnsinnigen neuen Atom? Da lobe ich mir die Haltung des alten Chronisten Pepys: »Freitag, den 12. Aufgestanden, fanden unsere Bettstatt gut, aber verwanzt, welches uns ergötzte...«

Komische Autoren können nicht erwarten, daß die menschliche Gesellschaft eigens ihretwegen komisch sein soll. »Servieren Sie auch Frauen in Ihrer Bar?« »Nein«, sagte der Barmann, »Sie müssen schon Ihre eigenen mitbringen.« Und für einen komischen Schriftsteller ist die Gesellschaft immer lustig, sogar, oder sogar ganz besonders, auf ihrem Totenbett. Leute, die in offene Aufzugsschächte hineinspazieren, von Löwen verspeist werden, das schaukelnde Trapez um Haaresbreite verfehlen, sind die alltäglichen Lieblingsgegenstände des komischen Zeichners. Und der Anblick der menschlichen Gesellschaft, wie sie lang hinklatscht, und die Aussicht, daß unsere Kultur selbst flötengeht, bieten den Schriftstellern die Möglichkeit jeder beliebigen Spielart des Gelächters. »Es ist irgend etwas in diesem Hause«, sagt die Frau eines komischen Schriftstellers in einer der *John-Silence*-Geschichten von Algernon Blackwood, »was ihn daran hindert, die Dinge komisch zu finden.« Es ist, weiß Gott, auch in *unserem* Hause genug los, um Peacocks Prinzen Seithennyn die Lust an einem guten Tropfen zu verleiden. Aber das hindert einen Schriftsteller nicht, aus der tragischen Katastrophe dieser unserer Umwelt seine eigene große komische Welt zu gestalten. »Den Besten mangelt alle Überzeugung, und die Schlechtesten sind voll von leidenschaftlicher Intensität«, schreibt Yeats. Aber der gewichtige, urteilfällende, senatorenhafte, seelenbesitzende Mensch, aufrecht auf seinen zwei Bauklötzchen, ist noch immer ein überdimensionaler Spaß. Ein Mensch im Zustand der Liebe macht eine praktische Katze lachen. Ein Mann an der Macht macht Engels vor Lachen weinen...

W. W. Jacobs war einer der präzisesten, lustigsten und prägnantesten Schriftsteller der Zeit König Edwards. Sein Dialog ist so adrett und schlau und sparsam und gestrafft, wie die gefinkelten und auf Gattenfang eingerichteten Fabeln seiner Geschichten. Da finden sich in einer, ich möchte sagen, komischen Welt kleineren Formats, all die Landrattenträume der Urlaubsmatrosen, die Visionen einer ganzen Tasche voll Galans in Schankstuben mit drallen Bardamen. Hier finden sich die verwickelten Mißlichkeiten des Lebens rivalisierender Seeleute; dräuende, unbezahlte, nudelwalkerbewehrte Hauswirtinnen; freier Rauchtabak, heimliches Bier, und das Dösen, und das Ankreiden. Hier sind alle verheirateten Frauen Megären, alle Witwen sind rundlich und gemütlich und haben sich eine Kleinigkeit beiseite gelegt, alle unverheirateten Mädchen sind neckisch und mysteriös, alle Männer ohne Ausnahme sind Schurken oder

Narren, oft beides, und befassen sich einzig und allein mit Projekten, betreffend Geld und Frauen, und wie man sie erlangt, beziehungsweise wieder verliert.

Von Stephen Leacock lese ich nur die *Sonnenscheinskizzen einer kleinen Stadt*, denn nur dort hat Leacock seiner Phantasie ein *Heim* geschaffen, einen »Ort«, an dem *seine* Menschen geboren werden und sterben konnten, lieben, hinfallen, philosophieren, sich die Haare schneiden lassen, von der Leber weg reden oder die Beine von sich strecken.

(Calder Marshall fragte:) Entspricht nicht P. G. Wodehouse ganz und gar deiner Definition einer komischen Welt?

(Dylan Thomas anwortete:) Diese kinnlosen, trübbebrillten, eselhaften, gamaschenbewachsenen Drohnen wurden in Bausch und wappengekröntem Bogen aus den Erinnerungen an die Zeit der weißen Mäuse und der wirklich guten Gesellschaft entlehnt, aus der geisterhaften Kutschenvergangenheit des geldstrotzenden Dandy und des Bühnentürstehers. Manche Leute haben Jeeves gern, aber ich bitte, mich zur Gegenseite zu zählen. Was mich betrifft, so habe ich für die scharfe Würze eines Gentlemans Gentleman nichts übrig.

Eine wirklich komische, erdichtete Welt muß *zur gleichen Zeit* leben wie die Welt, in der wir leben.

Und woraus besteht heutzutage unsere komische Literatur? Aus lustigen Spalten in englischen Zeitungen, Gedankenparaden der Unter-dem-Strich-Jungen. Und dazu kommt die mühsam erarbeitete, witzlose, launenhaft übergewichtige Leichtfertigkeit jener nationalen Einrichtung Englands, jenes Armenhauses der Ideen, die der *New Yorker* einmal statt *Punch* paunch (Schmerbauch) genannt hat. Die besten *Bücher* aber, oder doch fast alle die besten modernen komischen Bücher, sind von Amerikanern.

James Thurber, S. J. Perelman, Frank Sullivan und Robert Benchley haben alle für dieses großartige Familienblatt *New Yorker* geschrieben, aber sie haben nichts miteinander gemein als ihre Überlegenheit gegenüber den modernen englischen komischen Journalisten.

Es ist immer noch unmöglich, die scheuen und verdutzten introspektiven Aufsätze, Fabeln und fabelhaften Erinnerungen Thurbers, sein geducktes Grauen vor dem mechanischen Krimskrams, den militanten Neurosen, den allgegenwärtigen Weibern, den demokratischen Fallstricken und bösen Großindustrieschreckgespenstern dieses modernen amerikanisierten Zeitalters mit irgend etwas sonst zu vergleichen. Es ist unmöglich, ihn mit der glatten Groucho-Marx-Lustigmacherei S. J. Perelmans zu vergleichen, einzuschulen und zu klassifizieren, der wie ein Hollywoodreklamechef nach der Lektüre von James Joyce, Amanda Ross, Krafft-Ebing, Doktor Spooner, E. E. Cummings schreibt, nicht zu vergessen der Lektüre von Sam Goldwyns oberstem Reklamefritzen in einem Zustand übermäßiger Spannung in einem türkischen Bad unter der persönlichen Leitung Deans, des menschlichen Berges. Aber Thurber, Sullivan, Perelman, Benchley, alles ausgezeichnete komische Schriftsteller, sind alle Essayisten. Mir aber geht es um konstruktive komische Schriftsteller, die wirkliche Geschichten schreiben. Ich möchte ohne dick aufgetragenes Auf-die-Schultern-Klatschen, ohne das Hallogerülps der in Tweed gekleideten, pfeifewiederkäuenden, humpengurgelnden, gewerbsmäßigen literarischen Komödianten, ohne das Anstoßen und Gekicher, ohne das binsenweise Winseln des Kritikers einfach das Lachen in Büchern haben, den Anblick und den Geruch und den *Schall* des Lachens. Und der fast einzige Laut, den ich in den Geschichten höre, erinnert mich immer an den Klang der Uhr in Frances Cornfords Gedicht:

Ich dacht', sie sprach mit jedem Klang:
Ich bin so krank, so krank, so krank.
Tod, wart nicht lang, nicht lang, nicht lang,
Nicht lang, nicht lang, nicht lang, nicht lang.

Das englische Fest der gesprochenen Dichtung

Viele Leute haben ein Bedürfnis, ihre Begeisterung mit anderen zu teilen. Das findet seinen Ausdruck oft in einem Verhalten, das man freundlich als »angeben« bezeichnet. Es ist Schauspielern und Dichtern eigen, Politikern und anderen Trapezkünstlern. Manche Leute, die Gedichte lesen, mögen einige davon so gern, daß sie ihre Vorliebe nicht für sich behalten können. Sie sind es nicht zufrieden zu sagen: »Kennen Sie de la Eliots *Wüstenfremdling* oder W.H. Housmans *Ein Hund unter dem Galgen*? Ist das nicht, oder besser gesagt, sind die nicht einfach großartig?« Doch nein, sie müssen unbedingt sagen: »Hören Sie sich das doch einmal an!« und müssen das großartige Gedicht laut herunterleiern. Manchmal mögen sie das Geräusch ihrer eigenen Stimme gern. Sie finden, daß die Worte der Gedichte, die ihnen vertraut und angenehm sind, wenn sie sie herunterleiern, eine überraschend angenehme Fremdartigkeit erhalten, wenn sie laut geschrien werden, zermalmt, gekrönt, mit dem Kainszeichen oder dem Feuer eines Kienspans ausgestattet werden. Bekannten Worten wachsen Flügel; Druck springt und schießt auf; die Stimme entdeckt das Gehör des Dichters; es stellt sich heraus, daß sein Gedicht auf einem Blatt Papier nur ein halbes Gedicht ist. Und die Sprecher sehen die Unzulänglichkeit ihrer bisher schweigenden Interpretation ein und lernen manchmal die Kunst des lauten Vorlesens. Das heißt, sie befassen sich damit, die Gedichte zu lernen, die sie auswendig im Kopf, im Herzen und auf der Zunge trugen. Sie schreiben dieses Papiergeräusch, das ein Gedicht ist, in ihre Brust und in ihre Kehle und lassen es wieder los. Sie finden, daß gute

Dichter besser sind als sie, die Leser, vorher dachten, und das erweckt stärkste Gefühle in ihnen, und sie geraten in unbeschreibliche Aufregung. Und dann kommen auch einige von diesen Lesern und wollen anderen alles zeigen, was sie versäumt haben, indem sie Lyrik stumm gelesen haben, und sehen sich nach einem Zuhörerkreis um. Die eigenen Familien, ebenso wie die eigenen Länder, lassen ihre Propheten nicht gelten, aber es ist entehrend, einen Versesprecher im eigenen Hause auszupfeifen. Zeigt mir den Familienkreis, der stillschweigend dasitzt, während ein Sohn oder eine Tochter mit ungeschicktem Eifer ein lyrisches Gedicht totmartert, und ich will das ganze Epos *Hudibras* vor einer Wochenendversammlung eines Junggesellenzirkels vortragen. Diese Leser können niemals unmittelbar ins Nachtprogramm eindringen, vorbei am Wachposten der Künstlerleibgardisten, und den ungleichmäßigen Tenor tibetanischer Opern oder die Schlachtfront der Spinette stören. Sie können nur in ihren Behausungen Gesellschaften zum Sprechen von Versen gründen. Wer aber hört da schon zu, außer anderen Verslesern, die bloß darauf warten, daß sie aufhören. Wo können Leute, die brennend gern Gedichte laut vorlesen, das auch wirklich tun? Nämlich vor einer sachverständigen, enthusiastischen und im allgemeinen altruistischen Hörerschaft?

Das Oxforder Fest der gesprochenen Dichtung wurde vor zwanzig Jahren gegründet und wuchs unter der Liebe und Fürsorge des verstorbenen Laurence Binyon heran. Das Fest fand bis zum Ausbruch des letzten, nie zu wiederholenden Krieges in Oxford statt. Jetzt wird es in London gefeiert, aber das Komitee und seine Anhänger hoffen bald nach Oxford zurückkehren zu können. Das Fest der gesprochenen Dichtung wird von Dichtern organisiert. Fast alle Schiedsrichter sind Dichter. Dichter, das heißt Männer, die sich redlich mit irgendeiner anderen

Arbeit plagen, um sich redlich mit der Arbeit plagen zu können, die sie wirklich lieben, wenn sie frei sind und nicht arbeiten. Die Schiedsrichter des Fests: kühl (besonders jetzt), unpersönlich, voller Sachkenntnis, reif, erhaben; kompromißlose, unbestechlich-unbeirrbare, asketische ferne Geschöpfe, die (wenn das die Teilnehmer am Wettbewerb nur wüßten, und ich spreche da nur von den männlichen Schiedsrichtern) dasitzen und in ihrem schwitzenden Ruhm an Kricket und Gefrorenes und schöne Beine denken und ihre kleinen Herzen hoch aufschlagen fühlen, inmitten von so vielen sommergeblümten Kleidern, hellen Lächeln, ungestümen jungen Menschen, hohen Absätzen, umrauscht von Unternehmungsgeist, Parfüm und Erde. Man wird vielleicht denken, daß ich mir gestatte frivol zu sein, obwohl es sich doch wirklich um ein sehr ehrliches, gewissenhaftes und überaus sachkundiges Fest handelt. Aber schließlich ist es ja doch ein Fest. Es ist nicht einfach ein kalter Wettbewerb. Es dauert alljährlich vier Tage, und man kann es genießen. Wir alle genießen es, Teilnehmer am Wettbewerb, Schiedsrichter, Nörgler, Zuhörer, jeder und jede. Dieses Jahr kamen über 300 Leute aus dem ganzen Land, die aufstanden und vorlasen, Marlowe, Tennyson, Sidney Keyes, Pope, hauptsächlich weil sie gern Gedichte laut vorlesen, und weil hier der rechte Ort und die Zeit war, sie vorzulesen, ohne Einschränkungen und ohne Protest. Das ist kein Ball der überfeinerten freundlichen Naserümpfer, sondern ein Fest der unverkniffenen, unverkorksten gesunden Menschen mit Stimme. Wenn ein Wettkampfteilnehmer nicht vorliest, dann hört er oder sie zu, wie andere lesen, und er hört mit sachkundigem Wohlwollen zu.

Ich will nicht behaupten, daß alle Leser erstklassig sind. Es ist ein Fest und ein Wettkampf von Amateuren, nicht ein freier Tag für erfolgreiche Exhibitionisten in

Ausübung ihres Berufes. Viele der Teilnehmer würden gern Berufsschauspieler, Rezitator, Radiosprecher werden, einige wenige sind es vielleicht. Wie alles, was etwas wert ist, ist auch dieses Fest voll von Schwächen. Ich glaube besonders, daß die Rezitatoren das Recht haben sollten, den Text der Gedichte, die sie zum besten geben, wirklich mitzubringen. Ich fand, als ein langes Gedicht vorgetragen wurde, daß einige der Wettbewerber ihre Darbietung recht störend verlangsamten, denn sie mußten zuviel im Gedächtnis behalten und sorgten sich allzu deutlich um die nächste Strophe. Ich fand auch, daß einige der »Entscheidungen« zu vorschnell getroffen werden mußten, so daß die lauwarme aber abgeschliffene Vortragstechnik bessere Aussichten hatte als eine ehrliche, warme, aber zögernde und vielleicht gelegentlich irregehende Leistung. Viele Vortragende waren auch von den augenfälligeren Vorlesekrankheiten beeinträchtigt, von den starken Zischlauten, von der theatralischen Stimme, jener gekünstelten Betonung, die sowohl den Rhythmus erdrosselt als auch den Sinn auf den Kopf schlägt. Da war die »tote Stimme« zu hören: eine Sprechweise, die so tut, als wolle sie die Wichtigkeit der platten Übertreibung, des Scheuens vor jeder großen Emotion herausarbeiten, dies aber nur, weil es an wahrer Fähigkeit zu geben fehlt. Dann das schöne Lächeln statt der schönen Stimme: die Zumutung eines geheimen zwinkernden Einverständnisses zwischen Sprecher und Hörer. Jene Haltung: »*Wir* wissen es ja, nur die andern nicht.« Es gab auch, wenngleich selten, das *Spielen* des gesprochenen Wortes, die erlernte, aber niemals gültige Geste, die etwas illustrieren will, was nicht illustriert werden kann, außer durch Kadenz, Gehalt oder Temperament einer Zeile. Man sah das Absuchen des Horizonts mit aufgerissenen Augen, und die mechanische Handarbeit erheuchelter Leidenschaft, wie wenn ein Sopran eine Ziege melkt.

Aber das alles war sehr selten. Jeder fast, fast jeder einzelne, genoß dieses Fest, wie man es seit zwanzig Jahren genossen hat. Kein Schwindel, keine Kunstschulstimme und keine Tennisgesellschaftsstimme, kein behaarter Sonderling mit Jägerhemden-Singsang oder mit einem Maibaumakzent, und kein Neues-Leben-Getue mit Henna und großen Armreifen. Und das Vortragsniveau war überaus hoch. Gedichte sind in Zeilen geschrieben, und wenn man die Augen zumachte, was manchmal schwer war, konnte man ohne Kreischen von Bremsen hören, wo die Zeilen aufhörten. Ja, man konnte es wirklich hören.

Vom Vorlesen eigener Gedichte

Um für heute abend etwas zum Vorlesen auszuwählen, habe ich mir siebzig von meinen Gedichten angesehen, und noch etliche überzählige. Dabei fand ich, daß viele von ihnen wirklich überzählig und etliche vielleicht Gedichte waren. Ich beschloß dann, keines von denen zu wählen, die mir auch heute noch ziemlich absonderlich scheinen, sondern mich an einige zu halten, die ein wenig zu jenem Zustand und Zweck hinstreben, den ich ihnen – glaube ich – schon damals zugedacht hatte, als ich hochnäsig und andächtig in kleinen Zimmern in Wales zu schreiben begann.

Denn ich rede mir gern ein, daß die Gedichte mit der beschränktesten Eigenart sich unter meinen frühesten finden und daß die späteren ausladender und tiefer sind. Doch kann mich darin die Zeit, falls sie sich dafür interessiert, widerlegen und gar noch herausfinden, daß vielleicht das Gegenteil wahr ist, oder daß beide Meinungen falsch sind.

Worauf es aber ankommt, ist, daß ich mich an den ersten Ansporn, der die meisten der früheren Gedichte hervortrieb und -pumpte, nicht erinnern kann. Sie sind mir auch noch zu nahe, mit ihren gewaltsam aufstampfenden schwarzen und grünen Rhythmen, als explodiere ein sehr junger Schutzmann. Weil sie mir noch so nahe sind, kann ich den Ansporn nicht aus dem gedruckten Beweismaterial rekonstruieren. Meine Interpretation dieser Gedichte – wenn das kein zu gewichtiges Wort dafür ist, sie einfach vorzulesen und zu versuchen, dabei eine Vorstellung von ihrem Klang und ihrer Gestalt zu vermitteln – könnte also nur ein Nachplappern dessen sein, was ich einmal zu sagen hatte.

»Und alles, was der Vorleser seiner eigenen Gedichte zu erreichen hoffen kann«, heißt es, »ist, seine eigene Erinnerung an den ursprünglichen Antrieb zu vermitteln, der seinen Gedichten zugrunde lag, und dabei vielleicht, und sei es auch nur für einen Augenblick, die innere Bedeutung der Worte auf den bedruckten Seiten zu vertiefen.«

Wie ich doch wünschte, dem von ganzem Herzen zustimmen zu können, geschweige denn, es selbst zu erreichen! Aber, ach, die Gefahr! Denn was der Vorleser seiner eigenen Gedichte so oft tut, ist, sie zu versüßlichen oder zu melodramatisieren und eine einzelne Wendung unter den Ängsten zerreißen oder unter den Schrecken erzittern zu lassen, von denen er sich einbildet, daß sie sie erzeugt haben.

Natürlich gibt es noch eine andre Art Vorleser; den, dem es gelingt, durch ausgeklügelte Plattheit, halbe Distanziertheit und fast herablassende Unterbetonung beim Vortrag seiner eigenen Gedichte den Eindruck zu erwecken, er wolle damit eigentlich sagen: Große Dinge, die aber nur mich etwas angehen.

Daß ich zu der sehr gefährlichen ersten Gruppe von Vorlesern gehöre, wird Ihnen beim Zuhören nur allzu klar werden.

Das erste Gedicht heißt nach seiner ersten Zeile:
Es war Einer voll Gnaden

Es war einer voll Gnaden

Es war Einer voll Gnaden
Seltner als Radium,
Gemeiner als Wasser, grausamer als Wahrheit.
Kinder, verbannt aus der Sonne
Kamen zu seinem Munde
Um den goldenen Ton erschließen zu hören die Klarheit;

Gefangene von Wünschen sperrten ihre Augen
In die schlüssellosen Kerker seiner lächelnden Schweigen.

Es sagt der Kinder Wort
Aus verlorenem Wüstenort,
Es sei Rast zu halten in seiner sicheren Unrast Bereich.
Wenn der hindernde Mensch zuletzt
Mensch, Tier und Vogel verletzte
Duckten wir unsere Ängste in jenem modernden Hauch,
Zu schweigen, zu schwelgen in Schweigen, wenn die Erde laut wurde rings,
In Horsten und Zufluchtsorten des ungeheueren Schreins.

Da wars ruhmreich zu horchen
In seiner Tränen Kirchen,
Unterm Flaum seines Armes seufztest du wenn er schlug;
O du dessen Träne nicht fiel
Wenn ein Mensch starb am Boden vor dir
Warfst eine Freudenträne in die unirdische Flut
Und deine Wange lag an einer wolkenförmigen Muschel:
Nun bist nur du und ich allein im Dunkel.

Brüder, geschwärzt und stolz, schrein
Winterumklammert zu zwein
Zu diesem ungastlichen hohlen Jahr hinauf:
Ach wir die weinten nie
Wenn wir auch hörten wie
Habsucht den Nachbar schlug und warf in Brand sein Haus,
Nur klagend nisteten in himmelblauer Wand,
Brechen nun Riesentränen um den Sturz den keiner kennt,

Um jener Häuser legen,
Die nicht unsre Knochen pflegten,
Um Tode Einziger die wir nie erfuhren,

Seht, allein durch unsre Hände
Ziehn mit unsrem Staub nun Fremde
Ein durch unsres unbetretnen Hauses Türen.
Verbannt in uns wecken wir Liebe, sacht,
Ungeballt, seidig-rauh, waffenlos, die alle Felsen bricht.

Das nächste Gedicht handelt von einer Mutter und ihrem Kind, das gerade geboren werden soll. Es ist kein erzählendes Gedicht, auch keine Debatte, sondern eine Folge von einander widersprechenden Bildern, die durch Mitleid und Gewalt zu einem unversöhnten Aufsichnehmen des Leidens führen: des Leidens der Mutter *und* des Kindes. Dieses Gedicht ist dunkel genannt worden. Ich weigere mich zu glauben, daß es dunkler ist als Mitleid, Gewalt oder Leiden. Weil es aber ein Gedicht ist, und nicht eine ganze Lebenszeit, ist es mehr komprimiert:

Krümmt mein Kopf einem Haar nur den Fuß

»Krümmt mein Kopf einem Haar nur den Fuß,
Stau den flaumigen Knochen zurück! Bockt der unangestochene Ball
Meines Atems auf einem Strahl, laß die Blasen platzen im Fall!
Lieber fallen gehenkt am Hals von dem Wurm aus Strängen
Als auf dem geschlagenen Schauplatz schlechte Liebe zu zwingen.

Alle Worte im Spiel passen in deinen Hahnenkampfring:
Ich durchsuche die Wälder voll Fallen mit dem Handschuh an einer Laterne,
Peck, spring und tanz auf dem Springbrunnen, drück vor der Zeit mich,

Eh ich geduckt das Gespenst überrenn mit dem Hammer,
auf Luft und
Licht stoß und blutig mach einen Raum voller Leute.

Ist mein gducktes äffisches Kommen grausam,
Wüt mich zurück ins Zeughaus: meine Hand fasere auf
Und vernäh die tiefe Tür! Das Bett ist bös, eine Kreuzstatt.
Tut mein nahender Schädel weh, verbieg meine Richtung
zum Bogen:
Laß die reiterlos schlaffe Gestalt durch neun abmagernde
Monate fliegen!«
»Nein! Ich wollte nicht um Christi blendendes Bett,
Auch um Perlmutterschlaf unter weichen Stäubchen und
Lockungen nicht,
Daß ich meine Tränen und deinen eisernen Kopf, mein
Liebes, nicht hätt!
Stoß, meine Tochter, mein Sohn! Stoß dich frei! Nein, das
geht nicht, nein, nein,
Auch nicht, wenn das schwere himmlische Heer aller
Wasser bricht.

Nun dein Erwachen, aus meiner Lust wie aus einer
Höhle gestoßen
Zur Kindheit, auf ewig unfrei, Erwachen zu Angst
und Aas,
Du mein verlorenes Lieb, verstoßen aus gutem Haus!
Den Weg von des Grabes Rand läuft das Korn daher und
dahin alle Straßen
Und hat Stimme und Haus, und dort und da mußt du
liegen und schrein.
Rast wahllos im für den Rost bestimmten Korn,
An der Brust, die mit Meeren versorgt ist. Rückweg wird
keiner sein,
Nicht auf fetter Straßen Wogen noch auf des Gerippes
mageren Wegen.

Das Grab und mein ruhiger Leib sind versperrt für dein
Kommen wie Stein,
Und der endlose Anfang der Kindwunder duldet offen.«

Seine eigenen Gedichte verlesen heißt immer die Katze aus dem Sack lassen. Vielleicht haben Sie schon immer Stücke eines Gedichts im Verdacht gehabt, überladen zu sein, zu gewaltsam oder dumm, und dann, mit einem Mal, von des Dichters eigenen Lippen, wird Ihr Verdacht zur Gewißheit. Wie er eine Zeile verzögert, um sie zu genießen, weil er sich erinnert, wieviel Mühe es ihn damals gekostet hat, sie genau so zu machen; und das ausgerechnet in dem gleichen Augenblick, in dem Sie finden, daß diese Stelle Härte und Tempo braucht. Faucht oder miaut die Katze denn besser, wenn sie von ihrem ursprünglichen Eigentümer – oder sogar von ihrem Vater, dem Katerdichter – aus dem Sack gelassen wird, als wenn das ein anderer tut, der sie nicht selbst hineingesteckt hatte?...

Gedicht im Oktober

Es war mein dreißigstes Jahr gen Himmel
Das wachte auf als ich hörte vom Hafen und Nachbarwald
Und vom muschelgeteichten und reiher-
Gepriesterten Strand
Des Morgens Locken
Mit Gebeten des Wassers und Rufen der Seemöwe und
der Krähe
Und dem Pochen von Segelbooten an die netze-verfitzte
Daß ich gehe [Wand
Ohne zu stocken
Durch die noch schlafende Stadt hinaus ins Land.

Mein Geburtstag fing an mit den Wasser-
Vögeln und Vögeln geflügelter Bäume die flogen
meinen Namen
Über den Bauernhöfen und über den weißen Rossen
Und ich stand auf
Im Regenherbst
Und ging hinaus in einen Schauer all meiner Tage.
Flut wars und der Reiher tauchte als ich den Weg nahm
Über die Grenze
Und die Tore
Der Stadt beim Erwachen der Stadt sich schlossen.

Ein Frühling voll Lerchen in einer kollernden
Wolke und Straßenrandsträucher wimmelnd von singenden
Amseln und die Oktobersonne
Sommerlich
Auf des Hügels Kuppe,
Da waren linde Lüfte und süße Sänger mit einem Mal
Gekommen am Morgen durch den ich ging und lauschte
Dem regenauswindenden
Wind der blies kalt
Im Wald tief unter mir im Tal.

Fahler Regen über dem schwindenden Hafen
Und über der seenassen Kirche schneckenklein
Mit ihren Hörnern im Dunst und über dem Schloß
Eulenbraun:
Doch alle Gärten
Des Frühlings und Sommers blühten in großen Sagen
Jenseits der Grenze und unter der Wolke voll Lerchen.
Dort konnt ich mit Staunen
Meinen Geburtstag
Vertun – doch das Wetter wendete sich um.

Es wendete sich ab von dem heiteren Lande
Und die andere Luft und den blauen veränderten Himmel
Strömte es wieder als Wunder von Sommer [entlang
Voll Äpfeln
Birnen und roten Beeren
Und in der Wendung sah ich so deutlich eines Kindes
Vergessene Morgen als es mit der Mutter den Gang
Durch die Parabeln
Des Sonnenscheins ging
Und durch die Legenden der grünen Kapellen

Und durch die zweimal erzählten Felder der Kindheit
daß seine Tränen

Meine Wangen brannten und sein Herz in meinem sich
Das waren die Wälder der Fluß und die See [regte.
Wo ein Knabe
Im horchenden
Sommer der Toten die Wahrheit von seiner Freude sagte
Flüsternd den Bäumen und Steinen und Fischen in der Flut.
Und das Geheimnis
Lebte und klang
Noch immer weiter in Wasser und Singvogelsang.

Und dort konnte ich meinen Geburtstag
Verstaunen. Aber das Wetter wendete sich und die wahre
Freude des lange toten Kindes sang brennend klar
In der Sonne.
Es war mein dreißigstes
Jahr gen Himmel das dort stand im Sommermittag
Ob auch unten die Stadt belaubt voll Oktoberblut lag.
O daß meines Herzens Wahrheit
Gesungen werden mag
Auf diesem hohen Hügel auch noch in einem Jahr.

Das nächste Gedicht, das ich Ihnen vorlese, ist das einzige, das ich je unmittelbar über das Leben und den Tod eines einzelnen wirklichen Menschen geschrieben habe, den ich selbst kannte, und nicht über die vielen vielen Leben und Tode, ob ich die nun, wie in meinen ersten Gedichten, in der ungestümen Welt meines eigenen Ich gesehen hatte, oder, wie in den späteren Gedichten, im Krieg, im Schmerz und in den großen Löchern und Winkeln der allumfassenden Liebe.

Nach dem Begräbnis
(Zum Andenken an Ann Jones)

Nach dem Begräbnis, dem Mauleselob und -gewieher,
Dem Windwehn von Segellangohren, dem gedämpften
Zehenspitztripp
Und Trapp des glücklichen einen Fußes mitten
Durch dick und dünn des Grabes, verhängten Lidern,
Zähnen in Schwarz,
Nach speichligen Augen, nach Salzteichen in den Ärmeln,
Nach dem Morgengeklatsch des Spatens der weckt den
Schlaf und der fest
Einen trostlosen Jungen rüttelt, der sich die Kehle
durchschneidet
Im Dunkel des Sarges und dürres Laub fallen läßt,
Das einen Knochen ans Licht bricht mit Jüngstem
Gerichtstagshieb;
Nach dem Schmaus von tränengestopfter Zeit und
Disteln in einem Zimmer
Mit ausgestopftem Fuchs und abgestandenem Farn,
Steh ich um dieses Andenkens willen allein
In den wimmernden Stunden bei der toten, buckligen Ann,
Deren verkapptes Springbrunnenherz einst in Tümpeln fiel
Auf die dürren Welten von Wales und jede Sonne ersäufte
(Obwohl das für sie ein Ungeheuer von Bild ist, blindlings

Vergrößert vom Lob ; ihr Tod war ein stiller Fall;
Sie würde nicht wollen, daß ich in die heilige
Flut ihres Herzensruhms sinke; sie läge stumm und tief
Und brauchte keinen Druiden ihres zerbrochenen Leibes).
Doch ich, Anns Barde an einem erhöhten Herd, ruf alle
Meere zur Andacht, daß Anns holzzüngige Tugend
Lalle wie eine Läutboje über den hymnenden Köpfen
Und zu Boden beuge die Wände der farnig-füchsischen
Wälder,
Daß ihre Liebe singe und schwinge durch eine braune
Kapelle,
Ihr verborgener Geist sei gesegnet mit vier sich kreuzen-
den Vögeln.
Ihr Fleisch war mild wie Milch, doch dies Denkmal gen
Himmel
Mit wilder Brust und gesegnetem riesigem Schädel
Ist geschnitten aus ihr in einem Raum mit einem nassen
Fenster
In einem lichterloh flennenden Haus in dem krummen
Jahr.
Ich weiß, ihre gewaschenen demütig-sauren Hände
Liegen mit ihrem Glauben im Krampf; ich hör
Ihr abgeschabtes Flüstern, ein feuchtes Wort, ihr
durchlöchertes Denken;
Ihre Faust von Gesicht starb geballt um ein rundes
Schmerzengestöhn;
Und die gemeißelte Ann ist ein Jahrsiebzig aus Stein.
Diese in Wolken getauchten marmornen Hände, dies
monumentale
Argument aus gehauener Stimme, Geste und Psalm,
Das bestürmt mich immerzu über ihrem Grabe bis einst
Die ausgestopfte Lunge des Fuchses zuckt und ruft: Liebe
Und der stolzierende Farn legt Samen aufs schwarze
Gesims.

Walisische Dichter

Die Stellung des Dichters – wenn Dichter überhaupt Stellungen haben müssen, abgesehen von der aufrechten Stellung – die Stellung des Dichters also, der in Wales oder von walisischen Eltern geboren ist, aber englische Gedichte schreibt, wird heute von vielen Leuten unnötig und auf banale Art erschwert. Es gibt eine Anzahl von jungen Walisern, die englisch schreiben, die aber, weil sie leidenschaftlich auf ihrer walisischen Nationalität bestehen, eigentlich walisisch schreiben müßten. Aber entweder können sie nicht walisisch schreiben, oder wegen der begrenzten Absatzmöglichkeiten walisischer Werke wollen sie es nicht und erwekken dann oft den Eindruck, daß ihr Englischschreiben nur eine Herablassung sei, ein Zugeständnis an den Einfluß und die Allgegenwart einer tyrannischen Fremdsprache. Zu denen gehöre ich nicht.

In der Zeit von 1622, dem Geburtsjahr Henry Vaughans, bis zum Jahr 1944, als Alun Lewis starb, gibt es nicht mehr als ein halbes Dutzend wirklich wichtige walisische Dichter, die englisch schrieben, doch gab es viele fähige und charmante Leute, die sich einer Feder gut zu bedienen wußten. Ich kann weiter nichts sagen, als daß Waliser von Zeit zu Zeit außerordentlich gute Gedichte in englischer Sprache geschrieben haben. Ich möchte eigentlich annehmen, das kommt daher, daß sie vor allem gute Dichter waren und sind, und nicht gute Waliser. Was zählt, ist die Dichtung, geschrieben in der Sprache, die für den Dichter die natürlichste ist, und nicht des Dichters Weltteil, Land, Insel, Rasse, Klasse oder politische Überzeugung.

Henry Vaughan

Vor Vaughan gab es eine großartige Dichtungstradition in walisischer Sprache. Dafydd-ap-Gwilym zum Beispiel, ein Zeitgenosse Chaucers, gilt bei den meisten Kennern der keltischen Literatur als diesem ebenbürtiger Dichter. Vaughan, der aus uralter walisischer Familie kam und in England erzogen wurde, hat ap-Gwilyms Gedichte ganz bestimmt gekannt. Aber er ahmte das überschwengliche Bardentum jenes großen höfischen Dichters keineswegs nach, sondern leitete seinen Stil und seine Themen von George Herbert her. Er schrieb zu einer Zeit, in der ein Dichter Stil und Inhalt wirklich von einem anderen ableiten und dennoch originell bleiben konnte. Er las und liebte auch die Dichtung John Donnes, aber am meisten liebte er sie, wo er sie im Werk Herberts gespiegelt und verwandelt sah. Für Vaughan war die Welt »nichts Geringeres als ein Schleier des Ewigen Geistes, dessen Gegenwart in jeglichem, und sei es auch in dem kleinsten Teile, gespürt werden kann«. Der heutige Leser wird ihn vielleicht nicht als mystischen Theologen schätzen, sondern als wunderbaren Dichter einzelner Verse, als einen Magier der Intervalle. Er wird an einzelne ungewöhnliche Zeilen denken, und nicht so sehr an ganze, noch ungewöhnlichere Gedichte. Vielleicht zum Beispiel an diese Zeilen aus einem Gedicht über das Grab:

> Ein Nest von Nächten, und ein düstres Haus,
> Wo Schatten brauen und der Wolkenkraken
> Sitzt auf der Sonne Stirn jahrein, jahraus,
> Und nichts bewegt sich ohne Totenlaken.

Oder ein einzelnes Bild:

> ... Sterne nicken ein und schlafen
> Und spinnen durch finstere Luft einen feurigen Faden.

Oder diese Stelle aus dem *Tag-Frühling*:

Früh, als die Finsternis noch fröhlich war,
Und, sternvergoldet, mehr als Tag sogar,
Erhob sich grün das unsterbliche Reis,
Der Erde keusche Ros', des Himmels Lilie weiß,
Und neigte vor dem Vater ganz allein
Das hochgebenedeite Antlitz sein.

Und hier eine von den vielen großartigen Anfangszeilen:

Gestern sah ich der Ewigkeit Gesicht
Als riesigen Ring von endlos reinem Licht.

Aber ich habe ein ganzes Gedicht ausgewählt, in dem sich die Gestalten seiner echten und intensiven Gesichte in einer wilden und doch unweigerlich geordneten heiligen Landschaft bewegen:

Die Nacht

Von jungfräulichem Schrein bist du umhegt,
Vom Schleier, der vor deinem Mittag schont,
Daß dich der Mensch sieht und dich doch erträgt,
Wie Glühwurm nachts den Mond.
Der weise Nikodemus sah solch Licht
Und kannte dran bei Nacht des HERRN Gesicht.

Voll Segen gläubig, er!
Der in der blinden Augen dunklem Land
Die heilenden Schwingen sah, ersehnet sehr,
Als GOTT erstand,
Und der, was keiner sonst vollbracht,
Sprach mit der Sonne in der Mitternacht.

Wie er dich fand in totenstiller Stund',
Wer sagt mir, wo?

Aus welchem heilig abgelegnen Grund
   Wuchsest du, Blume, so
   Daß unserer Gottheit Fülle in dir liegt
In deinen beneideten Kelch geschmiegt?

   Kein goldner Thron der Ehrn,
Kein staubig toter Cherub statt aus Stein,
Nur Seine guten Taten hielten meinen HERRN
   Aufrecht allein,
Wo Bäum' und Sträucher wachten und voll Fragen
Ihn sahn, indes die Juden schlafend lagen.

   Lieb Nacht, Weltniederlag!
Schranke geschäftiger Narrn und trüber Dinge,
Ruhbett der Seel, der Geister stiller Tag,
   Drein keiner Unruh bringe
Du CHRISTI Betezeit und Bahn,
Deine Stunden kündt der Himmel an.

   GOTTS suchend stiller Flug
Wenn meines HERREN Haupt voll Tau ist, all
Sein Haar vom Wasser der Nacht ist feucht genug,
   Du, Seines Rufens Schall,
Du, Seines Pochens Zeit, der Seele stumme Wachen,
Da Geister Jagd auf ihresgleichen machen.

   Wärn all' mein laut', schlimm' Tag
Ruhig, ohn Spuk, gleichwie dein dunkles Zelt
In dessen Stille nur der Engel Flügelschlag
   Und Stimme manchmal fällt,
Dann wollt im Himmel ich das ganze lange Jahr
Verweilen, und nicht wandern hier fürwahr.

   Doch lebend, wo die Sonn'
Alle Ding' weckt, daß sie, umirrend, stumpf

Sich selbst und andre machen, lauf auch ich davon
Zu jedem Sumpf,
Und dieser Welt Irrlicht des Tags führt dann
Mich schlimmer, als ich in der Nacht gehn kann.

Es ist in GOTT – es heißt –
Ein tief, doch blendend Dunkel! Wie man gar
Sagt: spät und dämmrig ist es; denn der Geist
Der Menschen sieht nicht klar.
Käm doch die Nacht, in der ich lichterlos
Unsichtbar leben dürft in Seinem Schoß!

EDWARD THOMAS

Von Edward Thomas, der 1917 in Frankreich gefallen ist, bis zu Alun Lewis, der 1944 in Indien starb, entstand eine ganz neue Literatur von Gedichten, die von Walisern geschrieben wurden. Ich glaube aber nicht, daß diese Dichter irgend etwas miteinander gemein hatten außer Liebe zur Dichtung und zu ihrem eigenen Land. Ihre dichterischen Quellen waren nicht die gleichen, wenigstens nicht in nennenswertem Maß. Edward Thomas zum Beispiel liebte sein ganzes jämmerlich kurzes und viel zu oft trauriges Leben lang das überaus englische Werk eines Thomas Hardy, die Gedichte von John Clare, dem Bauern aus Northamptonshire, und William Barnes, den Dichter von Dorset. Immer liebte er die sattbraunen Ställe und Koppeln des Malers George Morland und die liebevollen Landschaften des alten Crome. Er liebte die Felder, die Wälder, die gewundenen Landstraßen, er kannte tausend ländliche Dinge: die Regendiamanten auf den Grashalmen, die geisterhaft weiße Blüte der Petersilie, Maus und Zaunkönig und Rotkehlchen, die ersten Veilchen in jedem Jahr, die Misteldrossel, die Holunderbeeren, liebte die Hagebutten, die Haselnußstauden, frischgemähtes

Heu, den Ruf des Kuckucks, den unberührten Tau, Kirchen, Friedhöfe, Farmen, Kuhställe, Kinder, Wildgänse, Pferde in der Sonne. Edward Thomas war, wie Walter de la Mare gesagt hat, ein treuer und einsamer Liebhaber jenes Liebenswerten, das die meisten von uns nicht lieben, und das hat ihn viel gekostet. Und als er schließlich in Flandern getötet wurde, zerbrach ein so reiner und unverfälschter Spiegel Englands, daß nirgends eine klarere und zartere Spiegelung zu finden ist als in seinen Gedichten.

Hier eines von diesen Gedichten, das er in Wales geschrieben hat:

Mutter, die Wurzel dieser kleinen gelben Blume
Zwischen den Steinen schmeckt nach Chinin.
Seltsam sind heut die Klippen, die Sonne so hell,
Und der Heuschreck an seiner Nähmaschin'
So fleißig. Da war einer auf meiner Hand, Mutter, such!
Ich liege so still. Da ist einer auf deinem Buch!

Doch was Seltsameres muß ich sagen, drum laß
Dein Buch dem Heuschreck, liebe Mutter mein! –
Wie ein grüner Ritter auf dem Markt, auf dem bunten [Platz –
Und horch mit mir! Hörst du, was ich mein,
Weit draußen? Der Schaum dort schlägt Locken dann und wann
Und hebt einen weißen Arm wie ein Mädchen dann.

Fische und Möwen läuten nicht. Es kann keine Kirche
Und keine Kapelle sein von Devon bis hierher,
Mit glockenläutenden Fischen oder Möwen. Doch horch [nur:
Irgendwo oben im Himmel oder unten im Meer!
»'s ist die Glocke, mein Sohn, in der Bucht, die im Wellengang
Auf der Boje klingt. Die hat heut einen schönen Klang.«

Was Schöneres hört ich noch nie, Mutter! Nein, in ganz
Wales nicht.
Ich möcht gern liegen, dort unten, wo es schäumt,
Tot, aber hören den Klang der Glocke
Und sicher wissen, daß die Mutter oft kommt
Und sich ausruht und zuhört und sich freut.
Wenn das sein könnt, wär ich glücklich heut.

W. H. Davies

W. H. Davies (1871–1940) wurde in Monmouthshire geboren und kam sehr jung zu einem Rahmenmacher in die Lehre. Er durchstreifte als Vagabund Amerika, überquerte vielmals auf Viehfrachtern den Atlantik und war in England Hausierer und Straßensänger. Völlig arm und allein, gebildet nur durch das, was er zufällig in den Slums der großen Städte zu lesen fand, begann er plötzlich Gedichte zu schreiben, die geradewegs von Robert Herrick herzustammen schienen. Vom ersten bis zum letzten waren seine vielen, vielen Gedichte immer frisch, einfach und selbstsicher. Auch in seinen leichtesten Versen war etwas Unabänderliches. In seinen winzigsten Betrachtungen der Welt um uns lag einmalige Beobachtung.

Seine berühmtesten Gedichte handeln von Vögeln, Wolken und Tieren, von der Fahrt der Planeten und der Jahreszeiten, vom Abenteuer des Kommens und Gehens des einfachen Tages und der einfachen Nacht. Aber ich habe zwei seiner weniger bekannten Gedichte ausgewählt, die ihn vielleicht vielen in einem neuen Licht zeigen werden, doch deshalb nicht weniger sorgfältig gerecht und liebevoll als in den Gedichten, in denen seine Königsreiher, seine Rotkehlchen, seine kleinen Buckligen im Schnee, alle die Einwohner seiner winzigen, reinen Welt ihre geheimnisvollen Wege gehen, am Himmel und auf der Erde, die er beide so sehr geliebt hat.

Die Untersuchung

Ich tat den Schwur zu forschen gut,
Leidenschaftslos und sachlich nur,
In Sachen *Tod der Ada Wright*,
So helf' mir Gott! – ich tat den Schwur.

Und als ich ging, den Leichnam sehn –
Viermonatskind, es starb so jung –
Dacht ich es wog wohl sieben Pfund
Und war kaum mehr als ein' Fuß lang.

Ein Auge zu, mit gelbem Lid,
Zu auch der Mund, der lächelt' lind,
Das linke Aug offen, das glänzte hell –
Es schien ein kluges kleines Kind.

Und als ich das eine Auge sah,
Da wars als hätte es gesagt und gelacht:
»Woran ich starb, weißt du doch nie,
Vielleicht hat die Mutter mich umgebracht.«

Drauf ging ich in den Gerichtssaal zurück
Und hörte der Mutter Aussage dann –
Ein Kind der Liebe, meinte sie –
Und lächelte uns erklärend an.

»Meine Herren Geschworenen«, sprach sodann
Zu uns der Beamte, »dies Kindlein da,
Das fand durch Unfall seinen Tod.«
Die Mutter lächelte; wir sagten: »Ja.«

Und ich sah des Kindes eines Aug,
Und mir war, als hätt' es gesagt und gelacht:
»Woran ich starb, weiß du doch nie.
Vielleicht hat die Mutter mich umgebracht.«

Die Büste

Als ich ins Weite zog hinaus,
Da ließ ich eine Frau im Haus,
Daß sie den Staub fernhalten müßte,
Von Büchern, Bildern und meiner Büste.

Als ich zurückkam, lag Willkommen
In ihrem Blick, sie sprach beklommen,
Und alles stand an seinem Ort
So rein und klar wie sie selber dort.

Doch dann nahm ich's genauer wahr:
Staub lag auf meiner Büste Haar,
Auch Brau'n und Nase weiß bekränzt --
die Lippen nur warn blank umglänzt.

Die Zeit verging, da ging auch sie.
Doch wie das war, vergeß ich nie:
Wie ein harter Mund einst rein blieb und schön,
Durch Lippen, die küßten ungesehn.

Idris Davies

Idris Davies verbrachte einen großen Teil seines Lebens in Armut und ungünstigen Umständen. Das hat ihn nie zornig gemacht, wenigstens nicht in seinen Gedichten. Aber aus den Bergwerkstälern von Süd-Wales kamen Dichter, die anfingen, in einem Geist des leidenschaftlichen Zornes über die Ungleichheit in unserer Gesellschaft zu schreiben. Sie schrieben nicht von den Wahrheiten und Schönheiten der natürlichen Welt, sondern von den Lügen der Häßlichkeit des unnatürlichen Gesellschaftssytems, unter dem sie arbeiteten, oder, während der zwanziger und dreißiger Jahre, noch häufiger nicht einmal Arbeit fanden. Sie sprachen in rauhen zornigen Rhythmen von dem Wales, das sie kannten: von den Schlackenhalden, von den schlangestehenden Arbeitslosen, von den halsstarrigen bankrotten Dörfern, von den Kindern, die auf den Halden nach Kohle suchten, von den schäbigen Parzellen der Bergarbeiter, vom billigen Kino, von den Hunderennen, von den stillgelegten Steinbrüchen, den rostenden Fördermaschinen, den hageren Bethäusern mit ihren Wellblechdächern mitten im Ruß, von den Hauern, die im angeschnittenen Fölz hocken, den Wirtshäusern, den Woolworth-Kaufläden, den Pastoren und den Zigeunern, von Silikose, vom kleinen Moskau oben jenseits der Berge, von der Fabrik mit ihrem eingedellten Dach und ihrem Schornstein ohne Rauchfahne, von der grauen Steinstraße, vom Fluß und seinem Abschaum, von den Männern, die als Bündel aus Mützen und Fausthandschuhen vor dem düsteren Arbeitsamt und der Leihbücherei standen.

Von diesen Dichtern ist Idris Davies vielleicht der einzige, der versucht hat, die Gewalt, die in ihm war, in wirkliche Gedichte zu fassen. Und er erreicht oft lyrische Einfachheit, die aber seinen Haß gegen das Unrecht nicht weniger grimmig macht. In manchen seiner Gedichte bringt er es sogar über sich, mit einer Art trauriger Leichtherzigkeit von seinen Leuten und von seinem Land zu schreiben, zum Beispiel in dem Gedicht »Er wird nicht mehr reden von jenen Tagen...« In seinem Gedichtband »Gwalia Deserta« ist ihm auch ein sehr einfaches und ergreifendes Lied geglückt:

O gib mir was, gib mir!
Weinen die Glocken von Rhymney.

Wirds denn je besser werden?
Schrein die braunen Glocken von Merthyr.

Ist der Schachtherr was Besondres?
Sagen die schwarzen Glocken von Rhondda.

Wer bringt den Bergmann um das Seine?
Schrein die grimmigen Glocken von Blaina.

Euch zu plündern sind sie willig!
Sagen die Glocken von Caerphilly.

Mit Zähnen und mit Krallen
Laut von Neath die Glocken schallen.

In Südwales kanns Herz euch brechen,
Sagen die rosa Glocken von Brecon.

Auch Gott mags nicht mehr ansehn,
Sagen die feuchten Glocken von Swansea.

Vor Gericht stellt sie sofort!
Schrein die Glocken von Newport.

Dann wär alles recht artig,
Sagen die grünen Glocken von Cardiff.

Was bedrückt euch, Schwestern, ei?
Singen die silbernen Glocken von Wye.

Glyn Jones

Glyn Jones, derzeit Schulmeister, ist einer der wenigen jungen Waliser, die heute englische Gedichte schreiben, zugleich aber wirklich die eigentliche walisische Dichtung von Grund auf kennen. Er hat in mehreren englischen Gedichten versucht, die sehr schwierigen Metren der alten walisischen Barden zu verwenden. Diese Kunstformen beruhen zum großen Teil auf Assonanz, Alliteration und äußerst komplizierten Binnenreimen. In den Händen der wenigen, die versucht haben, sich dieser Kunstmittel im Englischen zu bedienen, war das Ergebnis nur eine Verzerrung, Einzwängung und Verdunkelung des natürlichen Genius der englischen Sprache. Aber wenn Glyn Jones sich nicht mit diesen Versuchen befaßt, die für an englische Gedichte gewohnte Ohren unweigerlich ungeschickt und verschroben klingen müssen, dann kann er mit solcher Sicherheit schreiben, wie im folgenden Gedicht, in dem man den Einfluß von D.H. Lawrence erkennen kann, besonders in der letzten Strophe. Es heißt *Esyllt* (= Isolde):

Er klettert unseren Hang herunter, da steigt mein Falke,
Steuert schweigend hinauf über fünf leeren Feldern,
Ein weiches, sonnengebürstetes Braun um die Schultern,
Und schwebt in weiten Kreisen auf starr gebreiteten Schwingen.
Ihre Schatten schneiden: in neuen weichen gelbroten Jagdschuhn
Bricht mein Geliebter durchs knackende Rankenwerk.

Der stille dornbuschzischende Hügel brennt von des goldenen Ginsters
Auswitterndem Quarz. Jeder Strauch, den er streift, vergießt Tau.
Seltsam, zuletzt die Trennung war niemals traurig,
Sondern unwirklich, wie meine versprochenen Jahre,
Schwächer spürbar als diese silbrige Schneckenschriftspur,
Die hier stark in der Sonne auf Steine gekritzelt ist.

Warum wollte ich oft heftiger aufschrein
Gegen sein Fortgehn, wenn er mein Fleisch nur verließ

Für eine Nacht? Wenn er gegangen war
Heiß aus der Mutter Küche, und meine Kämme
Auf dem Tisch lagen unter der Lampe, und der Wind
Klapperte mit den Türen des Schuppens drüben im Hof.

Alun Lewis

Alun Lewis fand durch einen Unfall den Tod, im Jahr 1944, als Soldat in Indien. Drei der besten (vielleicht wird man in einer späteren, stilleren Zeit finden, daß es *die* besten waren) Dichter, die in den beiden großen Kriegen dieses Jahrhunderts geschrieben haben, waren Edward Thomas, Wilfred Owen und Alun Lewis. Thomas und Owen wurden fünfundzwanzig Jahre alt, Lewis achtundzwanzig. Alle drei waren Waliser. Über Nationalcharakter habe ich bei dieser Gelegenheit nichts zu sagen. Lewis war einer, der heilte und erleuchtete, demütig vor seinen eigenen Geständnissen, überwältigt vom ewigen Geständnis der Liebe, das von den verachteten und verurteilten Bewohnern der rings um ihn zerbröckelnden Welt abgelegt wurde. Er schrieb:

Ich habe keinen Wunsch mehr, zu gestalten
Die alten Beziehungen, die Liebe, erfüllt
Oder verdummt, oder die Gabe zu leiden.
Ich will auch nicht alles schön sagen, was Dichter schon
Vom einen oder andern der alten Zwänge, [sagten
Denn nun sind die Zeiten alle versammelt zur Beichte.

Und immer demütig, niemals als Priester, sondern als ihr Diener hörte er diese Beichte. Wie Wilfred Owen wußte er, daß im Krieg die Dichtung im Jammer liegt, im Mitleid. Und wie Owen konnte er sich nie über das Mitleid stellen, sondern mußte ihm Sprache verleihen, wie in diesem Zitat aus einem unvollendeten Stück, in dem Sacco, der Genosse Vanzettis, aus dem Gefängnis an seinen Sohn schreibt:

Was dich betrifft, so denk dran, daß im Spiel
Des Glücklichseins du nicht alleinstehn darfst,
Denn Glück ist, daß du teilnimmst an den Festen.
Auch darin sei ein Mann, wie du begrüßt
Das Leid, das dein Gesicht als Kind schon schmal macht.
Und wenn du kämpfen mußt, sei nicht beunruhigt.
Nur Narren glauben, Leben geht nach Maß,
Narren, und Töchter auch aus reichem Hause.

Halt mit dir Maß, doch altbacken vor Vorsicht
Oder vor Zweifel werde nie. Ich wünschte
Du sähst mich morgen vom Elektrischen Stuhl
Hinuntergleiten. Dran könntest du denken
Und nie, mein Sohn, unseres Kampfes Preis
Am Ausgang messen wie ein armes Weib.
Doch deinen Schlaf stör ich mit keinem Alptraum.
Du sahst so glücklich aus in deinem Bett...

Doch hab ich weder Kraft, noch Zeit für alle
Diese Gedanken. Einer schon genügt,
Das All zu füllen. So; ich laß das Schreiben...
Ich hoffe dieser Brief trifft dich gesund an,
Mein Sohn du, mein Genosse! Grüße mir
Inez, und Mutter, und auch meine Freunde.
Auch Bartolo schickt seinen Gruß an euch.

Ich hätte besser, einfacher geschrieben,
Nur dreht sich mir der Kopf jetzt wie ein Kreisel
Und meine Hand ist zittrig... Ach, ich bin so schwach...

Wales und der Künstler

Zu viele Künstler aus Wales, die ihren dauernden Wohnsitz in, sagen wir einmal, London aufschlagen, beginnen sich fast sofort bis zur Unkenntlichkeit zu anglisieren. (Freilich gilt das nicht nur für Künstler. Ich kenne einen Friseur aus Wales in London, der so haarsträubend energisch daran gearbeitet hat, seinen Akzent loszuwerden, daß er sich jetzt anhört wie ein Mann, der den marmornen Parthenonfries aus dem Britischen Museum im Mund hat.) Diese anglisierten Waliser äffen das dunkle »a« nach. Sie verleugnen die walisische Sprache, gleichgültig ob sie sie kennen oder nicht. Durch herablassendes Erzählen von komischen, nicht ganz klaren Geschichten von Dai und Evans aus den alten Tälern, verdienen sie sich in Gesellschaft kultureller Speichellecker, die sich ihrerseits wieder zu ihnen herablassen, jämmerliche Dinners und Runden von abgestandenen Getränken. Sie fallen auf die allerneuesten »ismen« herein, arglos wie junge Hunde auf Gummiknochen. Mit ihrer spanielhaften Anhimmelei und ihrer Unkenntnis der Tradition, die sie unweigerlich zum Experiment zwingt, bestätigen sie den Verdacht nichtwalisischer experimenteller Künstler, daß alle Waliser Schwindler seien, besonders aber walisische Künstler. In Ausstellungen, Konzerten, auf Cocktailparties finden sie sich an den dicken, horngefaßten Rändern, wo sie ihren natürlichen Eifer erdrosseln, um ein, zwei halbverschluckte geringschätzige Worte fallen zu lassen und mit wissender Blasiertheit die Gemälde, die Musik, die Gäste, ihren Gastgeber abzutun, wobei sie ihre Stimmen in ein Korsett schnüren, daß ja kein Tonfall von walisischem Enthusiasmus auftrillern oder herauskollern kann. »Genohgenomm«, sagen sie, »bin ich in Cwmbwrla geboren, aber Soho ist besser für meine Gouaches.« Sie errichten im näselnden nieselnden London ihr eigenes kleines Talmi-Wales, eine Exilregierung von enteigneten Intellektuellen, die nicht ihr Land, sondern ihren Intellekt verloren haben.

Und sie kehren von längerer Zeit zu Zeit heim, wie Leutseligmacher, um ihre festeingefahrenen alten Freunde von oben herab zu behandeln und auf die Schultern zu klopfen und amüsiert nach dem Weg zu dieser Straße und jenem Gebäude zu fragen, als wüßten sie ihn nicht mitten in der Nacht. Sie kehren heim, um mit allen Magneten ihres Snobismus die Vornamen und die Anzahl der Frauen alternder Maler aufzulesen, die Stammlokale aufsteigender Dichter, das intime Verhalten der berühmten Musiker, die sie gar nicht kennengelernt haben, und um in ihren Taschen und Mündern ihre ausländischen Pennys, Ansichten und Wortbetonungen klimpern zu lassen.

Und auf der anderen Seite bleiben zu viele walisische Künstler zu lange daheim, in Wales, Riesen in der Finsternis hinter dem Dorfbrunnen, Pygmäen in der völkerlosen Sonne, die neidisch ihre vergifteten Pfeile auf die Künstler anderer Länder abschießen, statt zu versuchen, das Niveau der Kunst ihres eigenen Landes zu heben, indem sie sich ordentlich hinter ihre eigenen Worte, Farben und Melodien hermachen.

Und zu viele Künstler in Wales verbringen zuviel Zeit mit Debatten über die Stellung des Künstlers in Wales.

Es gibt nur eine Stellung für einen Künstler, ganz gleich wo: aufrecht.

Über Dichtung

Ja, auch ich bin der Meinung, daß Varietéchansons, »music-hall songs«, gute Dichtung sein können. Das gleiche gilt für Klapphornreime, für Limericks, gleichgültig, ob sie in den Salon oder in die Wirtsstube passen. Aber ich glaube, Werbetexte und dergleichen waren nie gute Dichtung. Ich glaube, Stephens, Sie machen sich über meine (verhältnismäßige) Jugend einfach lustig. Die junge Generation wurde früher von der älteren leichtfertig genannt. Jetzt nicht mehr. Wir sind es jetzt, die die Leichtfertigkeit der Älteren bemängeln. Ich komme mir so ähnlich vor wie das kleine Mädchen auf einem Bild von Max Beerbohm, das Matthew Arnold eine pedantische Rüge erteilt: »Warum, Onkel Matthew, ach, warum willst du nicht immer völlig ernst sein?« Ich bin ganz dafür, daß man diesen Unsinn von der Ernsthaftigkeit aus seiner Haltung zu Gedichten wegläßt. Ich hasse die ehrfurchtserstickte Stimme und die barhäuptige Haltung genauso wie Sie, Stephens. Ich mag aber nicht den doppelten Bluff, der da meint: »Ich bin eine der Ruinen, die Cromwell ein wenig zerdrosch«, sei bessere Dichtung als, sagen wir zum Beispiel das ernsthafte und heute unmoderne Werk eines Cowper oder Francis Thompson. Es ist eben nur eine ganze andere Art Dichtung.

Fast alles, was man über Dichtung sagt, ist so wahr und wichtig wie alles andere, was irgendwann irgendwer gesagt hat. Manche Leute reagieren *körperlich* auf die Magie der Dichtung, das heißt auf die Augenblicke authentischer Offenbarung, auf die Querverbindung der Menschen untereinander; darauf, daß auf höchster Ebene die persönliche Erfahrung wieder geteilt wird.

Solche Menschen sagen, sie finden, daß es in ihren Tränendrüsen zuckt, oder daß die Kopfhaut sie juckt oder das Rückgrat sie kitzelt, und daß sie irgendwo irgendein verschwommenes Gefühl haben: »Ja, das ist es!« Andere behaupten, daß ihre »rein ästhetische Emotion« durch gewisse Assonanzen und Alliterationen wachgerufen worden sei. Und manche sind es zufrieden, bloß zu sagen: »Gott, es bewegt sich«, ganz wie sie das von den ersten Kinematographenbildern gesagt haben. Und das tut es natürlich, bei Gott, wirklich, denn das ist nur ein anderes Wort für die Magie, die aller Definition spottet.

Die Magie in einem Gedicht kommt immer von ungefähr. Kein Dichter würde intensiv der komplizierten Kunst des Dichtens nachgehen, hoffte er nicht, daß sich plötzlich der Zufall der Magie ereignen werde. Er *muß* Chesterton beipflichten, daß das richtig Wunderbare an den Wundern ist, daß sie manchmal wirklich geschehen. Und das beste Gedicht ist jenes, dessen erarbeitete unmagische Teile an Struktur und Intensität an diese Augenblicke des magischen Zufalls am nächsten herankommen...

Und auch das ist noch zu sagen: Dichten ist für einen Dichter die lohnendste Arbeit auf Erden. Ein gutes Gedicht ist ein Beitrag zur Wirklichkeit. Die Welt ist nie mehr, was sie war, wenn man sie einmal um ein gutes Gedicht vermehrt hat. Ein gutes Gedicht hilft Form und Sinn des Weltalls verändern und hilft jedermanns Wissen um das eigene Ich und die Welt rundum erweitern...

Ich glaube, es gibt einen umgekehrten Snobismus – und einen Anflug von schlechter Logik –, der darin besteht, daß man stolz darauf ist, daß die Gedichte, die man geschrieben hat, sich schlecht verkaufen. Selbstverständlich will nahezu jeder Dichter seine Gedichte von möglichst vielen Leuten gelesen wissen. Ein guter Handwerker stellt seine Arbeiten nicht in die Dachkammer. Und

Verachtung für die Öffentlichkeit, die aus potentiellen Lesern besteht, ist Verachtung für die tiefste Nützlichkeit deiner eigenen Kunst. Glaube nur einige Zeit, daß du es nicht nötig hast, gelesen zu werden, und du wirst finden, daß es wirklich so kommen kann: Niemand wird das Bedürfnis fühlen, deine Verse zu lesen, denn sie sind nur für dich allein geschrieben, und die Öffentlichkeit wird keinen starken Antrieb verspüren, in so eine exklusive Gesellschaft uneingeladen einzubrechen. Außerdem, wenn du von der Arbeit deiner Zeitgenossen keine Notiz nimmst, so bedeutet das, daß du einen ganzen lebenswichtigen Teil der Welt, in der du lebst, vernachlässigst. So raubst du notwendigerweise deiner eigenen Arbeit ihre Lebenskraft, verringerst ihre Spannweite und ihre Möglichkeiten, und bist schon heute tot, noch während du schreibst.

Und schließlich ist ein Dichter nur für einen geringfügigen Bruchteil seines Lebens ein Dichter. Ansonsten ist er ein Mensch, zu dessen Verantwortlichkeiten es gehört, nach besten Kräften zu wissen und zu fühlen, was alles um ihn her und in ihm vorgeht, so daß seine Dichtung, wenn er sie dann schreibt, sein Versuch sein kann, den Gipfelpunkt menschlicher Erfahrung auf dieser sehr sonderbaren und im Jahre 1946 anscheinend der Hölle zusteuernden Erde zu gestalten.

III
Anhang

Anmerkungen und Nachweise

Die folgenden Angaben wurden bewußt knapp gehalten. Sie sind als Lesehilfe und als Anregung zur weiteren Lektüre gedacht. Ihnen und den Übersetzungen liegen folgende Ausgaben zugrunde: Dylan Thomas, *The Collected Stories*. London: Dent 1983; Dylan Thomas, *Early Prose Writings*, hg. Walford Davies. London: Dent 1971; Dylan Thomas, *Quite Early One Morning*. London: Dent 1954 sowie Dylan Thomas, *Unter dem Milchwald. Ganz früh eines Morgens. Ein Blick aufs Meer*. München: Hanser 1975.

*

BREMBER (*Brember*). Zuerst veröffentlicht in *Swansea Grammar School Magazine*, Bd. 28, Nr. 1 (April 1931). Übers. Detlev Gohrbandt.

BEI JARLEY (*Jarley's*). Zuerst veröffentlicht in *Swansea Grammar School Magazine*, Bd. 30, Nr. 3 (Dezember 1933). Diese Erzählung war nicht mit Thomas' Namen gezeichnet. Die Unterschrift lautete »Ein ehemaliger Schüler« (*Old Boy*). George H. Gwynne, ein ehemaliger Lehrer, schrieb sie Thomas zu, der im Juli 1931 die Schule verlassen hatte. Übers. Klaus Martens.

Hiawatha: Indian. Titelheld des seinerzeit ungeheuer populären, oftmals übersetzten (und parodierten) gleichnamigen Versepos (1855) nach dem Vorbild des finn. Epos *Kalevala* des amerik. Lyrikers, Erzählers u. Übersetzers Henry Wadsworth Longfellow (1807–82). – *Minnehaha* o. »Laufendes Wasser« (*Running Water*) ist der Name der Gefährtin Hiawathas. – *walisischen Druiden*: im irischen Bereich war der Druide ein heidnischer Priester, im walisischen Kulturkreis kommen die Bedeutungsfelder »Zauberer« und »Barde« hinzu. Eleazars Verwandlung in einen Druiden mag andeuten, daß der junge Thomas sich als bardischer Dichter stilisieren möchte.

Im Garten (*In the Garden*). Zuerst veröffentlicht im *Swansea Grammar School Magazine*, Bd. 31, Nr. 2 (Juli 1934). Diese Erzählung, ursprünglich wie *Jarley's* unterzeichnet, wurde Thomas durch R.N. Maud zugeschrieben. Übers. Detlev Gohrbandt.

Kaspar, Melchior, Balthasar (*Gaspar, Melchior, Balthasar*). Erschien zuerst in Thomas' *Red Notebook* (»Rotes Notizbuch«) unter dem Datum des 8. August 1934. Auch die Manuskriptfassungen der folgenden acht Erzählungen wurden dort zuerst niedergeschrieben. Die Übersetzung berücksichtigt nicht erhaltene Textvarianten. Übers. Klaus Martens.

Kaspar, Melchior, Balthasar: die Namen der »heiligen drei Könige« des Neuen Testaments, die dem Jesuskind Geschenke bringen. Hier und in mehreren der folgenden frühen Erzählungen unternimmt es Thomas, paradigmatische und traditionelle Seh-, Vorstellungsweisen und christliche Glaubensmuster zu pervertieren und – häufig allegorisch – negative Gegenbilder zu entwerfen. So z.B. die Kreuzigung in »Der Baum«. Es sind Bilder der Nachtseiten des oberflächlichen normalen und friedvollen Daseins, voller Irrationalität, verdrängter Sexualität und Gewalttätigkeit, Verfall und Tod. Kurz, es sind Strategien zur Bewältigung eigener Ängste, aber auch Strategien zum Gewinn eigenen, d.h. unbegangenen dichterischen Terrains, wenn auch die Anleihen aus dem Arsenal der Schauerromantik unübersehbar sind (vgl. *Nachwort*). – *Schierling und Upas:* giftige Pflanzen (vgl. *Die Sechs Heiligen*).

Nach dem Jahrmarkt (*After the Fair*). »Rotes Notizbuch« (November 1933). Erstveröffentlichung im *New English Weekly* (15. März 1934). Übers. Erich Fried.

Der Baum (*The Tree*). »Rotes Notizbuch« (28. Dezember 1933). Erstveröffentlichung in *Adelphi* (Dezember 1934). Übers. Erich Fried.

Die Feinde (*The Enemies*). »Rotes Notizbuch« (11. Februar 1934). Erstveröffentlichung in *Yellowjacket* (Mai 1939). Übers. Erich Fried.

DAS KLEID (*The Dress*). »Rotes Notizbuch« (März 1934). Erstveröffentlichung in *Comment* (4. JANUAR 1936). Übers. Erich Fried).

DER BESUCHER (*The Visitor*). »Rotes Notizbuch« (April 1934). Erstveröffentlichung in T.S. Eliots *The Criterion* (Januar 1935). Übers. Erich Fried.

DAS HEMD (*The Vest*). »Rotes Notizbuch« (20. Juli 1934). Erstveröffentlichung in *Yellowjacket* (Mai 1939). Übers. Detlev Gohrbandt.

DAS BRENNENDE KIND (*The Burning Baby*). »Rotes Notizbuch« (September 1934), Erstveröffentlichung in *Contemporary Poetry and Prose* (Mai 1936). Übers. Detlev Gohrbandt.

In der Mitte des Kreises: Steinkreis (Altar, Opferplatz) der walisischen Druiden (vgl. zu »Bei Jarley«.)

DIE OBSTGÄRTEN (*The Orchards*). Entstand aus einem Entwurf mit dem Titel »Anagramm« (*Anagram*) im »Roten Notizbuch« (Oktober 1934). Vgl. Anm. zu »Die Sechs Heiligen« für Thomas' frühe Vorliebe für das Anagramm. Erstveröffentlichung in *The Criterion* (Juli 1936). Übers. Erich Fried.

DIE ZITRONE (*The Lemon*). Erstveröffentlichung in *Life and Letters Today* (Frühjahr 1936). Übers. Erich Fried.

DAS LACHEN DES PFERDES (*The Horse's Ha*). Erstveröffentlichung in *Janus* (Mai 1936). Übers. Detlev Gohrbandt.

DIE HEXENSCHULE (*The School for Witches*). Erstveröffentlichung in *Contemporary Poetry and Prose* (August-September 1936). Übers. Klaus Martens.

DIE MAUS UND DIE FRAU (*The Mouse and the Woman*). Erstveröffentlichung in *Transition* (Herbst 1936). Übers. Erich Fried.

EIN BLICK AUFS MEER (*A Prospect of the Sea*). Erstveröffentlichung in *Life and Letters Today* (Frühjahr 1937). Übers. Erich Fried.

Die Sechs Heiligen (*The Holy Six*). Erstveröffentlichung in *Contemporary Poetry and Prose* (Frühjahr 1937). Übers. Detlev Gohrbandt.

»Rafe«, »Lucytre«, »Stipe«, »Edger«, »Vyne« und »Stul« sind Anagramme von engl. »fear«, »cruelty«, »spite«, »greed«, »envy« und »lust«. Thomas spielt auf die sieben Todsünden an. Die Neigung zur blasphemischen Allegorie zeigt sich u. a. auch in »Vorspiel zu einem Abenteuer« (s. u.).

Vorspiel zu einem Abenteuer (*Prologue to an Adventure*). Erstveröffentlichung in *Wales* (Sommer 1937). Übers. Klaus Martens.

Vorspiel zu einem Abenteuer war als Teil eines geplanten Romans gedacht, der die Reise des »Christian« in John Bunyans *The Pilgrim's Progress from this world to that which is to come* zum Vorbild haben, sie aber blasphemisch mit negativen Vorzeichen neuerzählen sollte (vgl. Anm. zu *Walter de la Mare als Prosaschriftsteller*).

Die Landkarte der Liebe (*The Map of Love*). Erstveröffentlichung in *Wales* (Herbst 1937). Übers. Erich Fried.

In der Richtung zum Anfang hin (*In the Direction of the Beginning*). Erstveröffentlichung in *Wales* (März 1938). Übers. Erich Fried.

Wilfred Owen (*Wilfred Owen*). Dieses u. die folgenden Stücke sind zum Vortrag im Radio für verschiedene Programme der BBC geschrieben worden. Tag der Sendung: 27. Juli 1946. Übers. Erich Fried.

Wilfred Owen: engl. Lyriker (1893–1918). Begann als Romantiker u. kam dann über die Satire zur Elegie. Autor einiger der bewegendsten Gedichte, die im 1. Weltkrieg geschrieben wurden. Er fiel am 4. November 1918, während er versuchte, sich u. seine Soldaten über den Sambre-Kanal in Sicherheit zu bringen. – *Keats:* John Keats (1795–1821), engl. Dichter der Romantik, der auch Owen beeinflußte. – *Edmund Blunden:* engl. Lyriker u. Kritiker (1896–1974). Arbeiten u. a. über John Clare (s. u.) u. Owen. Auch seine Lyrik war vom 1. Weltkrieg inspiriert. Die definitive Ausgabe von Owens *Collected Poems*

(1963) wurde von C. Day Lewis herausgegeben u. enthält einen Aufsatz von Blunden. – *Die drei anderen sind...:* Gerard Manley Hopkins (1844–89), William Butler Yeats (1865–1939), Thomas Stearns Eliot (1888–1965). – *Sassoon:* Siegfried Sassoon (1886–1967), engl. Satiriker, Lyriker, Romancier, der wie Owen vehement gegen den Krieg schrieb.

WALTER DE LA MARE ALS PROSASCHRIFTSTELLER (*Walter de la Mare as a Prose Writer*). Tag der ersten Sendung: 30. November 1946. Übers. Erich Fried.

Walter de la Mare: engl. Dichter u. Erzähler (1873–1956); in seinem mit großer Formvollendung gestalteten Hauptwerk *The Listeners, and Other Poems* (1914) u. seinen weiteren Schriften auch übersinnlichen Dingen zugeneigt. Erfolgreich als Autor von Geschichten für u. über Kinder sowie von Tiergeschichten. – *Crewe:* makabre Erzählung de la Mares in der Sammlung *On the Edge* (1930). – *Henry Brocken* erschien 1904. – *Bunyans Allegorie:* John Bunyan (1628–88), engl. Prediger u. Autor. Seine allegorische Erzählung *The Pilgrim's Progress From this World to that which is to come* (1678) erzählt die Geschichte des »Christian« auf dem dornenreichen Weg zur »Himmlischen Stadt«. Das Werk gehört zum unverzichtbaren Bestand der angelsächsischen Literaturen. – *Swifts Satire:* Jonathan Swift (1667–1745), irisch. Geistlicher u. scharfzüngiger Autor. Zu seinen zahlreichen satirischen Schriften zählen u.a. *The Battle of the Books* (1697) u. *A Tale of a Tub* (1704). Sein bekanntestes Werk, *Gulliver's Travels*, wurde 1726 veröffentlicht. – *Dichtung eines Wordsworth...:* William Wordsworth (1770–1850), Robert Herrick (1591–1674), William Shakespeare (1564–1616), Edgar Allan Poe (1809–49), John Keats (s.o.). – *seine Lucy Gray...:* Figuren (in dieser Reihenfolge) aus dem gleichnamigen Gedicht (1799) Wordsworths; dem gleichnamigen Roman (1847) von Charlotte Brontë (1816–55); aus Shakespeares *Romeo and Juliet* (1594–95); myth. Tochter Agamemnons u. Klytämnestras, Titelheldin eines Dramas von Sophokles; der Weber in Shakespeares *A Midsummer Night's Dream* (1595–96); aus dem gleichnamigen Märchen der Brüder Grimm; aus Swifts gleichnamiger Satire (s.o.); aus Keats (s.o.) gleichnamiger Ballade (1819); aus Poes (s.o.) gleichnamigem Gedicht (1849). –

Francis Thompson, engl. Dichter (1859–1907). Sein erster Band *Gedichte* (1893) enthielt das berühmte Gedicht *The Hound of Heaven*. – *Sir Thomas Browne...*, engl. Arzt u. Autor (1605–82); Thomas de Quincey (1785–1859), engl. Autor u. Essayist; *Prediger Salomo*, Henry James (1843–1916), amerik. Romancier; Emily Brontë (1818–48), engl. Romanschriftstellerin (*Wuthering Heights*, 1847); Robert Louis Stevenson (1850–94), engl. Lyriker, Romancier u. Essayist; Poe (s.o.); Thomas Traherne (1637–74), engl. relig. Lyriker u. Prosaautor. – *Julien Green:* amerik. Romancier (geb. 1900). – *Joseph Conrad:* engl. Romancier polnischer Herkunft (1857–1924).

Sir Philip Sidney (*Sir Philip Sidney*). Tag der ersten Sendung: 24. Januar 1947. Übers. Erich Fried.

Sir Philip Sidney: engl. Dichter u. elisabethanischer Höfling (1554–86). Sein Sonettenkranz *Astrophel and Stella* (1591 veröffentl.), seine Prosaromanze *Arcadia* (1590 veröffentl.) u. sein Prosaessay *Defence of Poesie* (oder *Apologie for Poesie*, 1595 veröffentl.) machten ihn zu einem der einflußreichsten Autoren seiner Zeit. – *Fulke Greville:* engl. Dichter (1554–1628), Favorit Elizabeth I, Freund Sidneys, schrieb »orientalische« Senecakomödien. Sein *Life of Sidney* erschien 1652. – *Thomas Moffett:* engl. Geistlicher und Autor (1869–1945). – *Nash:* Thomas Nash o. Nashe (1567–1601), vielseitiger engl. Autor u. Verfasser des wohl ersten Abenteuerromans (*The Unfortunate Traveller, or the Life of Jackie Wilton*, 1594).

Der Mangel an komischen Schriftstellern (*A Dearth of Comic Writers*). Dieser Text wurde einem Gespräch zwischen Dylan Thomas und Arthur Calder Marshall entnommen, das am 14. Februar 1948 von der BBC gesendet wurde. Übers. Erich Fried.

Pepys: Samuel Pepys (1633–1703), engl. Autor, Staatsdiener u. Verfasser des berühmten *Tagebuchs* (*Diary*, veröffentl. 1825), das, beginnend mit dem 1. Januar 1660, lebendige u. liebenswerte Beschreibungen des zeitgenössischen tägl. Lebens, der Marineverwaltung u. des höfischen Lebens gibt. – *Algernon Blackwood:* engl. Autor (1869–1951) von Romanen mit bevorzugt übernatürlichen Vorkommnissen. So auch *John Silence*

(1908). – *Peacocks Prinz:* Thomas Love Peacock (1785–1866), engl. Autor romantischer Romane, Satiriker u. Lyriker. – *schreibt Yeats:* die zitierte Zeile entstammt Yeats' (s. o.) Gedicht *The Second Coming* in dem Band *Michael Robartes and the Dancer* (1921). – *W. W. Jacobs:* W(illiam). W(ymark). Jacobs (1863–1943), engl. Humorist u. Autor von Schauergeschichten. – *Stephen Leacock:* kanad. Humorist u. großartiger Vorleser seiner Werke in der Tradition von Charles Dickens u. Dylan Thomas selbst. – *P. G. Wodehouse:* P(elham). G(reenville). Wodehouse (1881–1975) engl. humoristischer Erzähler. Seit 1910 die von Thomas nicht gemochten, aber für Amerikaner unübertrefflichen »Jeeves«-Geschichten. – *New Yorker: The New Yorker,* amerik. Wochenzeitschrift, 1925 gegründet von Harold Ross, berühmt für ihre Cartoons u. literarisch hochkarätigen humoristischen Beiträge von Autoren wie James Thurber (1894–1961), amerik. Satiriker u. Erzähler, auch Illustrator eigener Werke; S(idney). J(oseph). Perelman (1904–79), amerik. Humorist u. Reiseschriftsteller; Frank Sullivan (1892–1976), amerik. humoristischer Essayist; Robert Benchley (1889–1945), amerik. Humorist, satirischer Filmemacher. – *nach der Lektüre von ...:* James Joyce (1882–1941), irisch. Autor, Lyriker u. Großmeister des modernistischen Erzählens (*Ulysses, Finnegan's Wake*); Richard von Krafft-Ebbing (1840–1902), deutsch. Professor der Neurologie, Autor des Buches *Psychopathia sexualis*; William Archibald Spooner (1844–1930), engl. Geistlicher. Nach dem »Doktor Spooner« wurden die sog. *spoonerisms* benannt, erheiternde Versprecher; E(dward). E(stlin). Cummings (1894–1962), amerik. Lyriker u. Prosaschriftsteller; Samuel Goldwyn (1882–1974), amerik. Filmproduzent poln. Herkunft. – *Frances Cornford:* engl. Lyrikerin (1886–1960)

Das englische Fest der gesprochenen Dichtung (*The English Festival of Spoken Poetry).* Tag der ersten Sendung: 30. Juli 1948. Übers. Erich Fried.

kennen Sie de la Eliots ...: Kollage der Namen von Walter de la Mare (s. o.) u. T. S. Eliot (s. o.), W(ystan). H(ugh). Auden (1907–73) u. A(lfred). E(dward). Housman (1859–1936) sowie von Titeln ihrer Werke. – *Hudibras:* Verssatire in drei Teilen

(1663–78) des engl. Dichters Samuel Butler (1612–80). – *Laurence Binyon:* engl. Lyriker (1869–1943). – *Marlowe:* Christopher Marlowe (1564–93), engl. Dramatiker; *Tennyson:* Alfred Lord Tennyson (1809–92), engl. Dichter; *Sidney Keyes:* d.i. Arthur Kilworth (1922–43), engl. Lyriker u. Dramatiker; *Pope:* Alexander Pope (1688–1744), engl. Satiriker, u.a. Autor moral-philosophischer Gedichte u. Homer-Übersetzer.

VOM VORLESEN EIGENER GEDICHTE (*On Reading One's Own Poems*). Tag der ersten Sendung: 24. September 1949. Es handelt sich um Dylan Thomas' Einleitung zu einer Lesung seiner Gedichte. Übers. Erich Fried.

WALISISCHE DICHTER (*Welsh Poets*). Tag der ersten Sendung: 5. Januar 1946. Übers. Erich Fried.

Henry Vaughan: engl. Dichter (1822–85), eigentl. als Autor vorwiegend relig. Gedichte bekannt. – *George Herbert:* engl. Dichter (1593–1633), Autor von *The Temple*, einer Sammlung sprachlich extravaganter Gedichte relig. Thematik, gilt wie *John Donne* (1571 oder 1572–1631), vielleicht der angesehenste relig. Dichter seiner Zeit u. dieser Gruppe, als einer der sog. *metaphysical poets*, deren Werke nicht zuletzt dank der Bemühungen T.S. Eliots im 20. Jh. eine verdiente Renaissance erlebten. – *Edward Thomas:* engl. Dichter, Kritiker, Autor von Reisebüchern (1878–1917). – *Thomas Hardy:* engl. Lyriker, Dramatiker u. Romancier (1840–1928). – *John Clare:* engl. Lyriker (1793–1864). Dylan Thomas rezensierte J. W. Tibbles Ausgabe der Gedichte von John Clare in der Zeitschrift *Adelphi*, Bd. 10, Nr. 3 (Juni 1935) und lobte die »eigentümlich festen Kanten und altertümlichen Schnörkel seiner Diktion«. – *William Barnes:* engl. Lyriker u. Schulmeister (1801–86). – *George Morland:* engl. Maler u. Graphiker (1763–1804). – *Crome:* John Crome (1768–1821), engl. Landschaftsmaler. – *W.H. Davies:* William Henry Davies (1871–1940). Neben seinen Gedichten ist seine *Autobiography of a Super-Tramp* (1908), in der er auch sein Vagabundenleben in Amerika beschreibt, noch heute lesenswert. – *Idris Davies:* engl. Dichter (1905–53). Sein hier übersetztes Gedicht *The Bells of Rhymney* ist auch als Lied bearbeitet worden (durch den amerik. Sänger Pete Seeger) u. wurde international bekannt. – *Glyn Jones:* engl. Lyriker, Autor von Romanen u. Erzählungen (1905–). – *D.H. Lawrence:* (D(avid). H(erbert). Lawrence (1885–1930), engl. Romancier u. Lyriker. – *Alun Lewis:* engl. Lyriker u. Prosaschriftsteller (1915–44). – *Sacco, der Genosse Vanzettis:* die Italo-Amerikaner Nicola Sacco u. Bartolomeo Vanzetti, zwei Anarchisten, wurden am 27. August 1927 wegen eines angeblich 1921 von ihnen begangenen Raubmordes in Boston hingerichtet. Ihr Fall wurde in aller Welt mit großer Anteilnahme verfolgt, da sie als Märtyrer ihrer Überzeugungen galten. Das Drama um Sacco u. Vanzetti ist mehrfach literarisch verarbeitet worden.

WALES UND DER KÜNSTLER (*Wales and the Artist*). Tag der ersten Sendung: 24. Oktober 1949. Auszug aus der Niederschrift von Dylan Thomas' einführenden Worten zu einer Sendereihe über die Künstler von Swansea, Thomas' Geburtsort. Übers. Erich Fried.

ÜBER DICHTUNG (*On Poetry*). Tag der ersten Sendung: 18. Juni 1946. Der Text besteht aus Auszügen aus der Niederschrift einer Diskussion mit Stephens in einer Sendung mit dem Titel »Dichter über Dichtung«. Übers. Erich Fried.

Stephens: James Stephens (1882–1950), ein Ire, veröffentlichte Gedichte u. Erzählungen. Seine phantastische Erzählung *The Crock of Gold* hatte ihn berühmt gemacht. *Max Beerbohm:* engl. Autor, Karikaturist u. Kritiker (1872–1956). – *Matthew Arnold:* engl. Dichter u. Kritiker (1822–88), in der Schulaufsicht tätig. – *Cromwell:* Oliver Cromwell (1599–1658), engl. Heerführer u. als *Lord Protector* Staatschef des von den Puritanern dominierten Großbritannien. – *Cowper:* William Cowper (1731–1800), engl. Dichter u. Homer-Übersetzer. – *Francis Thompson:* (s.o.) – *Chesterton:* Gilbert Keith Chesterton (1874–1936), engl. Essayist, Kritiker, Lyriker u. Romancier.

Nachwort

Dylan Thomas, der walisische Dichter englischer Sprache, ist noch zu Lebzeiten auch im deutschen Sprachraum zu einem poetischen Fixstern von besonderer Leuchtkraft geworden. An ihm und an dem Amerikaner T. S. Eliot konnten nach der nazistischen Kulturverdunkelung poetische Standortbestimmungen vorgenommen werden. Ihr Beispiel erlaubte es, unterschiedliche neue Kurse des lyrischen Modernismus für die Zukunft einzuschlagen. Ein Kurs, im kühlen Bildungshauch der Akademie, war Eliots. Er betrieb einerseits den Exorzismus einer überalterten und kraftlos erscheinenden Romantik; andererseits boten seine spätere Lyrik und ein Theaterstück wie *Mord im Dom* Anknüpfungspunkte für christlich Sinnsuchende im Nachkriegsdeutschland. Die Übersetzungen von Ernst Robert Curtius und Rudolf Alexander Schröder leisteten hier auf unterschiedliche Weise Sprach- und Stilbildung.

Der Kurs des viel jüngeren Dylan Thomas war Eliots häufig geradezu entgegengesetzt. Er führte hin auf die Reinkarnation des wort- und bildmächtigen romantischen Barden von flammender Intensität in der selbstmörderischen Einheit von Person und dichterischer Persona. In der Tat hatte Dylan Thomas – wie das Jugendbildnis des Dichters von Augustus John zeigt – etwas von dem »Jüngling, dem Liebhaber mit phosphoreszierendem Haar«, »schlecht angezogen und seiner verströmenden Kräfte nicht achtend« (Wallace Stevens). Inmitten einer eher zerebralen und den Autor als Subjekt wenig exponierenden modernistischen Dichtung mußte er in seinen Anfängen in den 1930er Jahren als Urgewalt erscheinen, als ein poetischer Kraftmensch von unbändigem Selbstvertrauen in die eigene Schöpfungskraft, als *capable man*. Und es schien in der Tat, als hätte er sich Walter Paters Definition künstlerischer Schaffensekstase zur Lebensanweisung gemacht: *To burn always with this hard, gemlike flame*. Als er gerade neununddreißig Jahre alt in New York starb, hatte sich sein Lebenslicht von beiden Enden her verzehrt.

Kann man die als drängenden Aufruf zur ekstatischen Selbstverbrennung des Künstlers weithin mißverstandene *Conclusion* von Paters *The Renaissance* sowie das flammende Leben und das entflammende Werk von Dylan Thomas zusammennennen? Gewiß läßt man dabei über der Feier der gefährlich beispielhaften Person des Poeten die große Kunst seiner Wortsetzungen aus dem Blick. In den englischen Ausgangstexten, aber auch in den deutschen Übersetzungen von Werken Thomas' durch Erich Fried, die als Meisterstücke der Übersetzungskunst in der vorliegenden Ausgabe bewahrt sind, bestätigt sich Stefan Georges heute meist als veraltet geltende Bemerkung, daß von der Lyrik in erster Linie das Neue ausgehe. Neu erschien und erscheint wieder der magische Realismus in der Aufzeichnung und der Belebung der Landkarte der reimaginierten inneren Heimat, den notwendigen Antipoden zur äußeren »Wildnis der Welt«. Karten der inneren Welt erinnerter Jugend sind es, einer *Vorzeit* des Ineinanders von Leben und Tod, konturiert durch die Halbschatten von mächtiger Libido, Nachtmahr und Legende und die Mysterien jenseits des Lichtbogens der Lampe, die Thomas schreibt. Von diesen heimlichen Grenzüberschreitungen in die Bodenlosigkeiten einer anderen Welt, die dieser als Doppel untrennbar angehört, eines anderen Ichs als dunkler Doppelgänger der eigenen Person, sind besonders seine zwischen 1933 und 1939 geschriebenen Texte voll. Sie kennzeichnet die Liebe zum Wortspiel, das surrealistische Verschieben der gewohnten Dimensionen der Dinge und ihrer Bezüglichkeiten im Niederreißen der Grenzen zwischen Ding, Gefühl und Gedanken in den neu dimensionierenden Adjektiven: *das strandkiesgesteinigte Boot, das wetterzerrissene Feld*. Dylan Thomas erschafft sich in dieser frühen Phase den Spiel-Raum für seine Sprache. Diese Sprache spielt in seinen Gedichten auf eine Weise, die der Bestimmungsabsicht, dem Festlegungsversuch widersteht. Dieser Reichtum auch in den Verben wird in seiner Ungewöhnlichkeit erst dann erkenntlich, wenn man ihn im Kontext des von Gertrude Stein ausgehenden Bemühens jener Modernisten sieht, denen die Kargheit und

Knappheit des Ausdrucks zum Erkennungszeichen gerann. Thomas machte sich diese Kargheit, den modernistischen Rausch der Nüchternheit zunächst nicht zu eigen, obwohl er ihn später gelegentlich gezielt einzusetzen wußte. Seine Sprache ist eher überbordend üppig, ja geradezu hedonistisch. Da ist ein Bilderreichtum und eine Freude an den überraschenden Fügungen, die in der Unvermitteltheit, mit der sie auftreten, zauberisch anmuten. Thomas selbst nennt diese Magie im Gedicht: »Und manche sind es zufrieden, bloß zu sagen: ›Gott, es bewegt sich‹, ganz wie sie das von den ersten Kinematographenbildern gesagt haben. Und das tut es natürlich, bei Gott, wirklich, denn das ist nur ein anderes Wort für die Magie, die aller Definition spottet.« Aller Definition »mit anderen Worten« spottet die Sprache des Gedichts, da nur sie sagt, was gesagt werden sollte. Den Gedichten von Dylan Thomas eignet diese absolute Qualität. Da jede Übersetzung unvermeidlich ein Sprechen »mit anderen Worten« ist, vermag sie gerade bei Thomas bei aller Kunstfertigkeit des Übersetzers lediglich als kundige Interpretation einen möglichen Zugang zum Text eröffnen.

Dylan Thomas hat sich seit seiner Jugend jedoch nicht allein als Lyriker, sondern auch als Prosaschriftsteller verstanden, der in beiden Sparten zugleich zu Hause sein wollte. Sein Projekt einer Literaturzeitschrift mit dem Titel *Verse and Prose*, das niemals realisiert wurde, belegt dieses Selbstverständnis. Von den ersten in einer Schülerzeitschrift veröffentlichten Erzählungen bis zu jenen Texten, die er für die Sammlung *Portrait of the Artist as a Young Dog* zusammentrug und 1940 veröffentlichte, entsteht diese frühe Prosa parallel zu den Gedichten. Man könnte sagen, daß ein Gedanken-, Motiv- und Wörteraustausch, ja ein Gespräch zwischen den beiden Sparten stattfand, wobei dahingestellt bleiben muß, ob die Lyrik oder die dichterische Prosa bei Thomas selbst, wäre sein Leben nicht so früh zu Ende gegangen, das letzte Wort behalten hätte. Zwischen 1931, als *Brember* erschien, und 1938, dem Erscheinungsjahr von *In the Direction of the Beginning*, veröffentlichte Thomas nicht allein die Gedichtsammlungen *18 Poems* (1934) und *Twenty-Five Poems* (1936), die seinen frühen Ruhm als Lyriker begründeten. Es gelang ihm ebenfalls 1939 die Bände *The Map of Love* und

The World I Breathe verlegen zu lassen, die neben seinen Gedichten jeweils eine Auswahl seiner Prosa enthalten.

Dies war – zumindest vom verlegerischen Standpunkt aus gesehen – ungewöhnlich genug, denn sogenannten »Mischbänden« bleibt häufig der erhoffte Absatz versagt. Solche Wagnisse zeigen jedoch die Entschlossenheit des Autors, seine Prosa nicht im Schatten der Lyrik zu belassen. Er ging sogar das Risiko ein, den mit den Gedichten frisch gewonnenen Ruhm durch die nun beigegebenen Erzählungen zu gefährden. Denn obwohl Thomas' Entscheidung im Rückblick und angesichts seines Erfolges (auch auf dem Gebiet des Hörspiels) heute selbstverständlich und geradezu unvermeidlich erscheint, so war diesen Veröffentlichungen seiner Prosa in Buchform (mit den Gedichten als Anreiz) zunächst Ablehnung zuteil geworden. Richard Church, sein Lektor beim Verlag Dent, fand sie obszön. Und Obszönitäten, wir brauchen nicht lange zu suchen, sind zweifellos darin vorhanden. Gerade in den frühesten Erzählungen findet sich eine geradezu schuljungenhafte Lust am Zweideutigen, die sich, halb verschämt, halb versteckt auf die Entdeckung des Sexuellen macht, es wie Graffiti auf die Wände der verschwiegenen Tavernen seiner Phantasie aufträgt. Aber da ist mehr in diesen Akten der Selbstbefreiung durch schriftliche Äußerung, mehr als die Freude am bösen Wort. Die frühen Erzählungen sind wohl vor allem das Ergebnis einer »Krise zum Künstlertum«. Sie sind Spuren der Suche nach dem Fremden, dem Anderen – in ihm selbst und als das, was seine Seh- und Schreibweisen von anderen unterscheiden könnte. Sie sind, mit einem Titel Alfred Kubins, Reportagen von der »anderen Seite«. Sie gehören der neoromantischen Phantastik an. Das Außerordentliche findet sich hier nicht auf den wirklichen Hügeln von Thomas' walisischer Heimat, sondern in einer inneren Landschaft, deren verräterische Topographie kavernenartig ausgehöhlt ist. Wo Sümpfe von einer Unterwelt getragen werden, die aus platzenden Blasen Ungeheuerliches in die Oberwelt entlassen. Wo der Nachthimmel ununterscheidbar von der schwarzen Erde ist und Sterne und Irrlichter verwechselbar leuchten, aber nicht erhellen. Das Verfahren des jungen Dylan Thomas könnte als die De-Trivialisierung der Welt mit den Requisiten der Schreckensromantik bezeichnet werden: Doppelgänger, Klosterruinen, Alraunen, schwarze Messen, unerhörte Begebenheiten. Das Ergebnis sind diese Erzählungen von Dylan Thomas, seine *Tales of Mystery and the Imagination*, voller Groteskerie, voller Arabesken in den Schreibweisen. Die in sie eingegangene Lektüre ist mehrfach anderweitig genannt worden: Mary Shelley, Poe, Dickens. Und doch geht es, mit Keats in der *Ode to Psyche* zu sprechen, um nichts weniger als die Suche nach *some untrodden region of the mind*, nach einem unbegangenen, unverkarteten Freiraum der Imagination, ihm allein zu eigen, der seinen Namen tragen wird.

Mit den hier vorliegenden frühen Erzählungen schreibt sich Dylan Thomas dorthin. Es sind, wie die Titel aussagen, Prologe, Texte *in der Richtung zum Anfang hin*. In ihnen werden die verbalen Marken gesetzt, die sich von Erzählung zu Erzählung zu einem eigenen Netz der Selbstbezüglichkeit verdichten, zu dem Netz, aus dem sich nur wenig später das *Bildnis des Dichters als junger Bursche* durch Verbindung der gesetzten Marken zeichnen läßt.

Als richtungsweisend auf Dylan Thomas' Anfang hin können auch die hier aufgenommenen literaturkritischen Texte gelesen werden, die 1946–49 als Radiosendungen entstanden sind. Sie wurden – gegenüber der vorliegenden Zusammenstellung in einer um den Text *Three Poems* leicht erweiterten Form – zuerst als zweiter Teil des 1954 postum erschienenen Bandes *Quite Early One Morning* (Ganz früh eines Morgens) publiziert. Die zentrale Rolle der in diesen Texten porträtierten Autoren für Thomas' Ausbildung der Umrisse des Bildes von sich als junger Dichter wird am Beispiel Walter de la Mares und anderer deutlich. So heißt es etwa in der 1939 veröffentlichten autobiographischen Erzählung *The Fight* (Der Kampf), die in die Sammlung *Portrait of the Artist as a Young Dog* (1940) aufgenommen wurde: »An meinen Schlafzimmerwänden waren Bilder von Shakespeare, Walter de la Mare als Ausriß aus meines Vaters Weihnachtsausgabe des *Bookman*, Robert Browning, Stacy Aumonier, Rupert Brooke, eines bärtigen Mannes, in dem ich Whittier entdeckt hatte, Watts' *Hope* und eine Sonntagschulurkunde, bei der ich mich schämte, daß ich sie herunternehmen wollte.« Und natürlich hängt neben diesen eklektisch zusammengestellten Ikonen auch das erste eigene Gedicht. Der junge Thomas hatte sich zugleich einen Altar und eine Galerie von Bildern als Vorbilder geschaffen, die durch die Hinzufügung des eigenen Gedichts zu einer Galerie seinesgleichen wird. Der später so liebevoll geschriebene Text über de la Mare mit seiner Evokation der »Kindheitswelt« in der Prosa des vorbildlichen Dichters, in der Thomas' Phantasie, so belegen die frühen Erzählungen, Anknüpfungspunkte zum Ausspinnen analoger phantastischer Welten fand, reflektiert den hohen Grad der empfundenen thematischen Nähe. Wird aber einerseits die Analogie deutlich, so zeigt sich anderseits in *Der Kampf* und *Walter de la Mare als Prosaschriftsteller* die jeder Analogie innewohnende Distanz, aus der die rückblickende Darstellung, als Signal der Überwindung einer wie auch immer formativen Phase der eigenen Entwicklung, möglich wird. Insofern haben die literaturkritischen Texte im vorliegenden Band in der Interaktion mit Thomas' literarischen Texten Brückenfunktion.

Ein Wort zu den Übersetzungen. An der Verdeutschung der in diesem Band gesammelten dreißig Texte sind drei Übersetzer beteiligt. Dadurch ergibt sich nicht nur eine personale Verschiedenheit der Stimmen, mit denen Thomas auf Deutsch spricht. Auch die Entstehungszeit der Übersetzungen bildet sich unvermeidlich in den Texten ab. Es wurde kein Versuch gemacht, diese Unterschiede in diesem und den weiteren Bänden der Ausgabe herausgeberisch zu verwischen und zu glätten. Da jede Übersetzung unvermeidlich eine interpretatorisch gewonnene Lesart eines Textes darstellt und der Personalstil auch des jeweiligen Übersetzers bei aller »Treue« zum Ausgangstext von ihm nicht völlig verleugnet werden kann, soll die Verschiedenheit der Stimmen Thomas' in Übersetzung bewahrt bleiben. Es besteht die Hoffnung, daß diese Mehrstimmigkeit nicht nur unterschiedliche übersetzerische Verfahren dokumentiert, sondern in ihrer Vielfalt das Werk von Dylan Thomas über die Epochenbindung des einzelnen Übersetzers hinweg offen, also lebendig halten mag.

Als Pionier der Übersetzung von Werken Dylan Thomas' ins

Deutsche, wortmächtiger Dichter und großartiger Stilist hat Erich Fried den größten Anteil an den vorliegenden Übersetzungen. Seine Arbeit an den Shakespeare-Übersetzungen hat die Weiterarbeit an Dylan Thomas zeitweise verdrängt und sein Tod hat sie unvollendet gelassen. Seine Übersetzungskonzeption für Dylan Thomas läßt sich nur erschließen, er hat sie nicht niedergelegt. Auch in einem 1987 von Wolfgang Görtschacher geführten und soeben veröffentlichten Interview mit Fried, in dem der Übersetzer auf ein Treffen mit seinem Autor zu sprechen kommt, gibt er wenig preis. Auf die Frage, ob er ungefähr wiedergeben könne, wie er Thomas sein Vorhaben, die Gedichte zu übersetzen, beschrieben habe, antwortete Fried: »Ich habe gesagt: Ich kann nicht jedes Wortspiel wiedergeben. Was ist Ihnen wichtiger: Daß man versucht, dem Text inhaltlich ganz getreu zu folgen, oder daß man die Struktur, die Wortspiele möglichst nahe in Ihrem Sinn wiedergibt. Er meinte, daß das letzte eine gute Idee wäre.« Besonders Frieds Übersetzungen von Gedichten Thomas' zeichnen sich durch diese formale Treue aus, während mehrfach gelungene übersetzerische Lösungen für angeblich unübersetzbare Wortspiele ein Signum der Friedschen Übersetzungen sind. Im übrigen war Fried der Auffassung, daß man »ja nicht so ungeheuer bewußt von einer Theorie ausgehend« arbeite, sondern daß es letztlich »immer vom jeweiligen Text« abhänge, wie man übersetze (zit. nach W. Görtschacher, »Nur die Schattseite des Dichters? Erich Fried als Übersetzer von Dylan Thomas«. In: W. Pöckl (Hg.), *Österreichische Dichter als Übersetzer.* Wien 1990, S. 137–38). Wenn also eine Friedsche »Übersetzungsmethode« mit aller Behutsamkeit zu formulieren wäre, dann dürfte sie der gleichen, die er einmal zusammenhängend anläßlich eines anderen Gegenstandes charakterisiert hat: »Ich ging an die Shakespeare-Übersetzungen nicht mit einer durchdachten Arbeitshypothese heran. Ich glaube, ich habe Shakespeare eigentlich erst durch dieses textnahe Studium besser kennengelernt; man ist gezwungen, jedes einzelne Wort zu prüfen. Ich war von Anfang an bemüht, möglichst originaltreu zu arbeiten, sowohl in bezug auf die Inhalte wie auf die poetische Dichte der Texte. Dazu gehört, daß man auf Wortspiele und Bildgebrauch des Urtextes nicht verzichten und auch frivole oder von manchen als obszön empfundene Stellen und Anspielungen nicht wegzensurieren darf ... Natürlich soll der Text... nicht nach Übersetzerschweiß riechen« (Interview D. van Stekelenburgs mit Erich Fried, 6. März 1975).

Diesen Geruch zu meiden und auch manche vielleicht als anstößig empfundene Äußerungen nicht nur aus dem sexuellen Bereich in den bisher unübersetzten Texten nicht zu zensurieren, war auch das Anliegen der weiter beteiligten Übersetzer. Schwerer fiel es bei den bisher nicht übersetzten Texten, die nicht immer gerichtete Drehung und Wendung im Wortspiel mitzuvollziehen. Manchmal schien das Dunkel so dicht, daß die Übersetzung punktuell zu einer Übung in Ersetzung werden mußte, nicht um einen Richtstrahler anzubringen, sondern um eine Dunkelheit zu bewahren. So schreibt Detlev Gohrbandt zu seinen Verdeutschungen: »Das Hin und Her von augenblicklich überzeugendem identischem Verstehen und Ratlosigkeit. Mal Licht und mal Dunkel. Dylan Thomas schreibt oft von Lichtern und von Schatten. Zwischen dem Nachvollzug seiner Sätze und dem Erstvollzug meiner Sätze liegt häufig ein Schatten. Ich greife zum Sicheren, zu den gemeinsamen und analogen Sprachquellen: *Oxford English Dictionary, Grimm, Wehrle-Eggers,* zur *Authorized Version* der englischen Bibel und zur Lutherübersetzung, jetzt zu Märchen-Grimm, zu Zeilen aus der *Winterreise* und zu anderen Vorräten meines Kulturschranks. Wenn es ganz schwierig wird, wenn mir nichts schon auf Deutsch Gesagtes einfallen will, hilft oft die Überlegung, was Dylan Thomas selbst wohl auf Deutsch gesagt hätte. So wird aus seinem halb-stummen Wortspiel ›the manuring dead‹ in der Übersetzung ›die dungreifen Toten‹. Habe ich jetzt einen Doppelsinn allzu aufdringlich ins Licht gezerrt? Ich will als Übersetzer nicht riskieren, daß mein deutscher Text in seiner Verständlichkeit hinter meinem erlesenen Sinn zurückbleibt, in den Schatten vor dem Verstehen fällt. Dabei ist gerade das mein ständiges Risiko, nein, meine Aufgabe, denn ich darf nicht alle Schatten für den deutschen Leser ausleuchten wollen.« Vielleicht auch sollte der Übersetzer nicht zu sehr um Einbürgerung bemüht sein, sollte dem Fremden etwas von seiner Fremdheit belassen werden, damit das Andere, in dem auch das Neue stecken mag, nicht in der Vertrautheit des heimischen Repertoires ausgeblendet wird.

Klaus Martens

Inhalt

I
Frühe Erzählungen

Brember 7
Bei Jarley 10
Im Garten 14
Kaspar, Melchior, Balthasar 18
Nach dem Jahrmarkt 21
Der Baum 26
Die Feinde 37
Das Kleid 45
Der Besucher 50
Das Hemd 61
Das brennende Kind 66
Die Obstgärten 75
Die Zitrone 88
Das Lachen des Pferdes 96
Die Hexenschule 105
Die Maus und die Frau 116
Ein Blick aufs Meer 139
Die Sechs Heiligen 151
Vorspiel zu einem Abenteuer 164
Die Landkarte der Liebe 172
In der Richtung zum
Anfang hin 181

II
Kritik

Wilfred Owen 187
Walter de la Mare als
Prosaschriftsteller 202
Sir Philip Sidney 208
Der Mangel an komischen
Schriftstellern 219
Das englische Fest
der gesprochenen Dichtung 224
Vom Vorlesen eigener Gedichte 229
Walisische Dichter 239
Wales und der Künstler 253
Über Dichtung 255

III
Anhang

Anmerkungen und Nachweise 261
Nachwort 270

Dylan Thomas
Windabgeworfenes Licht
Gedichte

Aus dem Englischen von Erich Fried u. a.
Band 11362

Der »Rimbaud vom Cwmdonkin Drive«, wie er sich mit eigenen Worten in die Ahnenreihe der rebellischen Dichter einfügte, sah sich stets gefährdet und gefährdete sich selbst fortwährend. Weltschmerz und Weltmüdigkeit, Wortverliebtheit und Wortstrenge, Sprachwitz und Sprachzauber – während seines kurzen Lebens hat er alle Register des Ausdrucks gezogen, um die Mythologie seines Selbst, seiner Familie sowie der Landschaft, deren Märchen und Mythen er sich anverwandelte, zur Sprache zu bringen.

Dieser Band ›Windabgeworfenes Licht‹ (ein Zitat aus seinem berühmten Gedicht ›Fern Hill‹) bietet die umfassendste Sammlung von Thomas' Gedichten, die bislang auf Deutsch erschienen ist.

Fischer Taschenbuch Verlag

fi 1916 / 1

Edward Bulwer-Lytton

Was wird er damit machen?

Nachrichten aus dem Leben eines Lords

Roman

Deutsch von Arno Schmidt

3 Bände in Kassette:
Bd. 10602/Bd. 10603/Bd. 10604

An der schicksalhaften Frage »Was wird er damit machen?« entlang hat der englische Erfolgsautor Edward Bulwer-Lytton (1803-1873) seinen phantasievollen, ingeniös vertrackten Roman über das Leben der feinen und weniger feinen englischen Adelsgesellschaft um die Mitte des vorigen Jahrhunderts geschrieben. Arno Schmidt, »der Wünschelrutengänger im großbritannischen Erzählpark des 19. Jahrhunderts« (Heinz Friedrich), der diese intelligente Mischung aus Gesellschafts- und Kriminalroman »einen Höhepunkt des viktorianischen Romans und einen der reizvollsten Einfälle der Romanliteratur aller Zeit« nannte, hat das Buch ins Deutsche übersetzt.

Fischer Taschenbuch Verlag

fi 1193 / 3

Englische Literatur

Bruce Chatwin
Auf dem schwarzen Berg
Roman. Aus dem Englischen von Anna Kamp
Band 10294

Margaret Forster
Christabel
Roman. Aus dem Englischen von Dietlind Kaiser
Band 11315

B. S. Johnson
Christie Malrys Doppelte Buchführung
Roman. Aus dem Englischen von Michael Walter
Band 11370

Patrick McGrath
Wasser und Blut
Erzählungen. Aus dem Englischen von Brigitte Walitzek
Band 11642

Vita Sackville-West
Die Herausforderung
Roman. Aus dem Englischen von Irmela Erckenbrecht
Band 10655

Jeanette Winterson
Verlangen
Roman. Aus dem Englischen von Bettina Runge
Band 11716